春雨如酥

CHUNYU RU SU

刘东升◎著

时代出版传媒股份有限公司
安徽文艺出版社

图书在版编目（CIP）数据

春雨如酥 / 刘东升著. -- 合肥 ：安徽文艺出版社，2025. 6. -- ISBN 978-7-5396-8346-1

Ⅰ．I267

中国国家版本馆CIP数据核字第2025UT4993号

出 版 人：姚　巍
责任编辑：王婧婧　　　　　　　　装帧设计：徐　睿

出版发行：安徽文艺出版社　　www.awpub.com
地　　址：合肥市翡翠路1118号　邮政编码：230071
营 销 部：(0551)63533889
印　　制：安徽联众印刷有限公司　(0551)65661327

开本：880×1230　1/32　印张：9.375　字数：210千字
版次：2025年6月第1版
印次：2025年6月第1次印刷
定价：48.00元

（如发现印装质量问题，影响阅读，请与出版社联系调换）
版权所有，侵权必究

自序

梦想花开

早在青涩的年纪,就有了文学的梦想。梦想能通过自己的努力练出如椽之笔,写出一些美妙而有影响力的文学作品。这个梦想就像一粒种子,一直默默地深埋在我的心底。

懵懂之中,并不知道通往目标的路途到底有多长、有多远,但凭尚且年轻、莫名的爱好和一腔热情,无知无畏,试探性地向前蹚行——在农村那片"广阔天地",每逢淫雨霏霏下不得田地或春寒料峭农闲之际,在集体宿舍一方土窗之下的夜晚,挑一盏昏黄的煤油灯,独自静静地伏案,手捧从别处搜罗来的形形色色的书籍报刊,与书中性格表现各异的人物神情交会,特别是看到书中令人兴奋、击节叹服的故事情节和场景,我会不由自主地陷入无尽遐想和沉思之中,久久心难静、意难平、情向往之……但凡书中出现经典、吸睛的名句、段落,我总会拿出专用的精美笔记本,分篇归类地把它们工工整整地抄录到笔记本中,我相信"好记性不如烂笔头",日后,还可以反复用来学习领会别人的运笔技巧……

从农村的"广阔天地"来到部队的"革命大熔炉",我对文学的热爱依旧。平日里战训结束,一有空闲,阅读报纸,学习名著,记录精美词句、段落已然成为一种习惯,也是一种精神寄托。短短几年时间,记不清写完了几个笔记本。虽然当年自己的文学梦想并没有开花,不曾在报刊等媒体上发表过任何文学作品,但凭着自己的苦心执着和宽泛阅读、练习不辍,无论在农村还是在部队,我的坚持到底换来了一定回报——至今,当年公社领导急托我写材料,审稿后,连连夸赞文章有文采、写得好的亲切画面恍若昨天,让我很有成就感;在军营,在文字工作方面,战友们的鼓励、首长们的器重,都为我之后走上自己孤意追求的文学道路奠定了基础。

有了这样坚实的基础,从部队再回到地方,经过一段时间的磨合,在单位我如愿干起了文字宣传工作。这种兴趣与工作的有机结合,使我干起活来如鱼得水、左右逢源。我通过长时间对电网一线工作的了解、亲身体验,以及和常年劳作在生产前沿工人们的接触,感受他们在热浪蒸腾的高温天气,用大半天时间徒步二三十公里进山巡线,汗水湿透衣背,热渴难耐,下午两三点才能吃上午饭的辛劳;目睹寒冬腊月,工人兄弟们在没膝深的雪地里,拖着沉重的脚步,顶着朔风沿线登塔除冰,消除供电安全隐患的情景。我被电力工人们的朴实、憨厚以及敬业精神,真真切切地感动了。同时,也使我在运用正常的宣传手法之外,融入更多的发自内心的情感,去记录他们的日常生活、工作,宣传一个个感人的故事,让更多的人了解他们、记住他们。记得曾经因为工人们的一个事迹太感人,我在睡梦中忽然来了灵感,半夜一骨碌坐起来，拿起纸笔伏案疾书，直至天亮完成初稿……

经过一段时间的素材积淀、整合，文字的反复打磨，我陆陆续续采用散文、报告文学、影视剧本等文学形式，记录和再现了身边电力企业干部、工人舍小家为大家抗洪抢险保供电，深山变电所坚守岗位敬业履职，供电人投身、支援家乡电力发展、老区建设等感人的故事和情节。凝一腔深情付诸笔端，分别向地市、省和国家级报刊投稿并先后被采用。此外，我所采写的歌颂电力工人的文学作品在系统内外相关主题文学大奖赛中，也斩获了一些奖项，收获了一拨小小的成绩。有些作品还被筛选进册、选编成集……

正当我欲得意挥洒、驰骋文海的时候，单位一纸调令，让我与我所钟爱的文学和文字工作渐渐拉开了距离。随着时光的流逝，在日常事务碌碌繁忙，以及各种工作、人际关系应对的不经意间，文学的灵光淡然离我远去。有时想写点东西，创作一些文学作品，竟脑拙思顿，词穷语浅，不知从哪里下笔。岁月悠悠，一晃十多年过去了，文学业绩寥寥，创作不堪回首。与系统内外的文艺组织的联系沟通，也因忙于其他事务，显得稀松寡淡。不知不觉中，自己已无形地游离于各种文艺组织之外。

彷徨、迷茫中，有身边朋友提醒：现在是信息时代，网络文学平台也有自己独特的优势，不妨投稿一试。朋友向我推荐了一些网络文学平台。我抱着试试看的心理，用了几天时间，搜肠刮肚，完成了一篇亲情追思的散文，投向某网络平台。不承想，平台老师短时间内就有了回复，并细致地对我的文章进行了点评、微调，之后，又很快在公众平台进行了推发。自此之后，每当我完成一篇发表在各个文学网络公众号、报纸等媒体上,并被媒体老师、身边朋友夸奖、点赞的文艺作品时,我又找回了写作的感觉,并默守在文学道路上,仿佛感到每天的夕阳都变得越来越美。

辛勤地耕耘,不一定会有收获,但不播种子,肯定结果无望。

我向前迈出的每一步,攀缘登上的每个台阶,都离不开身边文艺贤哲老师和亲友们的热情关注和鼓励。他们就像一双隐形的翅膀,带我飞,给我希望,让我终于看到了自己守望初心、弥久坚持的文学梦想绽开小小的花朵。

愿在这一双大大的隐形翅膀的护佑之下,我能用心凝望前方,追逐美丽的太阳,在坚守真、善、美文学的道路上,奋力翱翔,不管顺不顺风,我都会一直坚持,能飞多远就飞多远吧。

(谨以此文代为书序,原发 2024 年 7 月 9 日《江淮分水岭》微刊)

目录 MU LU

自序　梦想花开 / 001

第一辑　故园情浓

故乡春色 / 003

符桥春早 / 007

深秋，乡野吹过稻花香 / 011

别梦依稀故园情 / 015

史河，你从我身边静静流过 / 019

成长的记忆 / 023

惜别老屋 / 027

写字情结 / 030

花趣 / 035

亲不亲，故乡人 / 039

南庄，南庄 / 043

暮霭寄思 / 046

父爱殷殷 / 050

大大 / 053

如子 / 056

兄情弟谊廿春秋 / 060

新葩初绽 / 065

笔墨情缘 / 069

在希望的蓝天上飞翔 / 072

哦，佛子岭 / 075

水之恋 / 077

憨儿 / 079

故乡的河 / 081

摸秋记趣 / 084

夏日情思 / 086

第二辑　烟雨人生

春雨如酥 / 091

人间烟火系乡愁 / 095

2023，和合惠风入园来 / 098

又见炊烟升起 / 104

生活如歌唱流年 / 107

三月芳华 / 111

梦回吹角连营 / 115

村女 / 122

书海游弋乐作舟 / 125

兴趣 / 128

留住心头那片阴凉 / 132

寿湖水深深几许 / 135

人间情暖 / 140

春归桃园 / 154

心愿 / 157

第三辑　夏夜灯火

心中的红山茶 / 161

月光、灯影下的佛子岭 / 165

夏夜灯火 / 168

你那双大眼睛 / 172

枫桥，枫桥 / 175

钻山人 / 178

媚湖秋色 / 181

远处，那闪烁的灯火 / 185

水中情 / 187

哦，这帮年轻的线路工 / 190

"希望"从红土地上飞翔 / 192

旺儿草 / 195

青春，在平凡中闪亮 / 197

第四辑　山川萍踪

秋若有情 / 207

江南雨 / 210

回望庐山 / 214

樱花四月上春山 / 219

七月西行 / 223

烟雨万佛山 / 231

武夷飘雨 / 235

山晓晴川伴晚秋 / 239

幸福时光 / 243

泺水明湖纪萍踪 / 248

"堆谷"寻芳 / 252

"鬼斧"裂谷印象 / 256

缘结朱家尖 / 260

雪霁白马尖 / 264

龙井沟三顾 / 268

神游天堂寨 / 272

诗画天山自风情 / 274

挚友絮语　曲曲清醇的光明颂歌 / 283

后记 / 285

第一辑　故园情浓

故乡春色

初春的景色是迷人的。

记不清有多少次,我曾醉心于窗前嫩芽初露、碧绿滴翠的小树枝;记不清有多少次,我微倚栏杆,驻足倾听森林间欢快跳跃的小雀的啁啾。是的,谁不喜爱温暖、明媚、光亮一新的春呢?倒是这春,并不因为人们的喜欢与否而改变,年年都是要来的,只争来早与来迟罢了。而且年年的春,又总是那么默无声息来到你的身边。

有人曾这么说:"年年岁岁花相似,岁岁年年春相同。"我却觉得,这年年相同的春又有其不同的地方。一个地方有一个地方的春景,一个地方有一个地方的春色。

立春前,我回了趟故里,那里的春景春色深深地印在了我的脑海里。

说故里,实际倒不是我真正的故乡,而是十几年前我插队落户的地方。虽说在这里生活的时间并不长,可脑海中抹不去的是村民们的朴实和那沃土生发出来的紫云英的阵阵幽香。虽说十几年没有回去了,可却没法断掉这十几年来的长思悠想。正因为如此思深恋切,久了,它便在心目中成了我的故乡。

让我时时记挂在心的是,去年过了水的故乡,眼下又该怎样了呢?故乡是个平畈,地势低洼,往年雨水不太大尚且有汛,去年那么大的雨水,猜想村里的情况一定不会好。

我徒步走在机耕路上。路边的电线杆和小树上,大水留下的浑黄历史标记清晰可辨。它仿佛在告诉路人,去年这里曾有过惊涛、呼号和悲泣!

凭着熟悉的记忆,我找到了村子坐落的方位,可到了村前,却怎么也寻觅不到记忆中的那个小村的影子。我迟疑着,也许记忆中的故乡随着那场大水被冲走了?

我信步朝一排红砖灰瓦的平房走去,在转弯处不期和一位老汉撞了个满怀。我一下便认出这是我插队几年吃住的东家李伯。老人家此刻也回过了神:"咦,小刘?快进家坐。"

我好生新奇地随着李伯进了他的新家,又好生新奇地和李伯家的每位成员相互打量着。

短暂的沉寂不一会儿便被李妈的大嗓门给打破了:"啊呀!哪阵金风把你吹来了?这么多年就把咱们给忘了,也不回来瞧看瞧看。""李妈,这不是回来了吗?"话音刚落,屋里、院里的姑娘、媳妇呼啦啦一下向我围拢来,问这问那。在我身边跳来跑去的孩子们,起先还骨碌着小眼打量我,不久便对我亲热起来。

吃饭的时候,桌子上虽不像以往摆起极丰盛的"十大海",可主家的盛情胜似当年,夹菜添饭,让你推不开让不掉。此情此景,让我周身涌动起细细暖流和融融春意。哦,我又回到了我那热情温暖的家。

多年不见,总有说不完的话。千句万句说到底,都聚焦到去年那场大水上。李伯的话越说越多,动情处,眼圈里转动着闪闪的泪珠:"庄前庄后一片汪洋,到手的庄稼没了,牲口没了,整个家也没了,整个村子都淹光了。所幸捡了几条人命。但灾后不久,我们就住上了这宽敞的瓦房。你李妈逢人便讲,老来的好福气,一辈子不敢巴望的,到快入黄土还住上了砖瓦房。"李伯说着又随手翻翻衣襟,"我这一身从里到外、从单到棉都是'百家衣'。上次我还领回了一件羊皮袄,你李妈宝贝似的,认真收藏着,干活时还舍不得让咱穿呢。"

夜已很深了,我和李伯谈了很久。渐渐李伯的声音由洪亮变得轻微,很快便和着满意、和着快乐进入梦乡。实在的鼾声中,仿佛还透露出心中的舒惬和甜蜜。

村里的习俗我是熟透了的,更不用说是腊月间,来了自己熟悉的客人,尤其是像我这样和村里人有了感情的人,更是这家请那家邀,非到不可的。毕竟不能家家都到,我婉言辞掉了许多家。

临走,村头的阿贵非要为我饯行。这单身小伙儿原先在村里人缘不好,口碑不佳,整日游手好闲。年轻力壮,不思劳动,跟个"懒"字拴在一起,怎么也摆脱不掉"穷"字。今日这番盛情,我不好推却,又不知该进还是退。我用征询的目光看着李伯,李伯笑笑,仰仰下巴:"去叙一叙吧,今天的阿贵,可不是往昔那个阿贵了。"

宾主坐定,阿贵打开一瓶酒:"灾年本不该铺张的,可这是喜酒。"

李伯问:"喜从何来?"

"有三喜:一喜贵客远道而来,二喜乔迁新瓦房,三喜今年又有了丰收的好势头。"阿贵用手捂住胸口,"咱说话办事,也要把手放在这里对得起人。房子淹了,咱也住上了新房;收成没了,咱也得到了新的种子。你们看我这屋后小麦长得怎样?"

我随着阿贵推开的木窗向外望去,那幼嫩的麦田竟也绿得逼人。我惊奇:怎么故乡的春来得这么早!

符桥春早

惊蛰过后,准备和朋友们一道去霍山下符桥镇体验田园生活,观赏连垄阡陌油菜花开、满眼金黄处处香的醉人风景。可巧的是,还未出门,小雨就纷扬飘洒了起来。好在下点小雨并不妨碍我们的计划。何况,有了小雨的加持,不仅免去骄阳的曝晒,雨雾缥缈、烟霭游动,更增添了一种乡野早春难以描摹的诗情画意和大自然的神秘色彩。

下符桥镇隶属霍山,离六安不算远。以现在良好的道路状况,从六安出发,也就三四十分钟车程即可到达镇上。作为一名可以称得上"土著"的六安人,虽然对下符桥的名字并不陌生,但对下符桥镇的人文景观知之甚少。

来之前,我曾经纠结过下符桥为什么叫"下符桥"——我把"下符桥"中的"符"字误以为是浮动的"浮"字,疑惑为什么"浮桥"是"下浮",不是"中浮""上浮"呢?当地文化站站长现场给我们解惑释疑:下符桥的"符"是民间口头相传神明"符咒"的意思。传说此桥建于元朝,后因年久失修垮塌了,给两岸百姓生活带来了诸多不便。到了明朝有位开明知县决定重修此桥。建桥期间,有一桥墩只要一建起来就被洪水冲塌,屡建不成,疑水中有妖。于是,知县请一高僧施法,高僧亲授建桥良方,下一道神符置于桥墩之上,最终,石桥得以建成。

下符桥的美好传说,透露出它的文化厚重、人杰地灵,从另一个侧面也反映出当地人民的勤劳和勇敢。

下符桥镇下辖的三尖铺村,就曾经是皖西较早播撒革命火种的红土地。在三尖铺村村委会二楼"百年符桥"红色纪念馆,我们聆听了解放战争时期发生在三尖铺村一带著名的"黑炭冲战斗"的故事——1948年11月,皖西军区独立旅24、27团奉命各以两个营的兵力,由张家店、毛竹园出发,北上霍固县三河尖迎接几百名南下干部,接运一千两黄金、十六万枚银圆和一部分物资到皖西解放区。

16日晨,皖西军区独立旅24团以一个营的兵力为前卫先行,以一个营护卫干部大队和接运的金银物资居中,27团为后卫。前卫部队派出二十一人组成尖兵排担任前哨,东渡淠水,向前挺进。刚至白衣庵,尖兵排即与敌前哨遭遇,战斗打响。经过七个小时冲杀,虽然副团长杜德云受伤,一营教导员和一百零七名指战员英勇献身,但是战斗拖住了敌人,掩护了24团和干部大队安全前进,完成了运输金银和军需物资的重要任务,对坚持皖西斗争,夺取最后胜利,起了极其重要的作用。

在这次战斗中,当地一位大娘勇救解放军的经过更为感人——黑炭冲战斗打响后,当时身为营长的王顺如从死人堆里爬了出来,但不能行走了。附近的潘大娘发现了他,立即将这位解放军背回家疗伤。

大娘有两个儿子。大儿子比较善良,小儿子思想落后。潘大娘把王顺如救回家以后,小儿子非要出卖王营长。大娘说:"这个人是我救回来的。救人就要救到底。既然我救了他,你们都要来帮助。谁要出卖了他,我就和谁拼命!如果你们不听老娘的话,老娘就死给你们看。"一个多月后,王顺如身体恢复,顺利归队。

1978年,解放军6408部队拉练来到三尖铺,此时,已身为师长的王顺如带领部队到黑炭冲举行祭奠活动,亲自来到潘大娘家看望她,并为在三尖铺村建陵立塔捐钱捐物,此事在当地传为佳话。

当我们从战争的硝烟中清醒,缓缓走出纪念馆展厅时,小雨仍在淅沥地下着。

我们拾级而上,瞻仰烈士陵园,缅怀前辈,洗涤心灵,参拜纪念塔旁刻有六百一十五位烈士英名的墓碑和高大衣冠冢,默默致敬那些曾经在这里战斗和英勇牺牲的革命烈士。

下符桥的红色文化底蕴深厚,这里的古窑文化也远近闻名。

在来的路上,听同行人大谈此地烧窑出瓷的历史时,我还没有反应过来。到了下符桥镇,我们穿过镇上长长的老街,走进在原镇政府旧址上建成的霍山县霍山窑陶瓷研究所。研究所左厢是古色古香的黑釉陶瓷艺术馆。馆藏玻璃展柜内,展示着黑釉盏、黑釉双系瓶、黑釉执壶、黑釉陶俑……粗糙的胎体,黝黑的釉色,每一件艺术性与实用性兼具的陶器都呈现出一种原始、拙朴、厚重的美。聚光灯下,每件陶瓷艺术品静立在玻璃平台上,仿佛在向每位来访的后人诉说着自己浴火涅槃的艰辛、重生的骄傲。

离陶瓷研究所不远,在下符桥镇瓦屋院组,有一处古窑址群落,据说,从此地出土陶器的形制和部分陶器的底款"大宋至和"可以推断,这座古窑遗址群落建成距今已有千年。

在古窑址断崖坡地面上,依稀还散落着大大小小的黑釉古陶的碎瓷残片。大伙儿小心翼翼拾起跨越千年仍然闪烁着璀璨光泽的陶瓷残躯,拭去浮土污泥,仔细琢磨纹理依旧的陶片,仿佛一下穿越了千年的时光,沉浸在了两宋繁华的历史岁月中……

古窑址是我们此行体验乡野生活的最后一站。

返程中,我们徒步走在乡间的水泥大道上。春风和煦,小雨渐止。呼吸着雨后略带一丝甘甜和清新的空气,以及从田野里挥释出来的土地的芳香,让人整个身心感觉十分舒爽。在一处"见山遇水"民宿农庄旁,水流潺潺环绕而去。远处,一块标准化的田地里,有一位头戴红色工作帽的青年农民正操作着一台手扶拖拉机,低着头来回翻耕着肥沃的土地。他的身前身后,包围着大片大片一眼望不到边的油菜田,黄花绽放,清香回荡。再远处,便是薄雾冥冥、炊烟扶摇,一众高大的林木若隐若现……

哦,好一片人勤春早的美丽的田园风光!

深秋，乡野吹过稻花香

已是季秋时节，霜降过后，天色依然明朗。连续晴而不雨清丽的光景，偶有习习金风袭来，让人难挡诱惑。身边已有人按捺不住启动行程：有人进山欣赏山色的五彩斑斓，有人到皖南塔川等地体验乡风民俗。本想和几位要好的朋友也乘兴前往，奈何有的朋友有事脱不开身，但又不甘于轻易放弃和辜负这眼前的美好秋色，于是，我们折中拿定主意：远的地方去不了，那就到城郊、乡村走走，感受一下大美田园风光，顺带还可以到我多次想去却未能成行、曾经生活过的胡桥南庄去看一看。

许多年以前，南庄曾留下过我十六七岁青涩懵懂的一段回忆——那里，绿树掩映，村落里有大小三四个村庄，每个村庄都三面环水，只留一条塘埂给人出入。清晨，朝阳初露，烟雾袅袅，房前屋后老牛鸣哞、鸡唱鹅叫，农民们新的一天劳作开始了。人们扛起农具出门，走在碧草青青的田埂上，呼吸着甜润清新的空气，立马感觉神清气爽。村民们依然承袭着传统的生活规律：为生存、为工分，日出而作，一声呼哨便下地干活；农活忙的时候，经常带着一身疲倦，日落而息。虽然在南庄生活、劳动只有两年多的时间，不算太长，但那个时候，人生第一次体验到的那种酸楚与艰辛，记忆太深。那时我刚刚迈出家门，独立接触和融入陌生的社会，毕竟年龄小、见识少，不识农事，两眼墨黑。好在庄子里的村民朴实而敦厚，在生活和农活方面给了我许多的帮助和照顾。在日复一日点滴相处过程中，我与当地村民建立起了深厚的情谊，了解并学会了一年四季农事方面不少的知识和门道。

后来，我回城开启了人生新的旅程。多年之后，随着时间的流逝、世事的消磨，关于南庄星星点点的记忆，也渐渐淡化了。可我的脑海中还会不时地萦绕着那些年、那些人、那些事鲜活的影像。

南庄，在我的生活记忆中就像梦一样……

在通往南庄宽阔的 S244 省道两旁，一大片一大片谷穗低垂，成熟了的稻田泛着金黄。有着摄影敏感的我，感觉此处肯定有料，便择地安全停车，并不忘鼓动同道朋友随我一起跃上路边高高的长满青草的田埂。望着一眼看不到边的稻田，亲近着垄上小路，没有丝毫的陌生感。我一边欣赏着远处的蓝天、蓝天下红瓦白墙的小村庄和眼前的风吹稻谷千重浪，一边为朋友们在稻田田埂上摆出的各种造型不停地拍照留影。随后，我又打开随身携带的专用摄影包，拿出无人机，一顿操作，升降不同的高度、变换各种角度，俯瞰并拍摄在地面上难以捕捉到的另一番景象。省道两边广袤的金黄色的稻田非常清晰地呈现在我的手机界面上——远处,云轻雾淡,阡陌纵横;在金黄色的稻田中,镶嵌有一两个碧玉般的小池塘,池塘边,一丛丛绿树簇拥着红顶、白墙、炊烟升起的农家庄舍——一派丰收在望的田园风光!我为不经意间抓拍到如此美丽的画面感到非常开心。兴奋之余,我们也没有忘记此行的另外一个重要目的:寻访南庄。我草草收拾起拍摄的行头和兴致,重新和朋友们一起上车赶路。

车,开着导航,跑在新建的四面通达、宽阔的沥青省道上,感觉就一个字:爽!想想当初那个年代,交通不便,道路不畅,特别是乡镇沙石土路,车难走人难行。如果在深冬农闲季节遇到雨雪天气,不是遇到特别重要的事情,当地村民一般都窝在家里,宁愿躺平饿着肚子、闲着发呆,也不愿出门。别说上县城了,就是就近走个村、串个户、去集镇都非常不乐意。

原先记忆中从城里需要走一两个小时才能到达的钱集乡,而今只需半个多小时也就到了。

毕竟许多年没来了,乡镇街道早已脱胎换骨,彻头彻尾变了模样,难以辨别东、西、南、北,一点感觉都找不到了。看到路边有"胡桥"两字的指示牌,我暗自高兴:找到胡桥,离南庄就不远了——南庄就是隶属胡桥的一个小村庄。

沿着一段河堤道路开车,不久便到了胡桥党群服务中心附近。我们特地向村路边的村民打听南庄的相关情况:有的表示不知情;有的含糊其词,指向远处不太明确的一个方向;也有稍稍了解情况的人告诉我们,南庄早就拆迁了,庄子上的房子都扒得差不多了,庄户人大概都走完了吧。

我朝着村民指的地方望去——正午阳光下,只见大片收割后的水田、大片不知名的茂盛树林;一处大型水利施工工地,有挖机在干涸了的河道里挖土护坡;也有几台施工车辆来回在土路上穿梭,运送着在建设施的施工材料,车的身后拖着长长的扬尘……

我独自在河堤的道路上走走停停,有些不舍,又有点小小的遗憾——回不去的是时间,回不去的是脑海中南庄的从前。

那些曾经熟悉的南庄村民,如今可能因为新农村发展的需要,被政府安置到了新建的集体农庄;或是手头宽裕了,携家带口乔迁进城了;或是一家老小怡然地生活在我们来时看到的那些交通便捷,被金色稻浪、被希望包裹的小村庄里。

虽然此行寻访南庄不得,但当年南庄人的憨厚、勤劳以及给予我的赤诚关爱和温暖,让人不思量,总难忘!

我默默伫立着,远处,仿佛飘来一阵久违的稻花香!

别梦依稀故园情

大年三十的前夕,家在外地的二姐打来一通电话:"小五,今年三十晚上我们一家老小要到你家去过年了。"大年三十晚上,二姐一家要从外地回六安来我家过年,虽然感觉有些突然,但亲人在年三十这个节骨眼上来我家,让我感到非常欣喜:"二姐,你们抓紧来。我们在六安恭候。"

二姐一家的来访,像一粒小石子丢进平静的水塘,激起了一池涟漪——给我们过新年原本喜庆的节日气氛增添了新的活力和元素。毕竟二姐一家这次来不似寻常,大年节下的,我得拿出浑身解数,仔细想着法儿,让二姐一家过一个开开心心、记忆深刻、轻松有趣的年。

过年,当然首先讲究的就是饮食。三十晚上吃什么?那肯定是二姐他们平时在外地不常吃的家乡特色菜肴和小吃。我还想着科学、合理地利用节假日的三四天时间,带二姐他们寻访、探望一下她当兵离开家乡之前记忆中的旧地、故址,重新拾起过去那些美好的生活片段。

就在我大费周章、搜肠刮肚计划着三十晚上团聚欢宴内容的时候,听说有朋自远方来,好客的岳父母大包大揽,硬生生丰年留客,挡在了我们的前头,把二姐一家连带我们一家三口拉入三十晚上大家庭的团庆宴。团庆宴上,本来就是拖家带口人气够旺的了,再加上二姐一家老少六人的融入,气氛更为热烈。望着满桌堆叠如山的美味佳肴,二姐已是目不暇接——红烧风干羊肉锅、咸汤白菜豆腐锅、猪蹄脚豆冻、卤猪耳朵皮和咸老鹅、膀爪等,我知道这都是二姐他们喜欢吃的。二姐一边品尝,一边深有感触地说道:"回家乡和亲人们一起过年三十,这一次是最隆重的。很长时间没有尝到家乡的味道了。还是家乡的菜味道好。"这时,岳母站起身:"他二姐,回家了,你们就不要客气了,合口味的,就多吃一点。来,这个是土老母鸡炖汤,这个鸡腿给你。"二姐一番谦让不成,只好拿碗接着。"来,他二姐夫,我敬你一杯。这一杯干了,我再给你满上。""来,他二姐夫,你们远道而来,有缘年三十来相聚,我敬你一杯。"军人出身、酒量了得的二姐夫,在众人的盛情劝酒中,也渐渐感觉不胜酒力。酒过数巡,人人都酒足饭饱、兴奋满满,最后,大家尝过老岳母亲手用芝麻、红糖、蜜枣包的糖包子,在一片欢天喜地、热热闹闹、亲切祥和的氛围中,整个大家庭的团圆宴才算徐徐落下了帷幕。

第二天,大年初一。因为孙子小、家里有事,二姐一家急着要往回赶。眼见我的亲情招待计划要落空,我赶忙极力挽留。二姐、二姐夫最终答应,让孩子们先回去,他们乘着年节热闹,在六安小住几天。这也正合我意,可以按我的安排进行,带着二姐旧地重游。

二姐自小在六安姥姥家长大,由于出去得早,相隔时间长,儿时在六安的记忆已模糊不清。"二姐,六安曾经人气很旺的皖西大道商业街你还有印象吗?皖西大戏院可记得了?那可是六安原来唯一一家既可以放电影又可以演出戏曲的地方。""都没有什么印象了。""还有原先老东门大街入口、老百货大楼、南门菜市场、老文庙街、老鼓楼、棚场巷,有印象吗?"二姐摇摇头:"想不起来了。印象深的就是六安的南门锥子和北门锥子塔了。"

我决定开车带二姐、二姐夫到我所提到的过去六安比较知名的故地转上一圈。尽管这些故地在一二十年前的城市改造、拆迁建设中,早已不复存在,被鳞次栉比的高大楼宇所代替,但每到一地,我还是不厌其烦地给二姐他们进行讲解——"现在的皖西大道商业街,看上去好像没有过去人流密集,实际上,现在的路比过去宽了许多、繁华了许多。由于六安近些年的快速发展,商业门店东西南北四面开花,以及线上购物平台的出现,购买人群被分流了。二姐,你看这老南门菜市场还在原先的位置,只是面积扩大了,里面的门面增加了。原先六安就南门这么一个大菜市场,现在,类似的菜市场或是比这个更大的菜市场分布在城市各个角落,方便了百姓生活。原先那个文庙街上的老黄梅戏剧场也不存在了,新建起来的文庙商业城,生意也蛮红火的,特别是到了晚上,人气更旺。现在六安留下来的古迹、旧址不多了。南门锥子、北门锥子塔,现在都已经建成了公园。可记得六安的母亲河——老沙河了?"

带二姐、二姐夫到南塔公园故地重游之后,我们又驱车在老沙河的河东月亮岛转了一圈,再经过赤壁桥绕到老沙河河西一处阔大的公园平台停车小憩。

午后,渐渐西斜的阳光照在老淠河的水面上,闪动着耀眼的金光。望着碧波微漾宽广的老沙河水面,二姐深情地自言自语,说她还记得小的时候,经常和大姐一起在老沙河边抬生活用水。当年过老沙河需要人工竹筏摆渡,汛期河水泛滥,枯水季节河床遍布沙砾卵石、大小水坑,秋冬风起时节,灰沙飞扬,刮得人满脸沙土。当年,老城区没有直达大沙河对岸的大桥,也没有眼前人工安装的橡胶坝断流蓄水——即使在秋冬枯水季节,也能积聚上游涓涓细流汇成一片水泽绿洲,给六安留下灵动的一笔。绿水,成了这座老城的灵魂所在。老淠河与久负盛名的人工开挖的新淠河在市区交汇贯通,让居于此地的新、老六安人发自肺腑地感觉惬意和舒畅。如今,六安这座城市日益宜居,打消了多少人携家带口移居他乡的念头。

"小五,我们这次来,时间比较长,转了不少的地方,彻底改变了我对六安的印象。六安的变化真大,除了有环境优美的中央公园,还有众多大小不一、临水滨河的活动场所,供市民锻炼身体,愉悦身心,家乡变得越来越漂亮了。"

这是二姐对离开多年、曾经生活过的故园说出来的心里话。

史河，你从我身边静静流过

三月初的一个周末，清晨，薄雾蒙蒙，不知从什么时候开始，细雨一直淅淅沥沥下个不停。天公的不作美，没能挡住我受市作协之邀前往叶集采风的行程。

小车在高速公路上一路奔驰，我的思绪也像是发动机被启动了一样，随着车身的颠动，开始不停地运转：我有多长时间没有去过叶集了？叶集还是原来那个坐落在省道边、看上去整体比较落后、给我印象特别深刻的叶集吗？

按说，我对叶集并不陌生。六安和叶集在同一属地管辖区域内，因为工作的关系，我曾经常到霍邱县城去，来回必须经过叶集。一次、两次，直至 N 次，便熟悉了叶集路边售卖工作餐的排档用脸盆盛菜；熟悉了必须用叶集水才能烧出的令人垂涎、可口味美的羊肉；在学校读书的时候，也曾听老师给我们讲解过叶集声震一时的"未名四杰"，当年的文学家台静农、作家李霁野才华横溢、青春有为；去年，在淠史杭工程开工建设 65 周年纪念活动中，对名扬中外的淠史杭工程中的淠河、史河、杭埠河流域灌溉的功效和意义以及"平岗切岭"宏大工程经过的了解,都给我留下了深深的印象……

小雨中,我们来到区政府转场换乘。一路上,我透过车窗留心向外张望——叶集的模样变了,变得让人快认不出来了,变得美丽了——城区道路纵横远方、立体交错、敞亮干净;车走人行,井然有序;室外场所,绿树掩映;高楼大厦,鳞次栉比。哦,我真不敢相信这就是叶集。我记忆中叶集那个脏破落伍的样子,彻底翻篇,成了历史。

在平岗乡原红旗大队知青插队点内,墙上展示着一群来自各地的年轻姑娘生活、生产的资料和照片,照片上充满朝气的姑娘们或在田间认真地接受农民指导劳作,或在地头、路旁小憩,朴实脸庞绽放出青春、开心的笑容。当年,知青们生活和生产中使用过的煤油灯、学习用品、犁耙、箩筐仿佛还带有余温,它们在简洁的展室一隅默默向人诉说着那个年代下放知青生活的艰涩。看着照片中姑娘们的身影,恍惚间我好像也回到了那令人难忘的岁月——早起,一缕晨曦,雄鸡高唱,下田干活的哨音远远地响起,在匆匆穿戴完毕、三两口胡乱扒完早饭后,便扛起农具冲出大门,开启新的一天的劳作:修田、看青、栽秧、割稻、"双抢"……

走出知青点,我们马不停蹄,又先后走入芮祠新村爱国主义教育基地、平岗切岭、叶集文化中心红色文化展览馆和三元镇全程为民农事服务试点、星空营地,听故事介绍,看图片说明,接受心灵的洗礼。穿越时光,我们被带入与鲁迅并肩战斗的"未名四杰"韦素园、台静农、李霁野、韦丛芜用文学和文字力量启迪思想、呼唤群众觉醒的那个激情燃烧的年代。在土地革命战争、抗日战争、解放战争中走出来的陶勇、杨国夫等八位共和国开国将军和千千万万为了革命事业献出年轻生命的烈士名垂青史，让我们感怀今天的好日子来之不易，后人当倍加珍惜！

在万亩江淮果岭基地展览休息厅，乘着室外细雨霏霏、朋友们小憩欢谈之际，我悄无声息地独自一人登上室外观览专用铁梯，顶着风吹细雨，爬到高约五层楼的果岭观光平台，我想看一看这神秘果岭究竟是怎么个模样。展现在我眼前的是一望无际、千田连垄、万亩集聚、生机勃勃、春意盎然、枝头吐绿、含苞待开的桃园。极目远处，岗岭起伏，青翠依依。史河如练，由远及近，依岗傍岭，静静流过我的身旁，又兀自缓缓流向远方……

此时此刻，此情此景，我颇为感慨——

史河，你不舍昼夜流逝无声，却见证了岁月峥嵘和人间沧桑！你见证了曾经的"未名四杰"用文学和文字唤起群众的觉醒和无数先辈、先烈英勇革命的真实事迹；你见证了新中国成立后，叶集人民在淠史杭灌溉工程建设中，用"劈土法""洞室爆破""倒拉器"施工"三大法宝"，完成了"平岗切岭"最艰巨的钉子工程，创造了淠史杭工程中劈山引水、兴利除害、战天斗地的历史壮举和建设奇迹；你见证了在这方钟灵毓秀土地上的人民充分释放改革活力、把握机遇、奋勇当先，让原来经济比较落后的小乡镇一跃跨入长三角一体化发展圈、淮河经济带、合六经济走廊，成为特色产业集聚区、乡村振兴样板区、宜居宜业新高地和"中国板材之乡""中部家居之都"。

史河，你是叶集人民的母亲河，你润泽皖、豫四方，纵贯叶集南北，你用你的乳汁滋润、灌溉着这方人杰地灵的土地，滋养着幸福生长在这方土地上的叶集人民。未来，在你静静轻缓的流淌过程中，你还可以见证那些被红色文化、仁人志士、"平岗切岭"精神激励和鼓舞着的当地百姓，用他们的双手艰苦奋斗、埋头苦干，努力建设经济强、百姓富、生态美的新叶集的风云奇迹。

史河，你永远是叶集人民的骄傲！

成长的记忆

夜幕降临,路上已是灯火阑珊。我和妻赶回家连忙拾掇了两个菜,便和往常一样,拿出不知什么时候剩下的半瓶小酒,灯下把盏举杯对饮。

我和妻子性格相仿,虽然日常生活平淡,鲜少波澜,但在饮食方面都是喜欢讲究一点小情调的人。尤其是在晚餐,感觉光吃饭没有什么意思,特别像我这样当过兵的人,多年养成了一个习惯,吃饭快,两碗饭,三五分钟就扫完。但两杯小酒一端,气氛就不一样了,话语也就自然而然多了起来。你一句我一句,大到谈国事、谈天下事,小到谈生活、谈工作、谈孩子。家长里短,谈今天,也叙过去;谈开心的,也谈一些令人汗颜的糗事。有些事可能难以启齿,不足为外人道,但夫妻俩讲一讲,或可起到释压、解闷、解惑的作用。

在边叙边饮微醺的状态下,一些生活中经历的事自然就吐露了出来。有这么件事,妻子说她至今难以释怀,心存愧疚。事儿发生得早了,那时妻子还小,少不更事的她,一次帮父母做买卖，因一言龃龉，与客户产生了不快。不承想，来者不善，这个客户转身便邀集了一帮人到店里闹事。隔壁店主看到一帮人闹闹嚷嚷，凶头巴脑跟一个父母不在家的女孩子过不去，实在看不下去，便仗义执言，说了几句公道话，严词指责对方的不当行为。哪知道，这下捅了马蜂窝，一帮人的邪火还没出尽，这下目标明确了，一阵唾沫星子雨骤风狂，一顿稀里哗啦老拳相向，可怜隔壁店主寡不敌众，乱拳之下变成了"熊猫眼"倒在地上，还在家躺着歇业好几天。讲到这事，妻子心里还有些纠结、过意不去，可妻子又说，这件事对自己触动、刺激很大。事后，自己仿佛一下子长大了许多，并渐渐懂得了在今后的为人处世中，说话讲分寸，不能太随性，不能任由自己的好恶来处事的道理。

  妻子娓娓叙完，我劝她，事情已经过去，不必太在意。我一边小口嘬着酒，一边悠悠对她说，在一个人的成长过程中，谁还不会遇到这样那样的事呢！关键是遇到事后，你是怎样消化吸收和处理的。我的生活一路走来，遇到的沟坎多，有一件事常在我的记忆中"沉渣"泛起，想来尤感如芒在背，凉意袭心。那还是在学生时代，临近高中毕业，班里组织集体活动，晚上住在一个乡镇小旅店里。因为旅店没有自来水，我们一众同学吃喝用都要从旅店厨房一个大水缸里取水。旅店厨房一位三十多岁的精壮汉子给我们规定，缸里水如果没有了，要我们每个学生每天轮流挑水，把水缸装满。挑水，对比我年长几岁的同学们来讲是不成问题的。而我，别说是挑水了，在家连扁担都几乎没摸过，这个任务真把我给难住了！躲也躲不掉，我们就这些人，谁挑水了谁没挑水，那位厨房壮汉心里十分清楚，而且他是个很难讲话的人,谁不挑都不行。一天,我被盯上后,他把我叫到一边,认认真真把我训斥教育了一顿,问我为什么搞特殊不挑水。同学们出来解围要帮我挑水。他固执不让,坚持到底,一定要我自己挑水,把缸里水加满。无奈之下,我咬着牙,迈着电影《朝阳沟》女主角银环挑水一摇三晃的步子,半桶半桶来回挑,硬坚持着把水缸里的水挑满。事后,壮汉好像良心发现,又一本正经拉着我坐下,叨叨着给我上了一堂"政治课",讲了一大堆道理,还表扬了我。可我心里还是感到莫大的委屈!之前,我哪受过这些!好一阵子,一想起这件事,我就意气难消、愤愤不平。

我对妻子说,这件事当时让我特别不爽,而事隔一段时间,乃至多年以后想起此事,我静下心来反思过:当时我就没有不对之处吗?年龄小,那不是特殊的理由,不会挑水,也不是躲避干活的借口。在家是在家,在外头是在外头。男人,小也好,弱也罢,要能经受得起逆流,学会坚强,学会担当。有苦在心里诉,有泪往肚里咽,再难也一定要坚持不放手!这件小事和这样的想法虽然过去了很久,可它在我后来的生活和工作中,对我走向成熟起到了不小的作用。我不无感慨地对妻子说:如果我们在人生的道路上能遇到这样一两件糗事,又能在遇到糗事之后幡然醒悟,得出一些有益经验帮助自己成长,又有什么不好呢!

在深切的感叹中,我和妻又很自然地说到今后、讲到了自家孩子。不知道小小年纪的他们,在已经走过的人生道路上,有没有遇到过这样一两件糗事,在经历过后,是否又领悟了一些有助于自身健康成长的道理。我们希望自己的孩子能够从我们的经历中汲取些经验,以便在他们今后经历的一些曲折和类似的糗事中得到教训,去矫正自己的行程轨迹,少走弯路,朝着既定的目标,行稳致远,健康成长。

这,只是我们做父母的期望。孩子们今后的路还很长,还需他们自己去走,谁也不能代替他们去经历、去成长。就像我们手中端起并已喝过的酒一样,只有你自己品尝过后,才能感知它的个中滋味呢!

酒越喝话越多。不知不觉在边饮边叙中,半瓶小酒轻松下肚。这成长的记忆成了我们夫妻俩回味无穷、温润情感的佐酒小菜。

惜别老屋

姐夫自远方来。

一日促膝闲叙，他告诉我，无事的时候到老屋去遛了一趟。姐夫说话无心，可这话似一粒小石，投进我静静的心潭，撞起圈圈微澜。我那久伏于胸中对老屋的思念难舍之情一下便被引发了出来。

屈指算来，搬迁之前，姐夫到过老屋也不过两三趟，他尚且旧情不忘，而我与老屋日夕相伴，更不用说，在我的心中，自然对老屋也凝结着一份浓浓的情。

离开老屋数年，我却一直未故地重游过。应该说，机会是有的，一来新宅与旧屋相距并不遥远，二来我还曾三过旧地，却也未伸头进去张望一眼。很长一段时间，连我自己也辨不清究竟为什么。是不是自己对老屋恋得太深，怕惊吵、碰碎珍藏于心，用二十年的时间编织出的青春少年梦呢？

二十年，星星点点多少事，亦真亦幻。

我留恋什么呢？老屋外、小路边新掘的弹子洞，那是和小伙伴们一决弹技高下的场所；细小的香椿树还是那么细小，在融融春日里，萌出青嫩、鹅黄的幼芽，散发着特有的芳香；鱼缸里的四尾花鱼，优哉游哉，有的静如处子，有的追逐嬉戏，那龙眼黑金鱼见了小主人，更是摇头摆尾，浮上水面，吧嗒着小嘴，急急地求食鱼虫；老屋的墙旮旯里，还有一窝我执意要时时刻刻照看着的毛茸茸、叽喳喳的小雏鸡。

我留恋什么呢？在老屋，父亲给我安排了一间不大的厢房，这里便成了我走出童年，跨入青春期自由自在的天地。在这一个人的世界里，高兴的时候，想唱便可以唱，尽管五音不全，走腔跑调；不高兴的时候，可以一声不发，可以尽情地哭；夜阑人静，放开思绪的缰绳，任自己狂思畅想——想眼前，想未来，想别人，也想自己；想愉快的事，也想痛心的事。多少回挑灯苦读，游弋于知识的海洋；多少回床头案边先人极富哲理的文章令我击节叹服；又有多少回受了挫折，遭了打击，揪着的心就是在这方净土上慢慢被熨平。

我留恋什么呢？随着时间的缓慢推移，原先细致具体的事，现在都已变得模糊不清。二十年呀，风霜雪雨荫蔽我二十个春秋的老屋，值得留恋的东西实在太多，可以说，老屋里的每件物什都记下了我成长变化的一个小故事。然而，耐人经久回味，总系于我心头，永远抹不去的是老屋留给我的一份宽慰、一份宁静，以及老屋所孕育出的我清纯无瑕、无忧无虑的童真和青春初涉时，从我身上流溢出来的活泼可爱、充满热情、蓬勃向上的精神。

二十年和老屋从从容容相处，结下了二十年平平淡淡的情谊;二十年老屋在不断地变老,二十年小鸟的羽翼在不断地丰盈。该怎么对你说呢,我的老屋?虽然如今我已经离你而去,可我心深处,你留给我的情却结作了永恒!

写字情结

写字，在我们日常生活中是一件再普通不过的事，且与我们每天的生活密切相关。有人可能会说，寻常稀松事，怎么就扯到情结上去了呢？要说情结，也不是一时半会儿就能产生的。是的，我记得，我的写字情结就是从小在父亲严苛要求之下，一步步被"逼"养成的。

现在孩子们过的日子，和那时相比，无论在物质上还是精神上，都有很大进步。但有一点，那时孩子们在学习、思想、课外活动等方面压力较小。虽然娱乐设施匮乏，可但凡平日放学之后，或是寒暑节假日，孩子们也很会自"嗨"，像玩个泥巴、叠个纸牌、滚个铁环、弹个玻璃球什么的，花样也不少。讲究一点的，再约上几个甚至十几个小伙伴，分成好人和坏人两军对垒，热热闹闹玩打仗游戏。有时，还会结伴去河边戏耍，摸鱼捉蟹，天黑了，玩得家都不想回。

小孩子天天玩是玩不厌也不会累的，但光玩也不是长事。为深远计，父亲并没有由着我的性子一直让我玩下去。他当然希望孩子们长大后能有个一技之长,将来最起码生活没有问题。孩子们总要学点什么。学什么呢?那时也不像现在,学文有琴棋书画,学武有拳击武术,场地、设备样样齐全。那时,只有练习写字,现在叫学书法,最为普遍,性价比也最高。不要请老师,也不要什么场地,买一本字帖、一本大字簿,在家就可以搞定。父亲大概想都没有多想,也不由分说地帮我们选择了练习写字,并严肃地给我及姊妹们定下规矩,一"笔"不苟,坚持练字。特别是寒暑假期间,练字都是有硬指标的,完不成的话,父亲的那道关是难过的! 在家,身为军人的父亲在我们的心目中是很威严的。那时我们小,也比较乖,不管父亲怎么要求,心里情愿也好,勉强也罢,都照着去做,不敢顶嘴,也不敢讨价还价。那个时候,我们并不知道为什么要写字练字,更别说有什么明确目标了,我们只知道那是父亲交代我们要完成的作业和任务。父亲也常常在我们耳边念叨:练好字对你们今后会有好处的。字如人面,字写好了,到哪儿别人都不会糊弄你!很长时间,我都在疑惑,父亲这个理论或者说经验到底是从哪儿得出来的?是从他自己生活中摸索出来的,还是在工作实践中体会出来的?我们不得而知。因为那时本来就心不在焉,父亲讲得再恳切、再有理,我们也理解不透,更记不了多长时日。

  贪玩是孩子们的本性。你想想,放长假了,你在家埋头练字要一两个小时,奈何在自己家门口、窗户下,隔壁邻居家的小伙伴玩得一身劲,在这样的诱惑下,本来自觉性就不高的我,怎能hold(管)住那颗守不住神的小心脏! 时间一长,练字练得有些疲沓了,小聪明、小心眼儿也多了起来:练字的时候,纸铺开,笔备好,父亲来检查的时候,佯装认真地写啊练的,父亲背过身走开之后,又偷偷地磨起洋工,开小差玩别的了。有些按页按本需要完成的硬指标,要么自己隔三页差五页把字写大一点,两格并作一格写,要么把两行并作一行写,写稀拉一些。或者,字帖文章本可以在上一页就收尾的,却故意把临收尾文章的字距拉开,把剩下的一句话两句话写到下一页,算作一整面用来充数。可每次自作聪明只能自欺,没有一回能轻易在父亲的严格审查下糊弄过去。轻则被父亲训斥几句,罚回去重写两遍,如果碰到那天父亲不开心,那肯定是没有好果子吃的。

  记不得练字练了多长时间,也不记得练废了多少支笔,虽然结果不尽如父亲之意,但客观地说,练跟不练肯定是有区别的。练字在一定程度上也培养起我写好字并关注书法的习惯,碰到字写得不错、书法水平较高的人,自己就会心生佩服,并在暗地里悄悄模仿偷艺。有时,还会在同班同学之间暗自较劲,比谁的字写得美。那个时候,在班里字写得好也会受到女同学青睐呢。记得当年,我因为字写得稍微周正一些,经常被老师、班干部喊去帮着抄通知、写制度、写表扬决定等等,甚至有时加班到很晚,忙得不亦乐乎,累并欢喜着,心里感觉美滋滋的:我的付出没有白费,我的特长得到了老师和同学的肯定,也有了用武之地。

  渐渐地,练好书法也成为我生活和工作中一个不可或缺的重要环节。在这个环节中,遇到过这样那样的事,但有一件事,令我至今难忘。

  当年,参军到部队,还真是因了字写得好,从新兵连下到老兵连没多久,我就干上了连队文书。要知道,在连队干文书,多少也算得上一个文化人,是连队重点培养对象。在这个岗位上,我不仅赢得了连队新兵老兵的尊敬和羡慕,还成功地吸引了身边几个对我无话不说的"铁杆粉丝"。最为奇绝的是战友Y,他对我崇拜有加,无论是连队班里的事,还是远在千里之外家乡遇到的事,有了苦闷向我诉,开心起来,也会毫无保留地与我共享。一次,家乡的父母给他介绍了一个对象,女朋友写的第一封情书到了,怎样回信,成了Y的一桩心事。那时候,在部队要和家人联系,基本上都是鸿雁传书——靠书信往来。不像现在,通信便捷,电话一打,音容并茂,要声音有声音,要图像有图像。普通一封信往返都要一二十天。好容易盼来远方亲人、朋友辗转多日的来信,我们这些卫国守边、生活在交通极其不便的大山沟里的战士激动无比,兴奋异常。知己莫若己,Y知道自己的水平不够,倒也不隐瞒,很快便找到我,当面把我海吹一通,夸我字写得漂亮,又有文化,硬是觍着脸嘻嘻笑着恳请我帮他给女朋友回一封信。依稀记得,当年,他盘腿坐在床沿,一边听着我给他念文绉绉的复信内容,一边看着字迹秀美的信笺,咪咪地笑个不停,脸都绽成了一朵花,还竖起大拇指,连连称赞:不错不错,老刘你真棒!后来,这桩好事想是成了。事虽不大,但它对我长期坚持练字的效果给予了证明,对我的内心也是一种很好的慰藉。

　　后来,我又从部队复员到地方。该是机缘巧合,也是因了自己写的字稍显娟秀,很自然地,单位就安排我干起了与写字相关的工作。像挥毫写宣传标语、宣传栏文章、泼墨板报广告、会议会标等等,这一干就干了许多年,也收获了不少称赞和成果,还被身边同人戏称为"单位一支笔",受到了大伙儿的尊敬和羡慕。

  转眼间,写字坚持了许多年。在多年练好书法的实践体验中,我会时常隐隐地冒出这样一种感觉:写字仿佛就是在写人生!写字练字,不光能提升涵养,还能淬炼人心:在清寂孤独、苦思冥想中,汲取书法这一博大深远的传统文化精髓;在凝神练字、写字过程中,领悟坚持不懈、仔细认真、兼容并蓄、进取不息、追求至善、宁静致远等诸多精神。就是这些精神,一点一横、一撇一捺教会了我怎样做人!

  这,就是我一直痴心不改,坚持写字练字的情结所在吧。

花趣

忘不掉"玩物丧志"的古训,花鸟虫鱼几不敢近已有不短的时日。

物虽不曾玩,方寸之中细细搜索,却也未确立个明确的"志"来。随着时间的缓缓推移,倒把这句古训渐渐地淡忘了。不知道从什么时候起,自己对芳香沁心、美丽诱人的花草萌发了兴趣,可这日渐浓厚起来的兴趣,自己是切切实实地体会到了。我到过一位好友家,不大的四合院中,放满了青翠、葱郁的盆栽,看着美,闻着香,十分可人。于是,我便开始设想着在自己的那个小小斗室中,放上一盆别致的花草小树,一定也是很可人的。不也有人说,养花可以陶冶人的情操吗?斗室中,放上一盆花,我便可一举数得——陶冶自己的情操,使自己的斗室静雅,何乐不为?

花有千种,未经细细琢磨,我便先喜欢上了文竹。从花市购得一盆文竹回来后,自然有一番观摩,一番欣喜,一番侍弄。小小嫩竹,也不负人意,天天不见长,可也天天在长,时间一长,也长出个喜人的模样来。朋友们来了,多有一两声啧啧称赞斗室的主人和这棵文竹的,心里美滋滋的自然是我。这样,小小文竹就更加得到了主人的礼遇。亲戚朋友来,在家中留影,无物以衬,这个时候,我便忘不掉要把文竹搬来,放在显眼的位置上,而后,让朋友站在适当的地方,以竹衬人。每每相片取出来,又少不了朋友一番夸赞:人竹相得益彰,特别是人更显出精神和有朝气,小小斗室也被衬得儒雅三分。

扪心自问,对这盆文竹自己算是尽了心尽了力的。论栽花技术谈不上,说勤勉却绝不夸张。竹枝肯长,可最令我不解的是,为什么竹叶却凋零得勤。每每看到竹根处落下的蓬松竹叶,我的心紧揪着。问别人,别人也说不出个道道儿,我无计可施,只得眼睁睁望着这盆文竹由青绿而垂萎,而焦黄……

文竹死了之后,尽管从表面看不出我有何异样,我也时常宽慰自己,树木寿命再长,也会有老死的时候,更何况文竹还是个草本植物,可当自己在花市或其他什么地方见到了文竹时,很自然地会想起我的那盆来,内心深处就有一种道不出的滋味。很长一段时间我都没再买什么花。

然而,对爱花人来说,花草是具有相当大的魔力的。到底抵御不住赤橙黄绿花草的诱惑,斗室之中,几桌之上,又有了米兰与茉莉的盆栽。花儿的幽香沁人心脾,只可惜,心醉的时辰并没持续多久,我眼睁睁地看着茉莉与米兰被严寒生生地扼杀在冬季。该想的办法都想了,该用的措施都实施了,仍于事无补。"劫"后好不容易提起来的一丝花趣,就这样随着花儿的枯蔫,消失殆尽。

仲春、孟夏,照理应是花草繁盛季节,而我的几桌、阳台,却是光秃秃的,全没了生机与朝气……

一次,在阳台远眺,蓦然回首,墙角边一只经年被废弃的花盆引起了我的注意:花盆中,微风摇曳着一两朵粉红色的、紫色的、黄色的鲜亮的小小马齿苋花,虽不招眼,可也显得风姿绰约。

细细想来,自己不曾移植、播撒过花种于此,妻亦从不问津,不好花事。那么,花种自何而来?

无从知晓。凭依稀记忆,马齿苋花在此安家,也不止一年了。只是花不名贵,既不艳丽,又不芳香,自己只把它当作野草对待,不曾留意过罢了。一年四季,酷暑严冬,风霜雪雨,小花就是在这么个被遗忘的角落里自开自败,繁衍生息,却一年更比一年蓬勃旺盛,如今也出落得楚楚动人。

渐渐地我改变了看法,觉得小花变得可亲可爱起来:它仿佛是我的知己,深谙我不精花道的难言之隐,让我彻底摆脱了"花奴"的难堪境地。无须日日对它看顾,浇水、松土、施肥。盆里土干得梆梆硬,可它照样败了又开,表现出异乎寻常的坚忍与顽强。即使是在严冬,马齿苋花也是老根不死,芳心永在,待到来春,再拔新茎新叶,再冒新蕾,开出不起眼的小花,以二十四小时内一开一败的短暂生命,在有限的空间,尽自己微薄之力,美化着居室环境,净化着人的心灵。它虽不比名花名草美丽芳香,难登大雅之堂,却绝不自轻自贱,辜负大好时光。

我无意对小花作更多的褒奖。草木非人,它们是无情的,小花更无气质与"花格"可言。我深知,它的生命的延续,它真正的美,就在于它能师承自然。

每当工余或闲暇之际,我常常款步踱上阳台,在盛开的马齿苋花前或驻足观赏,或久思凝想,哦——我恍然领悟到,陶渊明之喜菊,周敦颐之爱莲,以及如今一些家庭保留着马齿苋花,让其在春、夏、秋季常开不败的情趣来。

亲不亲，故乡人

今年的中秋、国庆双节，是自 2022 年疫情结束后第一个小长假。一向喜好远足的我，猜测各地出行的人会大大增多，怕堵车，因此，也只能"故步自封"，车辆入库。眼巴巴看着身边亲朋好友云里来乘机飞越边疆，水里去坐船跨海远洋，心里不光是艳羡，多少还有些落寞和一丢丢酸的味道。

正待我为节日光阴虚度而叹息时，表弟急急一个电话告诉我：有朋自远方来。我好奇这远方来的"朋"是谁。原来表弟说的这个"朋"，不是一般的朋友，而是我母亲的三妹，也就是我三姨娘家的一众儿女。因为姨娘家住连云港，我们两地相距比较远，以前交通不太便捷，过从相对较少。只依稀记得：许多年前，三姨家三个八九岁活泼可爱的孩子暑假期间曾来过六安，还在我们家小住过一段时间。虽时间已远逝，印象已模糊，一些细节却记忆犹存——当年表兄妹们在一起做游戏的嬉闹欢笑，声犹在耳，成了深埋心底忘却不了的美好回忆。

"别梦依稀咒逝川。"一晃，几十年风吹云散。这回亲友姊弟奔驰六七百公里,故地重游,老家会亲,热情相待那是必须的。更主要的是要让远道而来的亲友们在短短的时间内,对老家留下崭新的、美好的印象。表弟非常赞赏和支持我的想法。

在六安市区及城郊小遛了一圈,让连云港来的亲友对绿水青山、宜居的六安留下深刻印象,一再感叹:家乡山清、水甜、空气新鲜。不知是不是为我们尽地主之谊的诚心所动,亲友们此次远道而来,仿佛也得到了老天特别眷顾——夜间霏霏细雨下不休,却总会在第二天早晨收住阵脚。清新的空气中,丹桂馥郁,弥漫着一阵阵醉人的幽香。在如此风调雨顺的美好环境下,我们带领亲友驱车城外,来到皖西大裂谷,亲历裂谷的险要刺激,领略大裂谷的鬼斧神工,解说当地的历史人文。之后,游历六安享誉国内外的淠史杭灌溉区域内著名景点——佛子岭水库。我一边陪同亲友们参观雄伟的大坝,一边向亲友们介绍佛子岭水库的由来——这是新中国成立后,为响应毛主席"一定要把淮河修好"的号召,于"三年困难时期"在外国专家撤离等的困难情况下,中国的建设者们自己动手建立起来的第一座水利连拱大坝。老一辈国家领导人曾多次莅临水库大坝检查指导工作。电影《上甘岭》中,也有佛子岭水库大坝的雄姿。佛子岭水库是我们六安淠史杭水利灌溉区包括梅山、响洪甸、磨子潭、龙河口、白莲崖水库在内的六大水库之一。在响洪甸水库,我向亲友们介绍了单拱坝与连拱坝的区别、响洪甸抽水蓄能水电站建设的始末,并告诉他们这是六大水库中蓄水量最大的一个水库。在横排头淠史杭水利工程活水源头,我又给亲友们解说新老淠河的形成和当年水利工程建设过程中,建设者们不畏艰难险阻战天斗地的火热情景。

在庄严的淠史杭工程纪念碑前,亲友们驻足默默念诵着建设者们的丰功"碑记";在专门为水利建设功臣代表建造的纪念墓园中,亲友们怀着景仰的心情,向功臣注目致敬;在横排头水滨,亲友们极目远望,淠水汤汤,细波荡漾,岸渚披绿,白鹭翔集。鲜少见到这种情境的亲友们无不啧啧称赞:这就是人间天河,美如仙境!

领略了六安大美的绿色山水,少不得要让远道而来的亲友们更深刻地了解一下六安的红色文化。

所谓说一千道一万,不如到现场看一看。在乘车经过苏埠集镇时,我为亲友们简单介绍了因"围点打援"军史留名的苏家埠战役和徐向前元帅前线指挥所,以及刘邓大军当年挺进大别山流传于民间的感人传说。在去金寨响洪甸水库的途中,我们特地顺道带着亲友们徒步走进中国革命历史上享有"一镇十六将,独秀大别山"美誉的独山镇的"独山苏维埃城",参观独山革命旧址群,领略了旧址群中灰砖墙、飞檐翘角、雕梁画栋、建筑精美的清末民初的古建筑和六霍起义纪念馆;登上一两百步人行石阶,拜谒坐落在高高山坡之上的六霍起义纪念塔,缅怀先烈、祭奠英雄,追忆老区人民在党的领导下,英勇顽强、不怕牺牲、追求光明的崇高革命精神。听亲友们说,此次来六安之前,虽然或多或少对六安革命红色文化有些了解,但在实地走一走,感觉还是不一样的:于无声处,仿佛能听得到当年独山暴动革命者东奔西跑、奔赴前线隐隐约约远去的脚步声,听得见暴动者们激情昂扬、振臂呼号的呐喊声……

在让远道而来的亲友们游玩、休息好的同时，还要让他们吃好喝好，这是不能含糊的。

本来，我们就一直以六安的餐饮文化底蕴深厚、内容丰富、菜肴爽口为荣。我们每到一地，一边用餐，一边讲解，边吃边聊，让亲友知其然，更知其所以然。我告诉亲友们，六安的饮食文化内容丰富，一时半会儿也介绍不周全。之前，央视《舌尖上的中国》栏目组曾多次到访过六安，对六安名特小吃如毛坦厂蒿子粑粑、六安的大井拐包子，还有地方特色菜肴，如六安的卤菜，三十铺的咸鹅、板鸭，叶集的羊肉，金寨的吊锅等都进行过详细的报道和宣传。在亲友们即将返程的告别聚会上，我们特地就近选了一家口碑不错、性价比高的私房菜小酒馆，安排了一桌具有一定特色的土菜招待亲友，如黑毛土猪肉红烧豆腐锅、板栗烧鸡、腊肉烧黄鳝、小松菇摇肉锅、地皮炒韭菜等等。服务员每上一道菜，我都会兴致满满、不厌其详地对其材质和来源进行说明，再点缀、穿插讲一些饮食文化，博得了亲友们的赞许。

俗话说得好：欢愉嫌时短——多年不见的亲友们的到来，给我们原本波澜不惊的节日生活带来了欢乐。而在双节期间，与远道而来的亲友们愉快相处，感觉时间一天天过去得很快。

挥手告别之时，两地亲友依依惜别、一再叮嘱：相互组团、加强沟通，让父母辈们多年存续的血脉亲情久久承传。

亲友们最后深情说出的一句话是：家乡的山，家乡的水，家乡的酒，家乡的情！余音绕耳，我心尤记。

南庄，南庄

又想起了南庄。

南庄是我曾插过队的地方。越过二十年的往事，还是那样的明晰，那人，那水，那个掩映在十里稻花香印象中的小村庄，还时常从我眼前流过。二十年了，纵使记忆力再强，许多事已很难缀成篇，成了零星的断想——那份艰辛，那份磨炼，已刻之于骨，永远不会遗忘。

插队小组的艰苦，首先表现在"食"的方面。米不成问题，饭可以自己做，但菜享用起来就很难了。南庄知青插队组三个"和尚"虽不算太懒，但菜园里的蔬菜长势却跟不上想象，紧一顿缓一顿是常有的事，隔三岔五，也有村民送碗咸菜来接济一下。组员们有时回家归来也带些腌制品什么的，但是总不能根本解决问题。小组内经常出现"菜篮子危机"，饭桌上"竹筷竞争"激烈，动辄出现小菜匮乏的窘境。有一次轮流坐庄，组长小程负责张罗生活，偏偏赶上了菜园子里青黄不接的淡季。饭桌上的菜先是数量不足，接着出现了一些黄了老了的菜的茎叶，后来干脆菜碗空空。有位组员找来酱油和盐,一搅和,一人分点,凑合着把饭咽下,一连几天都是这么打发的。我们嘴里不说小程,心里也不怨他,只是那酱油汤泡饭的滋味实在不好消受。正在为此事挠头的时候,第二天中午收工回来,饭桌上那碗看厌了的酱油汤已无影踪,换上了一大海碗香喷喷的炒青蒜。"咦,哪儿来的大蒜?""吃吧,别问了,反正不是偷来的。"已是饥肠辘辘的组员们哪想多问,个个一副老饕模样,屁股尚未落座,两大海碗饭就下肚了。筷子一放,油嘴一抹,正待歇息,回味一下青蒜的余香时,忽然一声妇女的叫骂传入组员们的耳朵里:"谁个黑了心的,夜里偷俺的菜了?谁个不要脸的,吃了俺的菜了?自己不长手,吃了烂他的嘴。俺骂他个三天五天,咒他个七七四十九天……"循声望去,是和我们离着一截的邻居家。农妇的丈夫一面用力将农妇往屋里拉,一面劝止:"算了。""谁偷了她的菜呢?也真是!"组员们相互对望了一眼。小程也在嗫嚅着:"为什么要偷别人的菜呢?"第二天早晨,农妇又一口气骂了数十句。第三天,我们又在骂声中被吵醒。组里的一位哥儿们有些耐不住性子了:"谁偷了你的菜找谁去,天天搅得我们觉都睡不安宁,还真的要骂个七七四十九天吗?明日再吵有你好瞧的。"第四天早晨,不知为什么,农妇住了嘴,村子显得一片宁静。

日子一长,这件事渐渐地被人遗忘了。

1977年大考,小程上大学去了。不久,他给我来了封信,信写得很长,他告诉我那农妇家的菜是他趁夜去拔的。组员们天天吃酱油泡饭,面呈菜色,他实在看不下去、忍不下去了,才不得已出此下策。农妇的叫骂并未激怒他,只是良心上难以过去。

第四天清晨,他偷偷将五元钱塞进农妇家。

翙日,那家农妇告诉我,她也收到了小程的来信,并不好意思地提起了关于菜的那档子事,又热情地要我们缺什么就去她家拿。之后,好几次,邻居农妇笑哈哈地把可口的菜给我们送到饭桌上。

后来,我们相继离开了这片热土,离开了南庄,我们带走了南庄人的淳朴、宽厚、热情,也把一段青春美好的时光留在了南庄。

二十年过去了,南庄,南庄,不思量,自难忘。

暮霭寄思

父亲和母亲相继离开我们十多年了。

跟往年一样,清明前后上山看一看两位老人是每年这个时节必须了却的一桩心愿。

今年,清明前的一天,临近黄昏,暮霭伴着霏霏细雨,天渐渐地暗淡下来,我独自驱车前往城外十几里地的陵园。此时,祭祀扫墓的人都已走尽,路边空地只有一户出摊售卖祭扫用花、纸钱、白酒等物品的摊主正在收拾东西准备回家。"上面没有人了,来得好晚哟。"摊主好意提醒。我点了点头,冲着摊主微笑,并买了一束祭扫用的鲜花和一瓶白酒。我自顾自地上车、开车,不愿向卖花人解释什么,但自己心里很清楚,我就是为了避开清明这个时节,尤其是"寒食"前后十日来此祭祀上香的众人,所以迟来的。我要的就是这样的一种境况:偌大的公墓陵园里,空空荡荡,四下无人或人少,能安安静静,放下心情,理理心绪,轻轻地游入对已经渐行渐远的两位老人沉沉的思念……

思念,唉!思念虽然代表着默默无尽的深情、真情,在其背后,却隐含着对自然规律、对父母离世这一现实的一种无奈!可再多的无奈和不舍,也无法改变二老已离开我们的事实。没有了他们的关心,没有了和父母的对话,没有了与双亲的互动,只能独自默默在心里留存对父母亲无尽的想念。想得多了,想得深切了,一些以前遇到的疑惑难解的情境也会从心底翻上来——至今,我还清楚地记得母亲刚走不久的一天午后,我躺在母亲生病期间用来陪护她的小床上午休,迷迷糊糊中,母亲亲切地微笑着向我缓缓走来,一如以往熟悉的身影、熟悉的面容,亲切和蔼,我沉浸在母爱的氛围中,兴奋异常……当自己要离开时,母亲却紧紧地拽着我不放我走,且越拽越紧,感觉手脚被什么东西束缚住了,浑身乏力,动弹不得。一阵纠结,我从迷糊中渐渐醒来,对刚才发生的事情将信将疑。我不敢相信人走了还有灵魂托梦,可我竟也遇到了母亲托梦这样的事,我纳闷了好一阵子。最终,我自己给自己圆梦:归根到底,还是因为对母亲的那份思念吧。

其实,对父母的思念也不需要什么理由,是一种自然心绪的流露,是挡也挡不住的。祭奠本身就是一种思念形式,寄托对逝者的情感和哀思。这之前,我也记不得和姐妹们一起到父母墓前祭奠过多少次了,但只要想父母了,我就会独自上山,到父母墓前祭扫一番,默默地告慰父母,并在心里和父母神会交流。特别是在现实中遇到比较不开心的事或是感觉心理压力大需要缓释放松的情况下,我更会如此。想想过去,想想父母生前一家人点点滴滴相处的日子。冥想中,我竟暗暗生出惊叹,回味和感悟到父母生前许许多多的不容易!

在我的记忆中，20世纪七八十年代实行计划生育前，一般家庭有三五个孩子属于正常，我们家也是如此。虽然家中吃穿不缺，但父母为几个孩子上学成长、成家立业真是操碎了心。因为那时年龄小，父母也不在我们面前说，我们根本感觉和体会不出当时父母在遇到困难、不顺时，心中的那份纠结和愁苦的滋味。有时实在被孩子们烦透了，父母也会撂出一句"狠话"：你们也会长大、结婚、生孩子，也要为人父母的，不养儿不知父母恩！父母说这样的话，并不是要子女们怎样去感恩报答他们，只是再没有比这句话更有分量、更能释放自己心中压力的了。虽然我们没有给父母造成过棘手的大麻烦，但也曾让父母担过惊受过怕，伤透了脑筋伤透了心。即使长大成人了，有时还因为一些小事惹得父母不高兴。讲起来，多子多福，养儿防老，可现实给他们开了个小小的玩笑。父母生前没有得到我们几个子女多少报偿，反而对我们各自的小家庭多有关爱和帮助。那个时候，维护家庭，养育子女，父母受的累再多，心里的苦水再多，也从没有懈怠过，他们用行动给我们展示了为人父母的厚德、坚毅、担当、吃苦、包容等良好品性。

　　"你们也是要为人父母的，不养儿不知父母恩！"这是多年前父母告诫过我们的话，言犹在耳。后来，我们也做了父母，平时遇到一些事，换位想一想，方才真正体会到当年父母是多么的不容易！父母与孩子，由血缘维系，因千年传统道德文化滋养，家家父母总是希望自己的孩子能够平安、健康、幸福、茁壮成长，成为在家有担当、到社会能奉献、对国家有用的人才。哪怕孩子在家里讲一些不妥的话、做一些不恰当的事，父母也会海量忽略,不记前怨,相信通过适当的方式和正能量教育,孩子会慢慢变好,走上正路。

  现在想来,父母生前就是这样对待我们姊弟几个的。所谓事非经过不知难!现在知道难了,子已悟亲已逝,子欲养亲却不在了!但我能清楚地感觉到父母的严谨、耐心、慈祥、宽厚、包容依然在我们的身边,环绕着我们,影响着我们。这些美德也正是我们要继续传承下去的,用我们的行动无声滋养和影响我们的下一代……

父爱殷殷

有人说,世上的母爱最伟大。但人生一世,父爱也是须臾少不得的。为人父母者,鲜有不爱自己孩子的吧,只是父爱母爱有别,家庭与家庭不同罢了。母爱情真,父爱意深!

母爱情真容易为人接受,而父爱意深有时在一时一事上就无法得到子女的理解了。说句心里话,对于父爱,我也是随着时光的推移、年龄的增长,才逐渐理解、逐渐品味出其甘醇,并将其刻于骨、铭于心的。

在记忆中,自小父亲对我的教诲和爱是少不得一个"严"字的。父亲戎马倥偬一生,工作再忙也要抓紧对子女的教育,特别是像我这样不甚乖巧的"角儿",更被列为严加教育对象。姊妹几个中,仅我是男孩,排行也小些,在别人眼里仿佛我落到了蜜罐里,有吃不完的甜头,消受不完的福。而实际上,我并没有享受过什么"最惠国"待遇。我有的,姊妹们都有。吃东西时,姊妹们手里是小的,我也不能拿大的。时至今日,孔融让梨的故事在我的脑海中印象还是那么深,大概就是那时父亲左讲右教的缘故吧。在家如此,在外,我也不能搞特殊。童年,我生活在 C 城时,父亲在部队的薪水比较高,母亲也有工作,家庭生活水平不算低。孩童们的好胜心强,事事都想比小伙伴们稍胜一筹,但每每我总眼巴巴地看着小伙伴手里玩的东西比我好,身上穿的衣服比我新。一次,我实在憋不住了,从边边角角搜罗出一元硬币,到商店一气儿买了三把玩具枪。回家后,不知怎的走漏了"风声",让父亲知道了,被狠狠地剋了一顿。父亲质问我哪儿来的钱,小孩子哪能如此大把花钱,并将我的三把枪统统没收。我忍不住号啕了老半天,也伤心了好一阵子。

严,是父爱中一贯奉行的,但父亲对我并非一味严,而是宽严相济、爱而不溺的。

高中毕业了,正值知识青年要到广阔天地接受再教育的年代。按政策,像我这种情况的,可以留在父母身边。可是父亲在沉默了许久后,大手一挥:"去!"我便打点好行装,离开了父母,离开了生养地,插队到农村。后来,姊妹们来信我才得知:我走了之后,好长一段时间,父亲都寡言少语的。他担心十六七岁刚跨出校门,力量单薄的我,一下冲入社会,游进生活的大海,能否适应农村的生活。

下放的时候,父亲到过我们插队组两次。一次是我们仓储殆竭,就着水和酱油泡饭吃的时候。我依门远望,瞧见了青草茸茸的田埂上,晃动着父亲硬朗的身影。最关键的时候,父亲挤公共汽车又徒步走了十几里地,肩扛手提地给我们送来了生活补给。我有多高兴自不待言。组里的哥儿们也都个个喜笑颜开。吃饭的时候,筷子夹住久违的香喷喷的咸腊肉,三大海碗饭噌噌就吞到了肚里。抹完油嘴,瞅见父亲在一旁端着饭碗笑,我有些纳闷:大概我们的吃相不太好看?夜晚,烟油灯熄灭后,我和父亲在一张床上"捣腿",谈了些什么已没有记忆了,只记得谈了很久很久,直到夜已深沉。

　　插队两年,在我即将离开农村,准备应征入伍的时候,父亲又一身戎装风尘仆仆来到我们插队组。那年头,当兵入伍还是件时髦事,是小伙子们削尖脑袋往里钻的行当:农民能当兵,就意味着有可能不再面朝黄土背朝天;知青当兵归来,也就能脱离农村进城进厂。凭着父亲老军人的身份和职位,凭着他的熟人关系,送我当兵易如反掌,但父亲偏偏让我做好两手准备。因为一是我报名的机要部队要求条件高;二是他不去"通路子"找关系,让我凭本事吃饭。实在不行,留在农村再多待几年。在报名、体检、办手续过程中,他忍着多年行军留下的脚鸡眼病的疼痛,陪着我一颠一歪地走了许多坎坷土路,直到按正常手续顺利过关,把我接回,又急匆匆颠簸几十公里到火车站把我送走……

　　每每静坐独处时,我总在想:应该感谢父亲,感谢父亲的果断。尽管农村生活相对短暂,但在农村我懂得了许多没有这段生活经历的青年人所无法懂得的东西,经受了艰苦磨炼。两年光阴,一眨眼间,农村生活不仅给了我有意义的启迪,还充实和丰富了我的人生体验,而那隐于其中,贯于首尾,殷殷切切的父爱,还时时萦于心际,常常让我眷念。

大 大

妻常说起找保姆难的事。在轻声附和中,我很自然地联想起童年时,我和保姆相处之乐趣。

她是什么时候从乡下来到我家的,已记不清了。五十多岁的人,身体结结实实,梳着粑粑头,显出乡下妇女特有的精干和利索。妈妈说,起先她是姐姐的奶娘。姐姐大了,她就转来带我们。不知该喊她什么,顺了口,我们就喊起她"大大"来。

大大为人很和善,喜欢和我们亲近逗乐,常把"老憨"(对疼爱的小男孩的昵称)挂在嘴边。但凡有了事,爹妈叫不动的,只要她"老憨""老憨"连着一喊,我们便挪着步子,噘着嘴,没有不依顺她的。

大大信佛教,而且非常虔诚,吃的是长斋,饭菜不沾半点荤腥,锅碗瓢盆另有一套。我们"和平共处",长期"井水不犯河水",倒也觉得挺自然的。只是一点:父亲曾多次提醒她不要影响我们,所以,她诵经时,常常是背着我们的。偶尔撞见她口中念念有词在闭目诵经时,乘她不备,我们把她的经书藏匿起来,而后又装作若无其事的样子。看她急得团团转,四下里寻找时,我们又忍不住叽叽直笑。她窥破天机,脸上即刻挂出生气的样子,我们知道她那是吓唬人的。果然,待我们把书还给她,她笑脸依旧,以"老憨""老憨"作结。

大大早年丧偶,身边无子女,也许正因如此,大大真的把我们当作她自己的"老憨"看待。夏天生怕我们热坏了,冬天又怕我们冻着了。尽管如此,那个时候身体羸弱的我,吃药打针还是家常便饭。有时病虽不大,可来得突然,常使家人措手不及,忙得前后转。记得一次不知患了什么急性病,医生规定每隔几小时就要打一针。恰巧这个时候父母出门在外,自然是大大领着我上医院。白天慢慢走尚可,夜里去打针可就作难了。每次我都是在沉睡中被大大"老憨,老憨"地叫醒,迷迷糊糊被大大穿好衣服。大大背起我,在寂静的黑夜中吃力地一步一晃、晃到医院;打完针,大大又一步一晃把我背回来。

大大是个地道的农村妇女,虽不识文断字,却有着朴素的善恶观。生活中她的一些言谈举止对我们的影响很深。

常常是父母在上班,大大把活儿做完后,便一拉一扯纳着鞋底给我们讲着自编自造或从其他什么地方听来的故事和笑话。说到紧要处,还能引出一段不知是经书上还是她自己总结出的极富哲理的人生经验,像"恶有恶报,善有善报""烧火时,柴要空心;生活中,人要忠心"什么的。兴头上,她还"理论联系实际",认真数落着我的不是:"老憨,吃饭不能浪费呀!糟蹋粮食是有罪的。一粒一粒米来得不容易哟!"说着,她又随口编排出词曲轻声吟唱起来:"大米大米,来之不易……"曲子软软款款的,乡土味儿特浓。

日子长了,桌子上、地上的饭渐渐地少了,渐渐地没了。这个时候我总要叫大大过来看一看。"这样就对了。"大大高兴得又是一口一个"老憨"。在这一声声"老憨"中,我更喜欢她老人家了……

不知道大大在我们家逗留了多少年,在我的记忆中,她对我们一直是尽心尽力的。

虽然大大已经走了,我却时常想起她。而最让我留恋不能忘怀的,是她给我及我们家留下的一份真诚,一份挚爱。

如子

如子跟我是姑舅老表,我的父亲是如子的亲舅舅,如子的母亲我称为大姑姥。如子长我一岁,算我的表兄。如子其实也不是他的大名,只是我们叫习惯了,小名叫起来更顺口。

我和如子虽然是表兄弟,但关系和谐,不亚于亲兄弟,甚至可以说胜过亲兄弟。他言谈举止中自然表现出来的淳朴、厚道、包容、勤勉,不仅让我暗自折服,也是我们能长期怡然相处的主要原因。虽然我们两人性格不同,但经常能玩到一起。

记得我上小学四五年级的时候,那时的城市建设环境、衣食住行生活条件等方方面面与现在相比,差别大了去了。我所在的县城连一座像样的公园都没有,更不用说孩子们能有多少娱乐的项目了,说少得可怜一点也不为过。受喂养金鱼的邻居的影响,不知什么时候起,我也悄悄喜欢上了在清澈的水中游来游去的花色、品种各异的金鱼,寻常假日也特爱到沟渠、滩涂去抓鱼捉蟹。刚好如子家附近就有一条宽阔的老沙河,每到星期天,我便兴致满满徒步走街串巷赶到如子家,急不可待地和他一起到那条老沙河去戏水、捉鱼。如子哥知道我这个小老弟有些任性，为了迁就我不致扫我的兴，哪怕他手上还有家务活，也在急急把事情忙完之后，跟父母打声招呼，在大人们"要注意安全"的嘱咐声中，和我屁颠屁颠地向老沙河跑去。

  宽阔的老沙河，不在丰水季节时，大部分河床裸露出高低不平的干涸的砾石沙滩，但阴湿低洼的浅滩里尚存一处处面积大小不一、深浅不一的水。忽而，一阵微风轻拂，沙凼水面碎波细漾。清澈见底的一处小小水塘中，我们还真见到了三两结队、七八成群的小鱼儿。手舞足蹈的哥儿俩各自撸起衣袖和裤管，筑坝围堰、放水逮鱼。虽然那些有水的沙塘不大，但沙塘里野生小鱼的游技与生俱来，很难逮得到。记得哥儿俩用了半天的时间，一会儿起沙垒堤，一会儿放水追鱼，空旷少人的沙河河床中，留下了哥儿俩跳来跑去兴高采烈的身影，还不时回荡起哥俩欢快的笑声。傍晚时分，哥儿俩稍事收拾，便披着夕阳，踏上归途。究竟逮到鱼了没，还真没有印象了。其实，有没有鱼不重要了，一次开心地玩耍，在那个物质和精神都十分贫乏的年代，足够小哥儿俩好生回味很长一阵子了。

  如子不光与我相处和谐，他随和、憨厚的性格也深得我父母和姊妹们的欣赏和喜欢。在我们上初、高中的时候，是我们兄弟俩来往最密切的阶段。平时就不多说了，在每年辞旧迎新的大年三十晚上，在一家人忙着将一大堆硬菜上桌、远近的爆竹声依稀响起之时，我便急匆匆向如子家赶去，邀他来我们家过年。

  黄昏，不宽敞的县城主干道上几乎见不到人影，一些平日熙攘的街巷也空落落的，从一些早早闭市、木板大门已关的罅隙里，隐约可见一家一家门内晃动着快乐的身影，不时传出举杯邀人、相互祝福的欢声笑语。我三步并作两步走过长长的昏暗的巷子，赶到如子家，拉起刚刚在自己家吃过"团圆饭"的如子向我们家奔去。

如子的到来，让我们一家欢喜过年的气氛更加活跃了起来。年夜饭正式开席，大家落座八仙桌，交谈着不同的话题。兴高采烈之余，父亲拿出存放已久用计划券票购得的平时不舍得喝的老酒招呼如子。

酒过数巡，已是面红、微醺。接着，撤菜、净桌，家人们有的自找对家打"四十分"，有的相互拉呱儿。新春零时钟响，胆子大的如子抢着点燃了一挂长长的万头爆竹。不一会儿，左右邻墙隔壁、远处四面八方，噼、叭、咚炸响四起，浓浓烟雾升腾缭绕。待烟花放完，爆竹响声渐静，大家又各就各位，继续打牌的打牌，闲聊的闲聊。有的实在不堪睡意来袭，估摸着坚持不到天明的，也就顾不得守岁的虔诚，悄悄侧卧一隅打盹儿去了。

那个时候，家家是没有电视机的。

如子的家庭条件不算太好，但他秉性勤勉聪慧。他的父亲，我的大姑爷是位做了几十年的木工师傅，手艺精湛，受人尊敬。如子在家近水楼台，耳濡目染，十几岁的小小少年，经常利用放学、放假的空余时间留心学习，也学会了不少木工活，能额外挣点零花钱，贴补家用，替父亲减轻养家度日的压力和负担。他最为拿手的一项活计是制作棕绷床，俗称棕床。做成一张棕绷床看似容易，实际从开始到完工要付出许多艰辛——当一捆捆棕树片拿回家后，不忍心让老父亲受累的如子主动承揽了棕床制作的脏活、重活。首先是"撕棕",这项活计需要一至两天坐在一处,把棕榈树片去皮抽丝。一捆棕皮抽丝完成,棕皮碎屑不仅落满全身,头上脸上也是灰黄一片。一次如子完成"撕棕",一脸疲惫、眼露苦涩的表情至今让我记忆犹新。"撕棕"结束之后,接下来是"捋丝":将棕丝按长短、质量综合捆扎在一起,然后手持特有的"纺丝"摇车工具,把捆扎在一起的棕丝一缕缕缓缓均匀地抽出捻成单股棕线。待到天气放晴,选一处行人较少、距离够长的街衢巷道,架起自制的简陋的"合股"木架,开始"放绳"——把两条单股棕绳摇合成一体,再一把一把地拢在一起绕成条形绳团。至此,棕床制绳工作就算完成了。

那个时候,周日和寒、暑假是没有出行旅游概念的,到如子家,找如子玩儿,就是我的家常便饭了。每次去,如子基本上都在紧张地忙活着,多半是忙着穿棕做床。看着忙得不亦乐乎的如子一会儿"捋经子",一会儿穿纬线、下楔子,我也很乐意颠颠地跟在如子前后左右给他打起了下手。

如子为人脾性耿直,做事认真。他做出来的棕绷床,质量杠杠硬,在许多木工老师傅的眼里都是呱呱叫的。

后来,如子将自己精心设计并用心完成的一款"满天星"棕绷床送给了我。那应该是寄托着他对我们兄弟俩美好未来的祝福吧——前程美丽似锦,福如星辰大海。

棕绷床,已然成了一代人的记忆。

兄情弟谊廿春秋

我与 L 君的相识算来已有不少年了,具体是哪一年我也不太记得清了。

翻翻案头上两天前收拾堆起的一摞近百份陈旧泛黄的某报报纸,在理出报纸的年份时,我发出了小小的惊叹——最早的一份竟然是 2002 年的,距今已整整有二十个年头了!由此推算,我与 L 兄相识至少也在二十年前了。他是该报驻站记者兼负责人,我们也是因为这份报纸、因为工作才有接触。接触得多了,又心性相投,自然水到渠成,结下了一份历久弥纯的兄弟情谊。

二十年,在人的一生中,也算是个不小的数目了。这期间,我有故交,也结识过许多新朋,不敢说"相识满天下",但在众多的朋友中,能绵延二十年过往不断、情义不减、热心相助、诚信相待、彼此尊敬、一如兄弟般的朋友,也为数寥寥。

L 兄最初给我的印象颇深:他低调谦逊,一讲就笑,给人一种亲和感。随着时间的推移,通过进一步的接触和深入的交往,我对他的认识也就更加全面了。

L兄平时除了对人和蔼亲善、乐于助人之外,办事还认真。

当年,因为工作的关系,我作为单位搞宣传和企业文化建设的具体负责人,上报纸做宣传都是有任务指标的。本想有L兄这么个朋友,写篇文章登个报,完成一下任务指标应该不会有多大问题,可骨感的现实和我初始丰满的希望严重不符,怎么也吻合不上!L兄用行动让我领教了他对事对人的一丝不苟。

一次,我辛苦了好几天时间,费了老大的功夫,搜肠刮肚写成了一篇自认为妙笔生花的文章,洋洋洒洒几千字,想请L兄在方便之时,推荐到报社发表一下。一段时间过后,泥牛入海,一声不响,文章没见刊登。我有些纳闷,猴急地猜测起原因来。一天,在采访工作结束后,L兄风尘仆仆来到我上班的地方,和我寒暄,所谈却不是我急切关心的事儿。我直奔主题,询问起稿件一直未见登报的原因。他呷了一口茶,不急不慢眯着眼嬉笑着对我说:"老兄啊,我们的报纸讲文章质量是一个方面,同时顺应时代潮流、对上路子也是很关键的!质量好又很适合登报的稿件,很快就可以见报,如果哪一方面有欠缺,我就是给你推荐到报社,编辑们也会给你Pass(淘汰)掉!嘻嘻,老兄,我们的报纸也不是谁家的后花园,随便想采一下就能采的呀!你可以试试投别的报纸,看能不能采用。"——乖乖!不帮忙推用稿子也就罢了,正经道理一大堆,最后还来个"三分球",一脚把你踢得老远。尽管当时我能感觉得到微笑的表情在自己的脸上慢慢凝固,可我又觉得生不起气来:你不能不承认他的话说得在情在理,且堆着一脸盈盈笑意,哪有伸手去打笑脸人的!更何况我们的交情在,一篇稿件用不用,也不至于摇动我们的情谊。

后来,时间长了,也就把这事渐渐地淡忘了。至于那篇被他称为不适用的稿件,欠缺在哪里他没有说,我也没有再去追问。最后,到底有没有被其他报纸留用刊出,我也记不清了,但我们的交情一如既往。

L兄不光办事认真,而且为人刚直不阿,我对他很是佩服。

他耿直的性格想是与生俱来的。但凡有违规、违纪、违法和一些非正能量的事情发生,被他捕捉到由头和线索之后,他不光与我们交流时一顿口诛,事后还会仔细认真地了解、采访,火力全开进行笔伐。一篇篇揭露一些不良的事件和人的稿件见诸媒体,可谓惩恶扬善,震慑力不小。

也有人为他的刚直替他担忧,建议他多唱点赞歌,少得罪些人。他一笑而过,依然故我,依然诛伐连连。

其实,直率不忍,只是L兄为人的一个侧面。在他的内心,还深深地藏着温善、柔情的另一面。

有一件事,虽然过去了很多年,但现在想起来还历历在目,仿佛就在昨天。

那是一个春夏之交的清晨,他风风火火赶到我的办公室,边拉着我的手边往外走,告诉我他想做一件好事、善事。我虽然有些蒙圈,但在他边走边解释的过程中,逐渐明白了,有一位知情人向他提供了一条线索:一位不知什么时候、从什么地方来的拾荒老人和老人收养的一个小女孩目前生活十分困难,想请他登报呼吁帮一帮老人家。他让我陪他一起去看看。

老人的住处不近,是在郊外的一处水边树林里搭起的一间极其简陋的、间杂有塑料木板捆绑的窝棚。窝棚内放着两张极其简易的可供人躺下休息的铺盖。棚内空间狭小,地上不知从哪儿捡来的一些废旧锅、碗、瓢、盆等生活用具和破烂儿,零乱地堆积得到处都是,让人无处下脚。拾荒老人大概有七十岁了吧,对于我们的贸然到来,表现得比较淡定,也没有表示拒绝。也许是老人家年龄大了,交流起来比较困难。他自己也说不清是从哪儿来的了,倒是记得身边的小姑娘是他好几年前拾荒捡来的,一直喂养到现在。孩子渐渐大了,目前就在附近一所小学念书。一阵寒暄后,我们走出老人的窝棚。有附近好心的居民赶忙上前告诉我们,老人年龄大了,小女孩也逐渐长大成人,和老人家生活在一个简陋的窝棚里也不是个事,会越来越不方便,可能会对女孩的成长和心理产生一定的负面影响,希望有人能帮帮老人和孩子。随后,我们来到附近女孩上学的学校,想进一步了解一下情况。女孩正在上课,为了不打搅孩子,我们没有与女孩见面。转身,我俩再次来到拾荒老人的窝棚里,L 兄告诉老人,办好相关改善眼前困境的手续,可能还需要一些时日,让老人耐心地等。临行时,我俩又倾尽所有,给老人捐助了一些钱,老人家非常感动。

一段时间之后,我听说 L 兄又多次往返于拾荒老人的住处和民政部门、敬老院、福利院以及女孩就读的学校。最终,在一帮善良人士的热心助力下,老人解决了养老归属的难题,女孩子也能轻松安心地在学校学习了。

有人曾问过 L 兄,非亲非故,为什么帮人一帮就帮到底?以我对他的了解,别看表面上做事他谁都不服,内里却有着一颗古道热肠的心。

岁月悠悠,我们携手二十个风雨春秋——我和L兄因为一份报纸,偶然相识,虽然相交寡淡,却有一个人生共识:做事要实在,为人要真诚!

新葩初绽

早听说刘艺爱画、喜欢画画。而其在油画上有些名气的消息我是在刘艺家的一次聚会中得知的。

走进他家的会客厅,整个身心便沉浸在浓浓的艺术氛围之中。一个十二平方米大小的房间四周挂满了各种油画:有细腻逼真的人体画,有朗阔清艳的自然风景画。最夺人眼目的是置于客厅一角的一组两米见方的西藏风情画。每一幅画面都真实地再现了藏胞们的生活情趣和当地的风俗,以及美丽的高原风光。面对这组油画,我肯定:刘艺的画能达到这种地步,已非一日之功,他要耗去几多执着的心血,洒下多少辛勤的汗水呀!

刘艺告诉我,这组油画的创作历时一两年了,眼下尚未毕其功。其中的《高原之家》在去年四月份参加了第二届中国油画展,并发表在《第二届中国油画展作品集》中。另外,《久远的音符》《步履·岁月》两幅作品又于去年十月同时入选第八届全国美术作品展,并先后在《安徽日报》和《文化周报》上发表。尽管我不是搞油画的,但我也曾耳闻,油画能挤进全国美展实在不是一件容易的事,必须有很深的功底和新颖的创意。刘艺肯定地说,得来的成绩证明:历尽千辛万苦、艰难曲折,也必须坚持。在生活实践中,刘艺没有懈怠过,没有让社会上的一些令人眼花缭乱的东西滋扰自己心田那一份对艺术、对事业的追求。

他八九岁起初涉字画,十五六岁便立下大志要当个画家。十八九岁参加工作,迄今仍手握画笔不辍。春去春回许多年,用秃了多少画笔,他记不清了;耗去了多少画纸、画布、颜料、油墨,他也忘得干干净净。但他说,在历尽曲折的从艺道路上,有几件事刻骨铭心,深深地印在了他的脑海中——

他记得,进单位后,他仍迷恋着参加高考,一心想进专业院校深造。可种种原因,使现实总是与愿望相悖。他参加高考,第一次失败了,第二次也失败了,第三次还是失败了,但他并没有被一次次的挫折所击倒,屡败屡战,顽强地坚持着。一次,到芜湖考安徽师范大学美术系,考试、吃住要三天时间,因盘缠带得不够,最后一天,他不得不在芜湖江边硬挺着熬了一夜,竟被巡视江岸的一位老人误认为是遇到不顺心的事想不开寻短见的人。

他记得,1982年刚参加工作不久,工资较低,要画画,必备的材料是省不掉的,他不得不从微薄的工资中抽出一大部分用于购买纸、笔、颜料。学习资料没有,只能自费订阅《工农兵画报》和《连环画报》。工资的剩余部分用来维持生活。购买饭菜票,就免不了显露出捉襟见肘的窘相。有时连一碗两角五分钱的肉都买不起。到食堂赊账是常有的事,饭堂的师傅知道他的情况,也能体谅他。熟悉刘艺的工友,也给他热情的帮助,在其经济拮据之际,经常无偿地送些饭菜票给他,以缓眼前之急。

他还记得,在班长和其他工友的鼓励下,在不耽误正常工作的同时,他仍坚持业余从事油画创作。在1985年省电力系统举办的一次书画展上,他的一幅油画一举夺魁。局里领导及工会负责人及时发现人才,并拨相当数量款额让其到北京中央美术学院进修。省电力文协的领导也为其进修大开绿灯,给了很大的支持和帮助。1990年,他所在单位又给予资金让其在毕业前深入生活,到边远地区搜集素材搞创作。

每谈及此,刘艺感触颇深:去北京进修是自己笔力更健的一大转折。

刘艺是幸运的,他有一个好内助。妻子对他的事业全力以赴给予支持。为了艺术,刘艺三十一岁才结婚。成家前,其未婚妻支持他。成家后,很多实际问题出现了:家务事多,孩子小,妻子自己工作也忙,上班地点远。上有老,下有小,作为一名女同志够为难的了,但作为妻子,她能体谅丈夫,家务尽量不让刘艺插手,经济上自己节衣缩食,但绝不影响丈夫对艺术的执着。对于妻子的支持,刘艺自然心存万般感激,他说:是的,一个成功的男人背后,一定有一个具有奉献精神的女人。

经过多年的努力,除参加过全国美展外,他的油画作品《往事》在安徽省首届大型企业艺术节美术作品展中获得二等奖;《光明到高原》《烛光》在能源部中国电力文协举办的"五月的风"画展中获得优秀作品奖;油画《少女的肖像》在1989年安徽青年美展中获优秀作品奖。1993年5月,经安徽省文化厅艺术专业中级职务评审,他取得了三级美术师任职资格,并被吸收为安徽省美术家协会会员。

在成功和成绩面前,刘艺仍方寸不乱,他说,凡事不能急于求成,棋得一步一步地走,还有许多事要去努力和准备。他的下一着棋会怎么走,我们期待着。

笔墨情缘

他不敢相信自己的书法作品能在艺术的最高殿堂——中国美术馆参展。手捧红彤彤的参展证书，欣喜之余他还是恍然如梦——这是真的？这是久久隐伏于心中的一个多么美丽的梦啊！这一梦梦了多少年，多少年勤劳的汗水、刻苦的磨炼，今天终于梦想成真。

在六安供电局，不一定有多少人知道黄友俊心底留有这个美好的梦，但有许多人晓得他痴情于书法已非一朝一夕。的确，早在十几年前，他便与笔墨结下情缘，而且这缘非常深，情特别长。

1968年，他中学毕业回归故里，在彷徨、迷惘、百无聊赖之中，受到写得一手好字、名满乡里的一当地中学校长的影响和熏陶，观其字，临其形，得其教益。从此，他便开始了追求书法艺术的生涯。

1970年，他招工进六安，经常外出施工，无暇顾及练习书法。但习惯使然，他常常情不由己，举手凌空，颠倒比画，默念默记。后因一个边远的农村变电所急需送电运行工,他奉调离开了闹市,独自一人在那里值班。大墙内,除了设备运行低沉的嗡嗡之声外,唯有孤独和失眠与其相伴。寂寞之中,他重新捡拾起旧梦,练习起书法来。

  静谧的夜晚,天窗一孔,淡蓝色的电火花在星空下时闪时灭。室内,孤灯只影,他秃笔抿水,席地而书,满屋水泥地任其随意挥洒。春秋几度,寒暑无间,直到他再次被调回城,后结了婚,仍然抱砚握笔,初衷不改。

  有了家庭,事情多了起来,油盐酱醋,孩子尿布。黄友俊犯难了:热了这头就要舍那头,两头都想顾,总免不了有顾此失彼的时候。忙了累了,妻子亦有抱怨:天天就知道写,还真能写出个子丑寅卯来!其实,对他的这种执着精神不理解的人不止一两个。别人邀他打麻将、玩牌,他摇手;别人经商"下海"赚大钱,他亦不为所动。整日躲进小屋,手摇五寸之笔,乐在其中,不管他是东南风还是西北风,他立定了志向:要走自己的路!

  在孜孜苦练中,他始终不丢自己的艺术准则,遵循"无意于书书乃佳"的道理,常在作书中静听音乐,分散精力,以"潜意识"而书。他有他的艺术追求,既求书内之功,更求书外之功,注重多读书报,从文、哲、美学中吸收、增加文学艺术修养,开阔眼界。他从颜、欧、褚入手,得唐楷之法以定根基,后多习历代名家行草,如《圣教序》、《兰亭序》、颜书、"三稿"及宋代米、苏行书等。这一临一摹,就是二十年!

  二十年,书法凝聚了他多少心血,融入了他几多深情!他舍不得丢弃在特殊的工作环境下给其极大勇气,使其扬起生活风帆的书法艺术。

　　二十年了,他就是这样沉溺于纸砚梦中,矢志靡它,雷打不动。其中失去了多少,连他自己也说不清道不明。但有所失,就必然有所得。而今,他的一些作品多次在省级以上美术馆参展,有的多次发表于《书法美术》《美术大观》《青少年书法报》等专业刊物,还有作品被编入《中国当代名家墨迹》及《国际现代书法集》中,他本人也被吸收为中华硬笔书法家协会会员,并被编入《当代硬笔书法家名录》及《当代硬笔书法家辞林》。

在希望的蓝天上飞翔

六月,农民们迎来了繁忙的季节。

骄阳下,麦浪滚滚,农民们挥汗飞镰,一排排成熟了的小麦在他们的面前齐刷刷地倒下。麦场上,机声隆隆,麦垛金黄,老少爷儿们笑声飞扬。收获的喜悦久久地挂在每个人的脸上。好一派丰收的田园风光!透过车窗,我忘情地欣赏着。也许是很久没有见过这一景象的缘故吧,眼前的一切令我心驰神往。但最让我惦记的还是我们此行要去看望的寿州古城三个乡在希望工程中受我们资助的十五个农村的孩子。

车子沿着机耕小道一路颠簸来到小西娜的学校——寿县涧沟乡小学。学校里不见学生,显得格外安静。一打听,方知麦收季节,教师和学生都放了假,回家农忙去了。好在来时我们做了准备,事先通知了校方和孩子们的家长。不一会儿,孩子们和家长陆续到齐。毕竟是土生土长的农村孩子,见了远道来客,有的显得十分拘谨和羞涩,有的笔挺地站立着,一言不发,只管勾着头。我静静地、仔细地打量着这些朴实的孩子,心里涌出一丝无名的酸楚:农村的孩子也是孩子,同顶一片天,共踩一方土,可比起城里无忧无虑、天天依偎在父母怀里的孩子,他们小小的年纪就要多吃好多苦。其中,有的孩子或失去了父亲,或失去了母亲,有的父母都已离世,生活无着,只得暂时寄居在亲属家中。幸亏现在有了希望工程,如若不然,眼前这一个一个家境特困、常喊"我要上学"却圆不了上学梦的孩子心灵深处无疑会留下一道深深的创痕。

孩子们的话语不多,问一答一,叫他们坐,他们便乖觉地坐着一动不动。待他们自报家门和学习情况后,我们将随行带来的学习用品一一分发给他们。孩子们拿到学习用品后,虽然还是一言不发,但不难看出他们的心里溢满了喜悦。我特别关切地注视着小西娜,西娜忽闪着大眼睛,清澈的目光中流露出无尽的感激。来时,曾听人介绍,上学前,小西娜的家庭生活也还过得去。后来当电工的父亲早早撒手尘寰,西娜的家境从此一落千丈。上学不久的小西娜因家里经济条件难以为继,不得不忍痛中途辍学,回家务农。上学读书,在小西娜的心目中便成了遥远的"五彩梦"。但西娜没有一天不渴望看到同学、老师。何时才能重返书声琅琅的学堂？地方政府有关部门了解到这一情况后,立即把她列为希望工程资助对象,使她梦想成真。而今,西娜重新回到学校读书,她懂得珍惜这来之不易的机会好好学习,也很感谢那些未曾谋面的叔叔阿姨给她的无私援助。

临近告别,西娜手捧书包等用品默默地走到我们的面前,她嗫嚅着,停顿少顷,深深地给我们鞠了一躬,那双明澈的大眼睛透溢出丝丝眷恋。车子走得很远了,小西娜还立在学校门口目送我们,并不停地挥动着小手和我们依依惜别。

离开了小西娜,离开了涧沟乡小学,我们又马不停蹄,驱车来到最后一站——菱角乡小学。在我们资助的五六个孩子中,一个黑瘦、个儿不高的女孩特别引人注目,她就是陈香。陈香长得机灵,快人快语,大大的黑眼睛透出一股灵气。随我们一同前来的乡党委书记问:"谁是陈香?"她脱口便出:"我。""学习成绩怎么样?考多少分?""都在90分以上。""想上中学吗?""想。""想上大学吗?""想。""好!"陈香回答毕,引来了满场的喝彩和赞赏。一位阿姨对其疼爱有加,一边爱抚地帮她梳头扎辫子,一边亲切叮嘱:"陈香,你要好好读书,不要辜负叔叔阿姨们对你寄予的厚望。长大后努力成为有用的人才,建设自己的家乡。"陈香很懂事地温顺地点了点头。目睹此景,站在一旁的乡党委书记慨然动情:"你们的资助对孩子们来讲太重要了。这也许就是孩子们一生的重大转折。一两句感谢的话很难表达出孩子和家长以及我们乡政府对你们发自内心的感激之情。你们给予孩子们的资助,孩子们今生今世不忘,我们也是忘不掉的。"

临行时,望着这群可爱的乡村学童,包括小陈香,有句心里话,我要对孩子们讲:你们是祖国的未来、祖国的希望,我们愿尽绵薄之力,伸热情之手,奉赤诚之心,去点燃你们报效祖国的理想之火,让你们感受到人间的真情、社会的温暖。愿你们展开智慧的翅膀,翱翔在希望的蓝天上。

哦,佛子岭

这是第二次来佛子岭了。

忘不了第一次来这儿时,我是怎样激动不已。对于我们这些在平原上生活惯了的人来说,神奇的佛子岭太富有吸引力了。然而时间有限,匆匆而来,又不得不带着惋惜匆匆而去。好在时隔不久,故地重游,同行者中还有位姓吴的"老佛子岭",这也消去了我踽踽独行的落寞感。

老吴平时言语不多,可一提起佛子岭,便滔滔不绝。他绘声绘色地把当年百万水利大军响应"一定要把淮河修好"的号召,日夜奋战的情景详述一遍之后,又娓娓叙起佛子岭的传说:很久很久以前,山精水怪常出没于这一带,当地百姓被害得苦不堪言。当时有一高僧深居此山,不忍百姓遭此涂炭,斋戒焚香七七四十九天,祈求上苍,感动了玉帝。天兵天将赶到,斩山精除水怪,万民从此安居乐业。当地人民即把高僧焚香坐化仙逝的地方称作佛子岭。

我们来到长几百米、高几十米的电站大坝脚下,人和车一下显得小了许多。像欣赏一幅杰作,我仔细地观看着水坝的一个又一个拱孔。这里曾留下朱德等老一辈革命家视察的足迹,也曾迎来送往许多前来考察参观的中外嘉宾……默默凝视中,仿佛每个拱孔和坝壁上都印刻着参观考察者们羡慕的眼神,隐约回荡着他们"啧啧"不止的赞叹声。

高高的大坝,隆隆的厂房。置身此处,目睹飞转的发电机转轴,不由得使人联想起当年百万建设大军推土拉石的车轮声。迅疾奔突的水浪发出的轰鸣与建设大军的铿锵誓言、战天斗地的号子声,交织在一起,汇成一组雄壮的交响乐……

"小刘,看佛子岭,最好到山头上去看。俗话说:看景不如听景,近景不如远景。山顶上自有另一番景象。"信了老吴的话,我们沿着曲曲弯弯的山间小道攀缘而上。高峡平湖,绿水青山,更显出大坝的秀丽壮美。我想找寻当年高僧祈祷和天兵天将与山精水怪厮杀的所在。良久,我心头豁然一亮:劳动人民不就是神勇无比的"天兵天将"吗?他们不仅靠劳动的双手,自力更生,艰苦奋斗,改造山河,制服水怪,而且让水怪变水利,造福人民,支援国家建设。佛子岭在当地劳动人民辛勤装点之下,也变得越来越美。

水之恋

吃在水边长在水边的人对水总会有一种发自心底的眷恋之情。孩提时水边生活的情趣最多,它们常常牵着我的思绪,越过高山,跨过江河,飞向家乡浩浩荡荡的古塘——安丰塘边。

你还记得我吗,我的安丰塘?

七月流火,绿荫畔,古塘边,小伙伴们赤着脚,光着臀,忘记晌午毒日猛晒,戏水的欢闹声一阵高过一阵,盖过了细柳枝上蝉儿的嘶鸣。孩子们一会儿三五一块浮水游泳,一会儿又几个成群逮鱼捉蟹,溅起的浪花晶莹透亮,跳跃着,飞舞着,冲向了蓝天……

安丰塘,你使小伙伴们太忘情了,你的诱惑力太大了。

记得有一次我玩水一时兴起,顺塘边嬉耍,竟把父亲给我刚买不到几个小时的一双新鞋子玩得不知去向。晚上躲躲闪闪回到了家,在众人的苦劝之下,免掉父亲一顿打,却免不了挨臭骂和一番严厉警告。然而,时过境迁,抵不住盈盈绿水向我甜甜地招手,古塘依然是我最爱玩耍的所在。久而久之,父母习以为常了,有事找我,他们会不约而同想到在塘边。为这事,母亲没少对我瞪眼,说我皮厚,没有狼性。狼性?管他狼性虎性的,能比有一身好水性值得小伙伴们羡慕?能比这古塘凉爽的水更加叫人惬意?你还别说,就连被这古塘里的水呛几下,喝上几口,也觉得甜丝丝的呢。

的确,我太爱水,太爱这安丰塘了。

后来,听大人们说家乡的安丰塘还挺有来头呢。它古名叫芍陂,因塘中有一白芍亭而得名,已有两千多年的历史了。春秋中叶,楚庄王平定了内乱,为了实现称霸中原的愿望,力求强兵足食,使楚国富强起来,在楚国令尹孙叔敖主持下,沿着淮河南岸由东及西开发和兴建了一系列陂塘灌溉工程,芍陂就是其中规模最大的一项工程。据说,它还是世界上最古老、最大的塘呢。

去年,回归故里,我乘兴来到古塘边驻足远望:远处,芦花片片苇荻长,野鸭、大雁、鹭鸶飞来飞去,阵起阵落,欢鸣不止。水上公园一亭翼然,游客凭栏极目,浩渺湖光尽收眼底。塘面舟来船往,渔歌互唱。近处,绿柳成荫,塘下沟塘纵横,田连阡陌,禾苗茁壮。塘边人家炊烟四起,袅袅飘向远方……

哦,安丰塘,你是镶嵌在家乡故土上的一颗明珠!

憨儿

"憨儿把他的'电驴'卖了。"消息不胫而走,从乡下传到城里,勾起了我对知青岁月的回忆……

憨儿生长栖息之地是个偏远贫穷的小村子。可对我们这些头脑活络、精力充沛的知青来说,穷点苦点倒也将就得过去,最难耐的是寂寞。村里老爷子们相见,重复着耳朵长出老茧的问候。姑娘、媳妇、婶子们集在一堆,嚼着张家的长、李家的短。我们虽是机灵的知青,但受各方面条件的限制,也只能做一日和尚撞一天钟。而被称作憨儿的他,却要"改造世界"。他同别人不知从什么地方搞来一台小电影放映机和一部小脚踏式发电机,干起了放电影的营生,贴补家用。

待到放电影的日子,村里好似过大年。稻场上早早黑压压一片,人头攒动,男女吆喝声、婴孩哭喊声交响混杂。通往稻场的机耕路上,乐得合不拢嘴的憨儿俨然大将军一般被孩童们前呼后拥着向前,好不风光。

稻场上人群密集处,便是放映机和脚踏式发电机放置点。

大伙对这些玩意儿觉得新奇极了,这个把脖子伸得老长望一眼,那个伸手去摸一下。然而憨儿不惜拉下脸来也不让碰一下。乡亲们呢,称小发电机为"电驴",那些好动的小伙子,都想在"电驴"上踩两下,在姑娘们面前显示显示能耐。如果真给弄坏了,花点钱修理倒是小事,可把这满场乡亲的兴头给冲掉了,却担待不起啊!不过,对我,憨儿倒是例外。不为别的,因为他那台老掉牙的"电驴"常常送到我们插队组,让我这个"半瓶醋"治"病",一来二往,自然我们的感情要深些。高兴了,我也上去蹬两下,憨儿是从来不说二话的。

有时,看着这"老牙货",和他混熟了的知青们半真半假地开玩笑:"憨儿,砸了它吧!烂玩意儿,废铁一堆。"憨儿听了并不生气,只是笑嘻嘻地回敬道:"你只要有能耐把电架到咱们村,我立时砸给你看。"

1978年底,我回了城。电,没有架通。憨儿仍是一担两机走乡串户,干着老行当。他所到之处,总能掀起一片热闹、一片欢腾。

现在,憨儿居然把视作珍宝的"电驴"卖了。那便是说,现在村子里已经通电了!有了电,乡亲们看电影就方便多了。还有电视机、电冰箱,也会很快进村来的,离"穷帽子"摘掉的日子也就不会远了……哦,还有我们的憨儿,他将干什么营生呢?

我思潮似涌,恨不得立马飞回当年插队生活过的地方……

故乡的河

记不起是谁说的:久居他乡的游子对家乡的一切总有一种深深的温馨的眷恋。每每独处静坐,心中就漾起怀旧的情愫,故乡的山、故乡的水、故乡的人便频频萦回于脑际,尤其是屋旁山畔,那条波光粼粼、欢畅流淌着的故乡老河,给我留下了抹不去的记忆。

故乡老河边,两个八九岁的孩童在快乐地嬉闹着,光着背、赤着脚,踩得清水浅滩吧嗒吧嗒响。跑累了,笑够了,两双小手和水带沙,一抔一抔垒起了一道长长的小沙坝。看着坝内纵横疾驰,鳞光闪闪的游鱼,哥儿俩乐得蹦啊,跳啊。正好路过此地的邻房王老伯瞧着哥儿俩那股乐劲,也忍不住咧开嘴乐呵呵地问道:"哥儿俩忙活啥呢?拾到金子了?"机灵嘴快的弟弟抢着答道:"不,大伯,我们在筑坝逮鱼,逮到后送去给您吃。""哈哈——"王老伯一仰脖子,甩出一串朗朗的笑声,扬了好长,飞了好远。

故乡的河,我的沙坝还在吗?

春暖花开又一年,带着我的深情,带着我的思念,我重新踏上了故土,来到生我养我的故土河边,我强捺住激动不已的心情,寻找着我的沙坝,我的梦幻,我曾在金色的沙滩上镌刻下的金色的童年。

这不是昔日哥儿俩戏耍围坝捉鱼的地方吗?沙坝呢?沙坝飞走了,唯有一道坚实的水泥长堤拦腰截断了东去的河流。放眼望去,堤坝上建有几幢高房,旁边还站着几根粗长的水泥杆,牵着根根闪亮的银线伸向远方。这就是我童年的小河?这就是我梦中的故乡?疑惑间,我踟蹰起来。恰逢此时远处迎面来了位青年,待青年走近,我们相视良久,两人不禁同时大声喊道:"柱子哥!""铁蛋!"亲热寒暄一阵过后,柱子哥不解地问:"你等人吗?""不。""那为什么不走,老朝着大坝呆望?不认识了吧?党的三中全会以后,村里户户囤了余粮,手头有了余款,大家伙一合计,凑出手头的钱,彻底驯服了这条汛期泛滥、旱季无水的老河,为子孙后代造福。现在好了,有了水库和大坝,旱涝都不怕了。铁蛋,快看那是谁来了。"循着他指去的方向,有一老者向我们走来,是王老伯。我飞跑着奔到他的跟前:"大伯,还认得我吗?"王老伯上下打量了我好一会儿,猛地一把握住我的手:"伢子,回来了!想坏老伯了!走,快回去看看!"当我们一行三人走上堤坝时,王老伯指了指水库:"伢子,再也不用你在沙滩边光腚逮鱼孝敬老伯了,老伯我一网下去保你解馋,哈哈……"多么熟悉的笑声,这笑声震动了老河,感动了苍山,袅袅余音,经久不绝。这笑声更勾起了我对故土河边童年生活的联想。

啊,王老伯的话真的应验了:故乡的穷河变成了富河,昔日的沙滩果真长出了金子。此刻,一股强烈的愿望涌入心田:我要变成一滴水珠,融入故土的老河,随让它流遍可爱的家乡。

摸秋记趣

一年四季,除却新春,中秋在农村就算是个大节了。

秋天,劳作多时的庄稼人,眼巴巴地盼来了收获季节:金黄的稻穗、白云似的棉花。苦尽甘来,他们憋不住内心的喜悦,欲彻底将其释放出来。平时机会少,中秋来临,便都集中到节日这一天。

而乐中最乐的又当数跟着父辈初尝辛苦的孩子们。孩子们心迷的就是节日夜晚的"摸秋",这是江南一些农村每年中秋之夜孩子们必做之事。看管再严的农家,也给孩子们开了禁。

夜幕降临,草草吃罢了饭的孩子们叽叽喳喳麻雀似的飞出家门,小聚在村头的大树下。他们点燃了干烈烈的火把,也点燃了积蕴在童心深处的激情。孩子们举着火把,跳着、叫着,比试谁手里的火把最明。

远远望去,那时聚时散、闪烁游动着的火把,像是和月亮相辉映的星星散落在夜空,又像是一片银白色的星云,更像是在天空中一划而过的流星……

在火把点燃的同时,孩子们就已开始了"摸秋"。平日,庄稼地里的种植物是忌讳别人碰一碰的,但中秋这天晚上,孩子们到庄稼地里,不仅不会遭到庄户主的呵斥,反会给庄户主带来吉利的喜悦。在"摸秋"前,也有庄户主事先便同"孩子头"打了招呼:适可而止,不要过分。而栽种一些孩子们不能吃的植物的庄户主又总希望孩子们能到自己的地里绕上一圈,象征性地"摸一摸"。

　　孩子们最爱的去处自然是花生等就便即尝的庄稼地。但懂得耕作劳苦的孩子们不会任意糟践你的作物。即使不能吃的,他们也会听从大人的吩咐,乐于成人之美,不吝体力,到你的田头地边象征性地跑上一趟,摸上一把。

　　"摸秋"摸得疯狂的孩子,心中倒并不十分清楚"摸秋"的意义。他们不知道,自己在那田地里留下的一个个横竖足印,会给自己的父母、给别的庄户主们留下来年有好收成的希望和想头。

　　……

　　今年中秋,想家乡遭水灾,万顷良田被毁,孩子们已无秋可摸,所以见了乡里来的人未敢提及孩子"摸秋"之事。孰料欢谈中,老乡们反而主动提及:中秋前,庄户主家家鼓动孩子,节日不忘"摸秋"。这倒使我大惑不解起来:庄稼地里最多也只是灾后栽种不久现出的一片青绿,难不成要叫孩子们到清一色的田里去"摸秋"?这还是"摸秋"史上新的一页。那么,到底为什么?我想,本来"摸秋"就是一种寄托,农民们这样做,也许是在原来的基础上又赋予了新的内容:他们在洪水退后的土地上,重新栽种上绿油油的植物,也栽种下对来年丰收的祈望,孩子们的"摸秋"大概正应了大人们这种对美好明天的希冀和祝愿吧!

夏日情思

八月,天最热。

有人说这是孩子们的季节。是的,这个时候就数孩子们的事儿最多。无论是没上学吊着鼻涕的幼童,还是上了学草草完成了作业的半大孩子,仿佛一个一个都着了魔,光着腚,赤着背,不怕太阳晒,不觉肚子饿,常常三一群五一堆,结伴结伙的,爬到树梢上网知了,钻进青草棵里觅蝈蝈儿。

在迷人的夏日里,孩子们的乐趣又岂止在知了与蝈蝈?特别是八月,池塘里、小河边,碧水涟涟,孩子们特别迷恋玩水,见了池塘与小河,总是跑着、跳着、笑着扑向水中。

在这般疯魔似的水上"童子军"中,我那小不点儿子也是劲头十足:常常中流击水上了瘾,竟从日中玩到日落,流连不肯归去。

妻曾告诫过孩子,又曾再三慎重地告诫过我:孩子尚小,水火无情,不能太由着孩子。我想妻是对的。为了孩子,为了安全,我不得不给孩子立下几条规矩,否则,我会给他好看。可到底孩子欠那个耳性和自觉性,儿子总像个小精灵,虽然我们看管得严,可稍一大意,他也能从我们眼皮底下悄没声地溜个没影。

记得有一次,不知是不是他和伙伴们有约在先,小朋友来了,我硬是没让他跟着去,孩子十分伤心,静静地伏卧一隅,涕泪涟涟,半晌不语。在好一阵父子无声对峙中,我想起了自己小时候的事——

也是八月,天气也是这般热。仿佛玩水的习性与生俱来,不知道那个时候哪来的那么大的玩水瘾。屋后不远处的一条小河便成了我和小伙伴们经常捉鱼捕蟹、打闹嬉戏的所在地。

也许天下父母是一条心。父母对我常常中午偷偷溜到河边玩水也是极为不乐意。初始父亲尚能善言告诫,几次不听,便声色俱厉起来,明确给我规定:中午睡觉,哪儿也不许去!可人在床上,我却总也按不下那颗躁动不已的心:想的是小伙伴,惦记的是在水中谁的猛子扎得最远。憋不住,总盘算着如何在父亲的鼾声中溜到外面去。几经尝试,几回失败,但也有几次成功。

记不起多少次躲过了河边唤我回去的小姊妹,记不起多少次捏着鼻子憋住气,匆忙把头埋进深水里,意欲瞒住急急撵来的父亲,记不起多少次在睡梦中变幻成游来游去无忧无虑的活泼可爱的小鱼,梦醒时,我也记不清抱怨过父亲多少次。我想我的小伙伴,我害怕待在家里和玩腻了的玩具相对无言。

想想自己,想想孩子,我意识到了我的武断。我自问,我是不是给孩子的少了,而要求孩子的则太多?孩子自有孩子的童心,孩子自有孩子的乐趣。应该让孩子们早日走出家门,早日自立。于是,我便略带歉疚地问儿子:"愿和我一起去吗?"儿子抹去了眼眶里的泪,苦着的小脸上泛起了舒心的笑意。

　　自此,或是正午,或是傍晚,河塘堤坝,常可看到我们父子手拉手赤溜着背的身影。在水边,在孩子咯咯快慰的笑声中,我仿佛比孩子获取了更多的满足,得到了更多的乐趣。

第二辑　　烟雨人生

春雨如酥

二月，早已过了立春，还没有"出九"，天气依然料峭阴冷，下了几天的小雨仍坚持淅沥着。

窗外，经了这春雨透彻的浸润，沃土如酥。沉寂了一冬的花草林木，有的枝头默不作声已抽出了尖嫩的绿芽，有的已苞绽花开，开始争奇斗艳了。

正月十五已过，人们依然沉浸在节日的余庆中，意犹未尽乐享正月余欢之时，一向性急的妻子也顾不得这春雨连绵、寒意袭人的天气，匆匆拉着我过江南下，直赴杭州。

到杭州，妻子不是让我陪她开心浪漫，到西子湖畔听柳浪闻莺、观三潭印月、在苏堤漫步、看断桥怀古，或是到灵隐寺、岳王庙再感受一把电影《满江红》精忠报国的英武气概，而是让我这个不知什么时候被她冠以"高参"名头的人，陪她到杭州"四季青服装一条街"去踏探服装市场。

妻子在服装行业干了也有好几年了。从起初创业的低谷时期，到通过她自己长时间勤奋磨砺、用心积累经验、虚心听取客户的建议,她逐步在服装行业做得顺风顺水起来。眼见服装生意渐入佳境,妻子准备大干一场的时候,疫情突如其来,让许许多多做实体经济的生意人措手不及!封控时期,妻子的服装生意做得不好。好在妻子能调整好心态,转头便把一些精力和心思放在了为家人调养身体的烹饪技术上。还别说,通过三年的坚持,妻子的烹饪水平真提高了不少,赢得了圈内外姐妹和新老客户的一致点赞。家人们也在妻子的精细化操持、贴心经营过程里,尝了不少鲜,满足了味蕾,饱了口福。

好在三年的时间并不算长,疫情防控最终在兔年新春到来之前结束了。憋屈了很久的妻子,好似今年这个年过得也是心不在焉的,早就叨叨着要到杭州的服装市场看货去,还一个劲地"拱火"非要让我陪她一起去,帮着参谋参谋。当然,我心里也藏着个小九九:顺道还可以逛一逛已阔别多年的江南美景,不也香吗?

杭州是座美丽的城市,多年未来,变化不小。好想能有个驻足观赏的机会,却因为时间的关系,我们下了高铁便打的,只能在出租车内眼巴巴地张望着车窗外流动的风景。

来到"四季青服装一条街",但见人头攒动,乌泱泱各路生意人早早地到来,看上去生意火爆,非常热闹。这里专门做服装生意的商贸大楼鳞次栉比,服装花色品种繁多,让人目不暇接。店内,店主忙不歇地热情、客气地招呼着客人,口中还频频道着祝福:"好生意、好生意!"店员们有的主动上前为客户推介服装货品,有的忙里忙外把快递小哥送来的货物拆封,再把客户需要的东西打包寄出。整个商场内一片繁忙,就连身边往来于商场采买的生意人走起路来都是带着风的。

来之前,妻子也是做足了功课的。一来是不论到哪座商贸大厦,首先直奔主题,到已经联系好了的商家看货、选货、验货,拿了货就走,迅速而不纠结。二来是顺道开辟"新战场"——到一些没有打过招呼的陌生的店铺淘一些符合自己要求的衣物。因为市场大、店面多、花色品种繁杂,怎样拿货是件非常头疼的事情。碰到妻子挑到眼花吃不准的时候,我这个"高参"发挥作用的机会就来了。在妻子犹豫某件衣服拿还是不拿的时候,我经常会毫不讳言:这件衣服可以拿——从衣服的材质、款式、色调、性价比、品位来看,客户比较容易接受;那件衣服不能要,因为某某方面虽然不错,但有别的瑕疵,难入我这个"审美指导"的"法眼"。虽然我的提议"仅供参考",妻子有时采纳,有时还是坚持自己的主张,但我也坦然接受,到底还是她比我更了解市场行情和客户的需求呀。

忙碌的逛购,让我们并没有感觉到时间过得飞快。因为事情办得顺手,妻子略显疲惫的脸上流露出愉悦、畅快。

天色渐渐地黯淡了下来,本来我们还想着要多转点商厦门店,多挑些货品返回,但一阵累意袭来,大脑已经发蒙,腿脚也有些不听使唤了,饥饿也赶着凑起了热闹。我们赶紧上街到附近找一家餐馆,填饱肚子要紧。

夜幕下,杭州的街景更显示出诱人的魅力!

我与妻子行走在春雨婆娑的人行道上,一路欣赏着华灯初上、薄雾朦胧、美丽的钱塘夜景,两两并肩,相携而行,笑谈此行的收获,畅叙一路走来的艰辛,兴奋地谋划着服装生意经营的思路与未来的希望……

人间烟火系乡愁

我原本是个不爱赶热闹场的人,偶尔也有例外。

一日,晚餐罢,到城西新建的商业城罍街去散步消食。临近罍街路口,车密人稠。辅路两边各色蒸炸卤煮小吃、水果摊点,烟气蒸腾,衔接如龙;小吃摊主的吆喝声、进出汽车的鸣笛声,嘈杂鼎沸。懵懂间,忽然想起:今天是罍街正式开街的吉日,我是不期而遇,赶上了罍街开街的热闹。

早前,听说过省城合肥有个罍街商业城,没去过。六安也要建一个罍街,我觉得蛮新鲜。六安新建的罍街初具规模后的一个秋晨,在微微清风和柔光斜阳中,在偌大、安静、空旷的商业街,我乘兴闲庭信步。我不知道是哪位高人选址在此,依城傍水,应该是看中了它财源如流的趋势、烟火气浓的人脉。罍街地盘不仅广大,四面临路,独占一块四方宝地,而且内里设计布局也体现出建造设计者的良苦用心——其糅明清古风与现代构筑神韵于一体,有亭台、楼阁、连廊、飞檐,错杂超市百货、特色餐饮、休闲娱乐、歌舞戏曲艺术等经营内容。未来,这会不会是六安西城的又一大商业亮点呢？

矗街终于开街了，没有想到人气这样旺。虽然没有亲身感受到当日下午正式开街仪式的隆重，但傍晚时分，穿梭于熙熙攘攘的人流之中，不自觉随着人潮被带到了灯火通明的小吃一条街。这里的人乌泱乌泱的，有的在张三炒货铺前购买炒货，有的围拢在新疆羊肉串店门口眼巴巴地急等着要把烤熟的羊肉串带走，有的在六安臭干店铺门口排着长队……总之，到小吃一条街来的人都是奔吃的而来的，不管晚饭在家吃过没有，感觉对眼的、能勾拨起腹内小馋虫的，多少也要买一点，尝尝鲜，满足一下口腹之欲。置身如此热闹的场景，闻着各种食物的香味，我也不由得抛却了平日里的淡定和习惯性矜持，买了一碗臭豆腐干，一边逛吃，一边闲看，随着人潮大流兜兜转转。在一阵高昂热烈的观众喝彩声中，我被吸引到了街北大门的牌楼下，只见这里里三层外三层，铁桶般地围着一圈人，我好奇地费力挤进去一看，原来有人在搞现场直播。从现场设备看比较专业，人圈中心有一男一女在对唱黄梅戏，表演神韵到位，口音字正腔圆，极富深情柔意的黄梅曲调，被表演者拿捏得入耳入心。围观的游人听得陶醉，小声跟唱，连我这个黄梅戏的门外汉也情不自禁驻足站定，不舍挪步离去。在演艺者稍歇片刻的当儿，看着周边围成一圈的欢喜的人群，不由得从心底生出些许感叹：很长时间没有感受到这样富有人间烟火气的热烈氛围了，我许久之前在某一处的街头巷尾看到的围成一圈看街头艺人表演的热闹场面，清晰依然，让人怀念。那算是乡愁吗，还是对已经消逝了的青春的一丝怀念？

罍街开街之后的某个周末，我又去了趟罍街，小吃一条街依然火树银花、灯火通明、人流如织。在乐享小街美食的热闹时，我无意间发现了罍街的一处小小的变化——罍街大门头以及街内的名字改掉了，"罍"改成了"皋"字。这种变化说小也不算小，毕竟是个新的大商业城的名头，不是说改就能改得了的。我在想，也许之前是商业连锁，认为省城有的，照套照搬直接拿过来就可以了，后来开发商觉得直接拿来有抄袭之嫌，还是改了为好。关注了这一改动之后，我倒觉得改"罍"为"皋"更为妥帖。毕竟"罍"只是古代的一种盛酒的容器，不具备代表性。而皋城却是我们六安独有的地名，历史悠久，文化丰富，且具有唯一性。无论是土生土长六安人，还是曾在六安生活、逗留过的外地人，说到皋陶，多半也知道说的是六安。特别是曾到皋街游玩过又长时间身在外地的人，小吃街上热热闹闹的浓浓的人间烟火气会不会给你留下深刻的印记，撩动你埋伏于心底牵肠挂肚的乡愁呢？

2023，和合惠风入园来

2022年岁末，在战胜疫情，迎来"病树前头万木春"之际，2023年悄悄地到来了。365个日夜，来匆匆，去匆匆，流逝得飞快。悄然平淡的日常生活虽然一如往年，但春夏秋冬一路走来，再回眸原本平静悠然的生活中所遇到的一点一滴，有些事却让我记忆深刻……

2023年初，我所在的社区接到上级要求落实"党建引领，红色物业"，提升小区物业管理水平的工作任务。适逢小区老一届业委会任期已满，需要换届。经过多轮按程序推荐和业主们的选举，我被选入小区业委会，又因为我是小区党支部书记，最终，我又被推选成为小区新的一届业委会主任。

不知道在别人眼里，干业委会主任是个啥情况，我是大姑娘上轿——头一回，没经历过，更谈不上经验，心里头多少有些不踏实。之前曾听说过：业委会工作难干。我们的小区建成得早，属于老旧小区，且面积比较大，从南到北纵横几里路，有两千多户人家，四五千号人。记得十多年前，小区的环境在当时还算是数一数二的,只要有省里、市里相关领导来检查,一般都要来小区参观。随着时间的推移、生活水平的提高,原本小区比较富余的地面停车位已满足不了住户的需求。加上小区建设得早,当初就没有设计建设地下停车位,造成地面停车位紧张,人难行,车难停的现状。有的业主因事晚上回来迟了,绕小区三匝,也找不到一个可以将就停车的地方,业主们意见很大。本来小区车位不够就是一处硬伤,谁都知道不是一时能够解决的事情,我这个业委会新手心里怎能不犯怵?还有,之前多多少少也了解一些业委会与物业公司、业主、社区相处的关系问题:有的小区业委会只注意强调原则,或是在没有弄清业主与物业产生矛盾的原委的情况之下,一味与物业公司硬戗、拧着干,搞得双方心里憋气,关系很僵,工作难以开展;也有的小区业委会,虽组织成立了,但存有私心,缺乏为业主服务的意识,多一事不如少一事,弄得小区业主都不清楚业委会有没有,业委会成员是谁。既脱离了业主,又没有什么业绩,难怪业主会对业委会多有诟病:不为业主讲话,不为业主办事。甚至还有业主说:干业委会有利可图,他们是帮物业讲话的。我在想:如果真的到了这种地步,落得几头不讨好,我又是何苦来哉!在家里,与妻子聊天的时候,我把我参加业委会并当选为业委会主任的事及复杂的思绪平静地告诉了她,她连声反对,反问我图啥,劳而无益,不落好不说,还会惹人闲话!

  虽然没有得到妻子的支持,但我知道妻子对我是好意,是关心。我静下心来仔细想想,这事总还要有人去干吧。天下人都知道小区业委会的工作不好干,作为小区的党支部书记,不管怎么说,箭已在弦上了,是骡子是马,我都有责任和义务去试一下吧。

好在,我有一个信得过的团队。我们新的业委会成员中有男有女,年龄参差,有退休的,还有在职人员,但大伙儿团结一心,个个都有信心把业委会的日常事务干好。平时,有事敞开商量,需要做决定的,放在桌面集体讨论,不搞"一言堂"和暗箱操作。那么,究竟怎样让新的业委会在业主们的心目中留下好的印象?首先,我与成员们共同约法三章,关键是要维护业主的合法权益:带头交纳物业管理费,不接受服务对象和工作对象的宴请及任何财物,不以权谋私为自己和亲朋好友在物业管理方面提不合理要求。为了打消业主们对业委会成员的疑虑,我们在小区几个主要进出口大门旁建起了"业委会宣传栏",在公布了业委会工作制度、廉洁制度的同时,也将所有成员年内按时交纳的物业费、车位停车费缴费收据复印件公示了出来。其次,把工作做在实处,解决业主们寻常关心的一些亟须解决的困难和问题。在实际操作中,我们厘清了思路,明白了业委会既不是一个政府部门,也不是企业实体,业委会就是协调业主配合工作,督促小区物业积极主动、认真负责地把小区各项职责范围内的工作落实到位,服务业主,让业主满意。怎样让物业专心管理、用心服务,这里头其实还真有点讲究。过去曾有耳闻,因为业主欠费,物业服务欠佳,双方相互指责:业主说物业服务不到位,不愿意交纳物业费;物业公司说物业费收不齐,影响了服务质量。公说公有理,婆说婆有理,恶性循环的事多有发生。我自己曾反复琢磨过:为什么不能公说婆的理,婆说公的理,换位思考,相互体谅呢？只要业委会和物业公司都存有把小区管理好这样一个共识，在维护好业主合法权益的基础之上，依法该给予物业公司工作支持的，就应该支持到位呀。如此一来，业委会与物业公司消除了思想隔阂，加强了磨合沟通和配合协调，小区内，原本简单却多年拖着解决不了的事、原先早就可以启动让业主获益而未开展的工作，陆陆续续落实到位：依法依规建立了小区业主公有设施收入账户，按时将公益收入纳入账户，并在宣传栏公示，让业主心知肚明；启动了小区维修基金，跑现场，审设计，征求市、区相关部门支持，再经过开会公示，需要维修的楼栋得以按期开工；小区主干道超高、超大，多年没有修剪，危及业主人身安全的大树，按要求进行了修剪；小区一座年久失修的木质亭阁拆旧建新；原本小区黑黢黢的夜晚，变得灯火通明……

我们在日常工作中边干边摸索，与物业公司加强协调，在实际工作中，虽避免不了龃龉，但终归通过诚信沟通，都一一解决了。我们感到最难办、最令人头发蒙的问题，发生在与一些业主的沟通协调工作上。我们业委会上岗不久，就遇到这么一件"咬手"的事——

年初，政府拨专款为我们小区解决道路不畅、停车位不足的难题。这本来是一件为小区业主解难题、谋福利的大好事，一部分业主却害怕路面拓宽、增加车位而使自家环境受影响，不理性抵制和阻挠。市、区、街道和社区及业委会三番五次开会协调，并强调在不影响业主利益的前提下，再进行施工，依然遭到部分业主的强烈反对。我们业委会成员曾反复和小区网格员一道登门入户说明意图、征求意见，遇到理解的业主还好，支持我们的工作；碰到不支持改造工作的业主，不光给你白眼，让你难堪，甚至家里有人也不开门；更有甚者，在协调会上还面对面跟你大吵大闹、拍桌子掀板凳、讲粗话……

遇到这样的情况，业委会成员心里有委屈，也生气：自己本身也是小区业主，不拿一分钱，得不到半毫利，只是尽义务为小区业主服务的，却得不到理解。但气归气，工作却一刻也没有耽搁——依然积极配合街道、社区多次召开征求业主意见会议，进行工作协调；深入施工现场，根据实际情况修改设计方案，督促改造施工的进度和质量；到反对最激烈、态度比较蛮横的业主家，进行推心置腹的交谈、开导、说服，以赢得绝大部分业主的理解、赞同和支持。最终，小区道路扩建、路面增加车位改造工程按计划完成……

一次，在不经意间听到有业主们私下议论：改造后的小区道路宽敞多了，停车也比以前方便了。我心里想，还有什么好说的呢？这不就是对我们的工作最大的褒奖吗？！一年来在开展工作中遇到的所有委屈、烦恼、辛苦和纠结，都在一挥手间，风吹云散。

悄悄地，2023年离我们越行越远。新的一年，无论想与不想、愿意不愿意，依然有新的困难和问题在等着我们。

前不久，在"学习强国"学习平台，我看到一则习近平总书记2023年11月28日至12月2日在上海考察时针对"坚持和发展新时代'枫桥经验'"说的一段话，深受鼓舞："把全过程人民民主融入城市治理现代化，构建人人参与、人人负责、人人奉献、人人共享的城市治理共同体，打通服务群众的'最后一公里',认真解决涉及群众切身利益的问题,坚持和发展新时代'枫桥经验',完善基层治理体系,筑牢社会和谐稳定的基础。"

"枫桥经验"就是我们下一步的行动方向。

"枫桥经验"离我们还很远吗?

又见炊烟升起

有多长时间未见过乡村炊烟的升起,记不太清楚了。在城市里待得久了,想再次感受一下农村烟火味儿的念头油然而生。

一元复始,新年的第一天,一时心血来潮,我和妻及一群摩(托车)友,驱车前往霍山磨子潭水库附近的"幸福农庄"去打猪盆。"打猪盆",就是农村自家养的猪或是过年过节买来的猪,宰杀之后,邀约左邻右舍、亲朋好友共餐,开心喜庆,热闹欢乐。

初冬时节,进山的柏油路虽然比不上国道和高速路那么笔直好走,但路况也还不错,虽然拐弯多,路面却比较平,对我们这些久经山路考验的"老司机"来说,急弯处置、迎面避车都没什么问题。只是路的两旁及近处、远处的山坡上,没有了春季杜鹃、樱花的色彩斑斓和秋季银杏、野菊花的姹紫嫣红。少了一些生机,多了一分寂寥冬日清冷的感觉。

不知是因为我们等人、等车走得晚了,还是因为山道弯弯延误了时间,待我们赶到目的地"幸福农庄",主家的猪已经杀完,肉被切割成块,一条一堆地放置在铺了塑料布的地面上。正当我们为迟来一步没有看到打猪盅宰杀、打理的精彩的场面而遗憾的时候，因为猪肉所剩不多，满足不了来者需求，主家再次下山逮猪，重新唤回屠户，驮上桶盆、毛刮、大板凳、铁捅钎等宰杀工具，再次准备开场宰杀。就在后来赶到的几家大人小孩闹闹嚷嚷、挤挤挨挨看稀奇的当口，随着"嗷——"的一声凄厉长嘶，黑毛土猪便一命呜呼。紧接着，杀猪师傅放血、吹气，把死猪放到桶盆里，再把煮得滚开的水倒到桶盆中，来回翻滚着死猪。十几分钟之后，估计猪毛烫得差不多了，师傅们拿起铁毛刮，三下两下便利利索索地把黑毛猪全身的毛刮得干干净净。随后，又拿刀开膛、扒肠、去骨、分块、收拾杂碎，再全场清理、洗手、收工、小憩。师傅们娴熟的动作，让我联想起之前曾读过的《庖丁解牛》的精彩的描述："手之所触，肩之所倚，足之所履，膝之所踦，砉然向然，奏刀騞然……以无厚入有间，恢恢乎其余游刃必有余地矣……动刀甚微，謋然已解，如土委地。提刀而立，为之四顾，为之踌躇满志，善刀而藏之。"古人笔下所描写的，不就是今天我们所见到的场景吗？只不过，古人解牛，今天杀猪而已。

  第二头猪全部打理停当，主家便急忙在自家土灶生火做饭。只见夫妇俩及帮手在烟雾缭绕的屋内忙前忙后，锅碗瓢盆，一阵乒乒乓乓，接近一个钟点，款待宾客的主打菜都已上桌——清汤炖蹄肚、红烧大肠锅、萝卜烧肉锅、洋葱炒心肺、青椒炒肉丝、白菜烧豆腐，加上自家腌制的小菜等，两张八仙桌摆得满满当当。黑毛猪肉烹制后特有的香味儿满屋飘散着，引得客人馋涎欲滴，忍不住拿起筷子大快朵颐，也不管什么形象不形象了。饥者，佳肴，一阵风卷残云，桌上的菜已是所剩无几、盘底朝天了。

猪盆打完了，主人的热情也领受到了，时间不早了，朋友们打理行装，带上从主家、老乡那里购得的黑毛猪肉、猪油、排骨、蹄髈等踏上归程。

可能是余兴未尽，也可能是酒精的作用，归程途中，经过磨子潭水库一处网红打卡点，同车的朋友很是兴奋，非要停车拍照。原本不愿下车的我也被带了节奏，移步一处水边高台。我被眼前特有的景色惊艳到了——冬日，下午三四点钟，在阳光的照射下，远处，山色空蒙，高低层峦、深浅叠嶂，放眼望去，让人神飞心荡；近处，袅袅炊烟，翠竹农庄，天水一色，粼粼波光。恰好此时一艘满载的货轮由南向北慢悠悠驶过，紧接着，又有一艘快艇快速在水面划过，在水库中央留下一道长长的辙痕。一幅太阳、波光、远山、近水、快艇、炊烟的美丽构图一下闪现在脑海里——害怕眼前美景转瞬即逝，我也顾不得许多了，拿出专业摄像设备，又随手掏出手机，咔嚓、咔嚓起来，收获着眼前每一帧图像。"太美了，太美了！"我和朋友们同声赞叹。只可惜自己腹中那点可怜的文采，搜肠刮肚，也诌不出类似"欲把水库比某某，阴晴远近总相宜"的华丽诗句。但庆幸被朋友带了节奏，不然就会与眼前的美景失之交臂，那就亏大了！

生活如歌唱流年

龙年第一场大雪过后,天依然阴沉着脸。倒春寒的清冷,时不时夹带着飕飕冷风,冻得路人紧裹着棉衣,缩手缩脚的。

2024年2月29日,正是龙年正月二十。一大早,在离家不远的小区二楼文化活动室内,却是另一番热闹、温暖如春的景象——小区业主自发组织起来的艺术团队举行"开箱"演唱仪式,官宣:新的一年小区艺术团训练演出活动就此开始了。

活动大厅内,宽大的背景墙LED电子屏红底白字显示着"小区艺术团'开箱'演唱会"几个大字,煞是醒目。大厅中央挤挤攘攘,穿梭来往的全是人——琴师、舞蹈队员、歌唱演员各自忙活演出前的准备工作,还有不怕冷前来观赏、捧场的小区热心居民。在腰鼓舞蹈队一曲《开门红》欢快的音乐声中,演出正式拉开帷幕。随后,按照整个活动的策划和主持人报幕,黄梅戏《汉宫秋》、京剧《红灯记》《海港》、庐剧《山里兰花山里开》等各具特色的戏曲节目次第登场。整场节目演下来,演员们个个神采飞扬,舞蹈动作步步到位,唱功细腻,字正腔圆。短短的一个半小时左右,二十个节目全部演出完毕,台下观众大呼精彩、过瘾!

演出结束后散场了,演职人员各自收拾起道具行头,艺术团队的负责人一面张罗着清场,一面还不忘总结和叮嘱:今天演出开局圆满顺利,大家还不能松劲,继续保持。午餐过后,正常的艺术训练还要继续,基本功还要练得再扎实一点。

望着陆陆续续离去的演出队员们的身影,我暗暗心生敬佩:别小瞧了这短短一个多小时的一场演出,精彩演出的背后,是演出者们长期的坚持不懈和付出。有一句老话叫作"台上一分钟,台下十年功"。以我对小区艺术团情况的了解,这些社区业余"艺术家"的心中都有着一个艺术梦想,以及对当下舒顺生活的珍惜和执着。这些积极参与社区文化演出活动的人多半是退休人员。退休前,为了本职工作,为了养家糊口,为了个人进步以获取更为广阔的事业空间,他们默默地把所有个人的艺术爱好深埋在心底,他们不得不将自己曾经熟稔的吹、拉、弹、拨乐器束之高阁。只有工作闲暇,偶尔兴头泛起,才会取出尘封已久的钟爱的乐器,弹上一曲,吼上一嗓子。

现在好了,大伙儿从各自工作岗位上先后退了下来,"无丝竹之乱耳,无案牍之劳形",少了完成任务指标的紧张,没了工作加班加点的约束。儿女业已长大成人,或远走高飞,或工作稳定,有了温馨的小家庭。自己生活的担子反而轻了,压力小了,剩下来的就是许多空余时间,除了一小部分时间用于接送孙子上学、买菜烧饭等家务事,多出来的大把好时光怎能轻易辜负?那些几乎快要被淡忘在心底的对乐器、演唱、歌舞才艺兴趣的追求又萌发了,于是他们再次开启人生新的舞台。

寻常,你只要稍加留意,在各个街道新时代文明实践所和各个社区文明实践站,就常会碰到手提音响、拎着乐谱、身背乐器的三五成群的人。各站、所活动室会不时传出悠扬的丝竹琴声,有西皮二黄的京腔,有温婉甜润的黄梅歌声在耳畔回荡——

尽管这些退休老人没有了太多具体的生活压力,但他们大部分还是秉承了过去在工作岗位上经年养成的良好习惯,把"认真""严格""细腻"的作风带入了平时的艺术培训和排练之中——一支曲子反复唱,一段舞蹈跳了一遍又一遍。队形走得不齐整,排练老师还要手把手严格纠正。时间到点该接孙子放学了,赶忙悄悄离开,接回后又继续参加排练。为了不影响节目排练,有的团队负责人甚至在病中还拖着虚弱的身体到场参加指导、演练;有的为了艺术团队"开箱"演出的整体效果,感冒了,嗓子哑了,高腔提不上去了,硬是坚持把一曲唱完,感动了台下许多观众……

春来秋去,从年头到年尾,这些老艺术家不惧炎炎夏日、冰雪冬季,长期坚持集中演练,在戏曲、歌舞方面技艺愈加成熟,表演水平日益提高。在不同的时间段、在重大节假日活动中,他们经常受邀与专职演员同台献艺,他们精湛的唱功和华丽优美的舞姿赢得了观众们的点赞和捧场。有的社区艺术团队还注册成为正式社团群体,经常参与异地交流或是到省会参加汇报演出,展示老艺术家们的才艺和风采。

曾经听过坊间流传这么一首歌:"生活虽然普普通通,但也要乐在其中……"朴实直白的歌词对应在这些社区老艺术家的身上再贴切不过了——其实,他们并不在意演出的水平、表演的能力怎么样,也不太关注别人的评价如何,在安定、平稳的日常生活之外,参与一些文娱活动,自己开心了,又能给别人带来欢乐,是一件十分值得坚持做下去的事情。他们希望能在龙年通过努力拿出更多更好的艺术精品展示时代精神、歌唱新的生活;能在庆祝中华人民共和国成立七十五周年的舞台上,再次唱响《我和我的祖国》这首歌,以表达对祖国母亲的热爱、对幸福生活的美好希冀,演绎出生活如歌的美好和精彩。

三月芳华

二月春初,应是大地复绿、气温逐渐回暖的时节。可我却隐隐地觉得好像有很长时间没有畅快淋漓地享受一下春风的温柔和煦了。当一缕春风拂面而来,你正要闭目仰首欲与春风相拥的时候,一不经意,轻盈的春风、宜人的气温,倏忽间便消失得了无踪影。接下来,便是与这个季节有些不相符的燥热,而后,又冷不丁给你来场风雨,再气温大降。忽冷忽热的天气仿佛坐上了过山车,今天还穿着薄衣单衫,明天又要重拾冬装秋裤,让人颇为尴尬。有人说,我们这个地方一年四季除了冬季就是夏季。想来,说得虽然不准确,但好像也有点道理。

惊蛰一过,气温渐高,室外,萤虫飞动,草色渐青。经历了一个冬天的储蕴、休眠的花木,也青春萌动,欲展示这个季节应有的风韵芳华。

近些年,市区内建了多少小区、几处公园,我没在意过。在我的头脑中只有一个概念:很多!多到不仅有的小区、公园自己没去过,甚至连名字都不清楚,更别说能记得住了。可你只要漫步在附近的小区、公园,就会发现,在三月,各种花朵已然开始竞相绽放了。

在我居住的小区内,路边和绿地上,就有独立栽种或是集植成群的玉兰树,光溜溜的枝丫上点缀着密密麻麻的花骨朵,有的今天上午还在抿瓣含苞,一夜过后,便会花色全开。盛开了的白色的玉兰花,一朵朵、一蓬蓬,洁白如玉,娇俏无瑕,浮动阵阵清香;还有一些粉红色的玉兰花在人影阑珊处,迎风摇曳、含羞怒放,显得格外柔丽和妩媚,让人流连注目。间或,你还可以看到有些高坎处、景观边,一些寂寞无主盛开吐蕊的红梅,正努力地伸出枝干,仿佛丽质佳人美臂轻舒,招引着赏花人;树枝上一朵朵张开着形似少女笑靥的梅花也努力地向外伸长脖子,仿佛在向路人倾诉着历经寒冬苦楚后的欢欣和期盼春天的花语。尤其是在时风时雾、时雨时雪过后,那一幅幅红梅映雪、花瓣带雨、花容清澈的画面,让我印象深刻。

我很喜欢小区周边的绿化和景观环境。有人夸我们小区绿化搞得不错,绿树成荫,四季花香,我认为一点也不为过。但小区面积毕竟有限。阳春三月,春和景明,还是有人不满足于小区内的优美精致,周末带着妻儿老小,到稍远一点、面积更大一点、景观更多一点、风景更美一点的郊外、河边、公园去踏青游玩,沐春风、看花开,享天伦之乐。

在中央公园,你能看到,在绿树环绕,红梅、白玉兰点缀,绿柳随风轻拂水面,风景如画的慢车道和人行道上,有人在漫步,也有人在疾行和快跑;在公园腹地,一块偌大的浅黄泛绿的草坪上,有一对夫妻带着孩子依卧在地毯上,在微风里、在暖阳下,开心说笑，畅享自然；远处，草坪的另一端，一位父亲在指导孩子"忙趁东风放纸鸢"；还有一群男男女女小顽童，在家人的身旁笑着、跑着、嬉闹着；更有几位看似专业的小青年在一处空旷地，摆弄着一台小型无人机时飞时落。

在淠河桥下，一条蜿蜒的堤坝旁樱花林盛开的粉色樱花，如云如雾。花丛中，枝头上更有不知名的小鸟在叽喳互唱、翻飞啁啾；樱花树旁，还簇拥着一堆一堆绽开了的一枝枝、一团团紫红色的荆棘花，嗡嗡的小蜜蜂在花丛中不知疲倦地飞舞着，还有一只只蝴蝶舞动着彩翼，盯着花朵上下翻飞，煞是可爱。绿林边、堤坝上，有附近居民闲来漫步其中，这样的景致，恐怕只有身在其境，方能感受到三月的芳华、二月的风给人的那种初春的清新和花香的沉醉。

还有，在我们这座城市东南西北许多地方，不管你来还是没来，在还是不在，只要春风吹过，气温适宜，那些开在三月里的桃花、梨花、油菜花便会自顾自地盛情绽开，美化着我们这座城市。

我的身边还活跃着一群并不满足于城郊附近美景的摩友、摄友、自驾爱好者。春日丽景，他们便三一群五一伙打点整装长途出行。哪个地方群花齐放、风景诱人，他们就到哪里"打卡"，留下参差车辙和风尘仆仆、快乐的身影。

离我们城市百十里地，就有一个让他们彻底放飞的网红好去处——金寨铁冲玉兰谷。二月头，春风初拂，玉兰谷渐渐醒来。按说，山里的气温低于山外，然而，三月初，这里的玉兰花就次第绽放了。

第一次到玉兰谷，我真的被它惊艳到了！见过玉兰花开，却没有见过漫山遍野一片花海的阵势！映入眼帘的花海有远处轻柔的粉，山腰间青褐色的绿夹杂着一丛一丛浅淡色的红，近处触手可及的一株株、一朵朵玉兰的白，还有一些含苞待放的紫。花山之下、田垄之中，一片一片油菜地花开色黄，映衬着近处、远处粉、红、黛、紫以及白色的玉兰花开，就是一幅绝美的浓墨重彩的风景油画！如织的游客携家带口慕名而来，在惊叹中欣喜，在欣喜中不忘拿起相机、手机边走边拍，记录着兰花山玉兰盛开的美景。殊不知，在他们拍摄、欣赏美景的过程中，自己也不知不觉成了画中人，成了别人相机、手机里的一道风景。

今年，身边也有摩友兄弟、自驾好友、摄友相邀聚会玉兰谷，很遗憾，我没有去成。看到朋友回来后上传到摄友圈里的玉兰谷花开的图片，我发现那里的花色更亮、花海更美，人文也更具兰芝气韵了。尽管今年玉兰谷自己没能成行，但朋友们为我弥补了遗憾。

前不久，又有朋友自玉兰谷游玩归来，不无懊恼地告诉我，山里的玉兰花几经风雨大部分已谢掉，胜景不再了。我觉得很正常，这有什么呢！玉兰娇而花期短，今年花谢，落红有情，化作春泥，明年再开，自然规律，花之常情！一如四季有阴晴，明月有圆缺，自然界的万事万物不都是有规律可循的吗！

待到来年春风起，又是姹紫嫣红一路芳华！

梦回吹角连营

常听人说："日有所思，夜有所梦。"我也有过类似的体会：但凡平日里想起过往的一些事情，牵念得多了、久了，便会不经意地随风入夜，无声入梦。一觉醒来，多多少少给你留下一丝丝欣喜抑或失落的惆怅。

时光如电，一晃，自己离开部队已经许多年了。曾经在湘西大山深处度过的几年军旅生涯所经历的一幕幕，却不因时光的流逝、生活的消磨而淡忘。反之，却常在梦里忆起那里翠色密布的青山、清可见底的绿水、夏日紫红色的杨梅、春天里的风来花动、四季常青的环境和连队起床跑操、紧急集合、早晚准时响起的"嗒——嘀嘀嘀——嗒——"的悠扬军号声。那里，留有我们学习训练时的刻苦辛勤、集体活动时的铿锵歌声，更镌刻下我们青春洒脱、生龙活虎的赳赳身影和在军队大熔炉中与五湖四海会聚而来的新老战友朝夕相处的难忘、美好的一点一滴……

一

　　自小在部队大院长大的我对军旅生活、国防绿,有着一种深深的崇敬和向往。十八九岁,正值青春韶华时,我终于得偿所愿,穿上了绿色军装。

　　经历几天几夜山重水复、辗转颠簸的铁皮"闷罐"火车、军车的运送,我们终于到达新兵集中训练所在地。来之前,也听说过新兵连苦。毕竟我们这些毛头小伙初来乍到,人生地不熟,有的生活在农村、乡镇,初出茅庐,没有见过世面,再加上远途跋涉、人多集中,方方面面一时难以适应。再加上训练时间紧、任务重,身边的确有一些新战友撑不住了。有想家的,也有深夜睡在新兵集中休息的大通铺上偷偷哭鼻子的。好在新兵连训练时间不算长,只有两个月,再苦再累,六十多天眨眼间也就过去了。记忆中,我所在的新兵连所有的新战士都一直坚持到了最后,并以优异成绩和高标准圆满地完成了新兵各项训练任务,没有一个人掉队,更没有当逃兵的。

　　在六十多天新兵连集中训练过程中,发生过的事,大都因时间较长,模糊了记忆。但之前从来没有遇到过、感觉新鲜的一些事儿,总是难以忘记的。一次,上午训练任务结束之后,临近中午,全连指战员以班为单位围成一个小圈在连队广场就餐。吃饭的时候,战友们注意力自然都集中在自己的碗筷之间,现场只偶尔能听到盘盏轻微碰击之声,相对还是比较安静的,没有人讲话,更无人大声喧哗。就在战友们专注于咀嚼吞咽的时候,邻近一个班的新战士悄悄地放下碗筷,呼地一下站起,从口袋中拿出一页稿纸,声音洪亮地念起来。一开始,大家都还没有搞清楚是咋回事,听到最后才明白:新战友所念的内容是本班某位战士在训练中是如何刻苦、老班长在训练新兵的过程中又是怎样用心之类的一篇宣传稿。就在隔壁班的新战友收稿还未蹲下时,离得较远的另一个班的新战友也呼地一下起立,大声念诵起稿件来。内容也是赞扬本班新战友牺牲休息时间助人为乐的好人好事。紧接着,类似的情景一个接着一个出现,这个班的战友刚蹲下,另一个班的战友又站起来。战友们念诵的稿件短小精悍、字句铿锵,短的一两分钟,长的也不过三四分钟。整个吃饭过程大部分时间是在这样热烈的氛围中进行着。起初,大家伙儿都感觉新奇,后来听我们的老班长说,这就叫"饭堂广播",算是部队一个小小的传统吧。别的班新战友这么做,肯定是在老班长的指点下进行的。想想那时,都是新人新兵,年轻气盛,血气方刚,谁都不服谁,都争强好胜,别的班可以,我们班怎能落后? 别人能行,我们也不可掉队! 集体的荣誉促使本班的新战友坐不住了:我们不能逊色于人。后来,在老班长的鼓励下,我也留心于班里战友们在日常训练时间内外的一些好的言行举止,暗中记下来,并用自认为富含文采的笔触写出来,在连队"饭堂广播"中,用比较标准的普通话朗读出来。一来二去,"出镜"的次数多了,不仅为本班争得了训练宣传方面的荣誉,赢得了班长的好感,在新兵连里也有了小小的"名气"。不知是不是这个缘故,后来,新兵连训练结束,我还被选中代表那年一起入伍的全体新兵,在全团欢迎新战友大会主席台上作表态发言。为此,我暗自欣慰、开心了好一阵子。

后来，下到老连队，我便很快、很自然地融入了老连队"饭堂广播"这个"传统节目"中，直到因工作需要离开通信连调进团部机关。

当时，无论是在新兵连还是在老连队里，"饭堂广播"用最简单的方式，传播着战士们身边发生的一些事情和信息，在一定意义上，也确实起到了鼓励先进、提振士气的作用。

现在想来，那时连队里的"饭堂广播"给人以朝气，给人以亲切感！

二

有句老话说得真切："儿行千里母担忧。"当年，参军到部队，远离家乡几千里。虽然算不得是一个真正的"游子"，但父母牵挂着远在他乡卫国戍边长年难归的孩子，战士们想念着故乡和亲人，那种思而不得的心情，那种纠结，只有自己的内心是最清楚的。由于路途遥远，交通不便，信息不畅，消息闭塞，天南地北，电话也不容易打通，发个电报还要跑到百十公里之外的县城去办理。唯一算得上便捷的能与亲人、朋友沟通的方式，就是"鸿雁传书"，靠写信交流。不像现在，通信便捷，电话一打，音容并茂，要声音有声音，要图像有图像。战士们普通的一封信从深山里的连队寄到魂牵梦绕的故乡，一般都要十来天。好不容易盼来远方亲人、朋友辗转多日的来信，就能让这些生活、战斗在条件比较艰苦环境里的战友激动无比，兴奋异常。古人所说的"家书抵万金",在这里实实在在得到了印证。写信在那个时候,成了每个新老战士生活训练间隙联系亲友的一个不可或缺的重要方式。也许是新兵连"饭堂广播"对我写作水平有所提升的缘由,下到老兵连之后没多久,我就从通信班调到连部做起了连队文书工作。能在连部干文书,在新老战友们的眼里多少也算得上是一个"文化人"。在这个岗位上,我不仅赢得了连队新兵老兵的尊重,还成功地吸引了几个对我无话不说的"铁杆粉丝"。最为有意思的是和我一起入伍从农村到部队的战友Y,他总感觉自己的文化水平低,对我"崇拜"有加,无论是连队里、班排里的事,还是远在千里之外家乡遇到的事,有了苦闷向我诉,开心起来,也会毫无保留地与我分享。一次,家乡的父母给他介绍了一个对象,女朋友写的第一封情书到了,怎样回信,成了Y的一桩重要的心事。知己莫若己,Y知道自己的水平几斤几两,很难写出一封比较满意又有分量的情书。婚姻大事不是儿戏,不能搞砸了。Y很快便找到我,倒也不隐晦,前因后果一解释,顺带当面把我海吹一通,夸我字写得漂亮,又有文化,硬是觍着脸嘻嘻笑着恳请我帮他给女朋友回一封信。依稀记得,当年,他盘腿坐在床沿,一边期期艾艾地用不太顺畅的话语表达着他想要表达的心意,一边倾听着我给他念的文绉绉的复信内容,看着字迹秀美的信笺,咻咻地笑个不停,兴奋得像个孩子,并竖起大拇指,连连夸赞:"不错不错,老刘,真有你的,你真棒!"后来,Y战友好事玉成,最终与他的女友结为眷属。我在想,如果他们的"秦晋之好"是因为我替他代写的这封情真意切的情书,这对于我来说,也算是一种很好的慰藉吧……

后来,我们服完兵役,先后都回到了家乡。每每谈及此事,他都对我充满一种溢于言表的、深深的感激之情。

三

几年火热的军营生涯并不都富有诗情画意。由于山里交通不便,道路闭塞,物质生活条件不算好,文化生活也不太丰富。一个礼拜看一次电影就算是相当不错的精神调剂了。看电影也就成了官兵们最愉悦、最亢奋、最来劲的事儿了。

每每电影通知一下达,连队便像是过节会餐,官兵们奔走相告,走起路来也显得格外轻快。而让人没齿不忘的就是每次电影放映前,气氛最为激烈、最热闹的各连队比赛唱歌的情景了——

先行入场的连队,屁股刚落座,歌声就爆响。后入场的连队也不甘示弱,才进"阵地"歌声便起。更有一些连队,队伍没到场,歌曲就在路上唱起来。战士们一步一步踏着雄壮、洪亮的歌声节奏,唰!唰!唰!威武、整齐地步入会场。

会场坐满了,电影一刻不放,歌声便一刻不停。由我指挥的通信连等方阵这边厢"你是灯塔"歌声未了,那畔儿其他连队"走向打靶场"又以压倒性的声势唱了起来。而后,便不知从哪个方位又响起"革命军人个个要牢记"的歌声,一声接着一声,一浪高过一浪,此起彼伏。哪个连队也不服输,每位战士都挺直脖子扯着嗓门忘我地唱,仿佛要唱出胸中那壮怀激烈的豪情,要唱出从戎戍边、保家卫国那份赤诚的真心!比赛达到了高潮,歌词也已分辨不清,歌声汇成了一片海洋,在高大的礼堂内、在空旷的露天广场上、在高耸入云的山峰间嗡嗡回荡……

我曾好奇地猜想,那时的部队看电影前比赛唱歌是一个不成文的习惯,还是部队延续流传下来的传统?后来才听说,哪里有队伍,哪里就有歌声。以歌声激励自己,以歌声鼓舞士气,就像"饭堂广播",形式不同,意义一样,历来是我军的一个优良传统。在过去,在今天,军队歌曲最能表达战士们乐观的精神、必胜的信念、高尚的追求。战士们在歌声中得到了愉悦,也能在歌声中鼓舞士气、陶冶情操。

而今,每当听到有人唱起《咱当兵的人》《人民军队忠于党》等部队歌曲时,我便不由得在自己的记忆中搜索部队生活中那些熟悉的场面。想起逝去了的、耐人回味的在部队经历过的一幕幕,那些唱熟了的歌便又会在我的耳畔重新响起……

记不清多少个夜晚,我做过这样的梦:自己竟重新穿起了绿色军装,回到了阔别多年的老连队,在军号吹响、集结整齐的队列中,和战士们一起引吭高歌……

村女

久未出去走走,很想到外面看看精彩的世界。

端午刚过,因公外出,在车站候车,眼前的事叫我纳闷起来:熙熙攘攘、行色匆匆的旅客中,和我同方向手拿秧马的农村姑娘、媳妇特别多,她们要上哪儿去呢?回家吗?不像。走亲戚?就更不像了。我随着闹嚷嚷的"秧马娘子军",惶惶然被拥进了车里,急切中就近找了个位子,恰好落入这群姑娘、媳妇合围的阵势中。

大概是初次出门吧,姑娘、媳妇们的情致特别高,嗓门也格外亮,觉得车窗外许多事都是那么新奇,而兴趣最浓的,仍是她们早已稔熟了的田地禾苗:"哎,婶子,瞧,畈上的庄子都在田亩里。""啊呀,兰子,看,人家的秧田插得多齐整。""哦哟,想不到,人家农事也来得早,小苗都泛青了。"

瞅准村姑、村妇们歇嘴的当儿,我伸直了脖子向坐在前排头扎蓝布花结的姑娘探问:"出门做活吗?""是,给人栽秧。""栽秧?"姑娘看我堆着一脸的疑云,咯咯笑了好一会儿:"你不相信?"我红着脸不知道该不该相信。我用姑娘的话问我自己,在脑海中,仔细地搜索着那依稀的印迹……

农村生活,我是熟透了的,特别是我插过队的偏僻乡村的风土人情和俚俗习惯。村里有一条不成文的规矩:妇女不能下塘,不能下田。这倒不是大老爷儿们照顾村里的妇女们,而是认为她们会给农事带来不利。妇女们虽说不割稻子不栽秧,可一天到晚也闲不着,屋里屋外,菜园子忙完忙烧锅,照顾孩子、丈夫、公婆,饲养鸡、鸭、猪、鹅,样样都要做到。出门瞧瞧是她们的奢望,心里想,嘴里却不好讲。好奇的时候,我问过一些与我为邻的农村妇女:可出过远门?答曰:大队、公社即是天际。

谁承想,这一往昔留存于心底的印象,竟与今天的疑惑相互交织在一起。然而,村姑、村妇们手中、脚前的秧马,又实实在在不容我置疑。

巧的是,说来说去,姑娘、媳妇们竟还是我插队时的邻村人。感情距离的缩短,让我有些抑制不住精神的亢奋,急切地打听我曾熟悉的人和事,打听去年那场大水给村子造成怎样的破坏——收成没了,田地毁了,庄子还在吗?

头扎蓝布花结的姑娘告诉我:"没见过那么大的水!多亏了天下好心人的关心和帮助。虽说天时误了人,人却不误地时,大灾过后,赶上了个好的年成,家里的小麦、油菜大丰收。这不,我们割完了自家的小麦、油菜,栽完了田里的秧,忙完里外活,应约出了远门,帮人忙些活,顺带出外瞧看瞧看。""家里舍得下吗?""一切都安排停当了,家里人放心,我们也是宽坦着心出门来的,没那个后顾之忧,已经习惯了。你怎的不回去走一走?只怕你去了摸不着地方了。"姑娘话没说完,笑意已经写在了脸上。

看得出,姑娘内心是甜蜜的,是为了能出趟远门,还是为灾后村里人有了好的收成?两者也许兼而有之。

此时此刻,我对上车不久姑娘发自内心的长笑渐渐有所领悟。离开乡村许多年了,乡村的风貌已发生了很大变化。这些手携秧马、外出做活、谈笑风生的姑娘、媳妇,正说明了这一点。

我问身旁一位年轻的媳妇:"要干几天?""没有定,活少三天五天,活要多,三五天做不完的,时间可能还要长些。"

做农活的地点到了。一阵骚动,一阵欢叫。车门开启之际,姑娘、媳妇们流于内心的畅笑又起。这笑声仿佛留在了车厢内,许久许久在我的心头往复萦绕……

书海游弋乐作舟

年届"而立"与"不惑"之间的人,虽未受过老夫子"学而优则仕"的教诲,却对"读书无用"的调子及臭老九的年代极为熟悉。忘记在哪部影片中,一个大人逗孩子时说的那句"读书苦,读书忙,读书有个啥用场"的声调和情形,至今言犹在耳,历历在目。

读书苦的感觉,在中学时我体会最深。寒窗十年,日复一日,"两点一线"——家里至学校,再从学校至家里,单调之中蕴含着几多乏味和厌烦。实指望历尽磨难图破壁,一展才智,实现抱负,一慰父老乡亲寄予的深情与厚望之时,为响应知识青年上山下乡的号召,我又一杆子落户到生产队。农村的生活习俗延续了许多年,偏僻的乡村更是落后:夏季繁忙的时候,鸡啼而作,蛙鸣而息,披着星星拔秧,顶着日头"双抢"。冬闲的时候,能闲得你手脚心直痒痒,会油然生出无事可做的苦闷。这个时候,茅屋里的书便成了我最好的伙伴。简陋的书架上放着公社"五七组"发放的知青系列丛书,我把它们倒腾过来倒腾过去,连翻数遍,以至"眼"熟能详、出口成章。久而久之,我在插队小庄子附近的十里八乡渐渐有了些小名气。后来,不知怎的,又被公社头头儿知道了我"肚里有货",我一下子便成了公社里的"香饽饽"。大凡公社里有了啥子大事,书记也好,委员们也好,必定请我捉刀。印象最深的是党的"九大"召开的那个晚上,公社妇女主任第二天要在全公社妇女动员大会上作重要讲话。为把这一炮打响,她要我当晚草拟一份讲话稿。文稿拟毕,读给妇女主任听,她听后啧啧称赞道:"写得不错,写得不错,多读书有多好你不知道,没文化的人好难啊!"妇女主任的话是语重心长的。尽管受到夸奖,但我知道自己肚里的水有多深。文稿虽读来朗朗上口,却多是从当时流行的一些书中抄来现卖的,火药味儿浓,革命的、战斗的词语很多,鼓动性较强,思想意义却不深。虽然苦了一夜,累了一夜,但初尝多读书、有文化、受人敬重的甜头,心里真够乐的呢!

下放没两年,即身着军装,万里赴戎机。在部队六个月便干上了文书这一行。在几年的文书生涯中,我背过和阅读过不少名篇佳作,使自己在诸多方面增长了不少的知识。有趣的是,书看多了,文章写好了,不仅在连里扬了名,还帮助我与战友增进了友情。

余和我同年入伍,是农村兵。入伍前,家里已将其对象定下。对象要求他到了部队给她写信。半年之间,其对象连着给他写了好几封信,未见回信,便发出最后通牒:准备吹灯。余拿着信,苦着脸来找我:"你书看得多,脑子好使,帮我回封信吧。"战友如此信任,当然不能推诿。我狠绞了番脑汁,下了一番功夫,搜索枯肠,罗列辞藻,帮他完成了一封情书。半月之后,余见了我的面就呵呵直乐,等他拿信纸给我看,道明了情况,我也随之大乐起来——余的对象不和他吹灯了,还直夸他写信写得怪有水平的呢。乐过之后,我用拳头擂其头:你做了回才子,我却成了无名英雄。

荏苒光阴,稍纵即逝。眨眼间,回到地方也有些年头了。随着生活的宽逸,年龄的增长,隐藏于身心深处的惰性也在不知不觉中抬头露脸,有不少次自己也确曾被其击败过,但每每失败之后,我都要迫使自己努力觉醒:读书学习,一如吃饭、睡觉,生活中哪一环都是不可或缺的。同时,我也真正感悟到,在繁星点点的盛夏,在雪花飘飘的隆冬,夜深人静,伏案蜗居,抛开浮躁与无聊,铺纸开卷,或泛舟于书海,或在思绪的岸畔徜徉,寻觅人生的真谛,追求生活的情趣,善莫大焉,乐亦无穷。

兴趣

人各有志,志有不同。说到兴趣,应该是多种多样的。琴棋书画、诗酒花茶,八雅之外,现如今,人们的兴趣又拓展到徒步、摄影、骑行、旅游等方面,林林总总,文智武功,千姿百态,不一而足。

想起多年前,我有一位老朋友,他有一个兴趣,现在说起来不知道会不会让人感觉到陌生——集报,也就是积攒各种各样不同年份、不同报社编排发行的报纸。朋友在一起相聚的时候,每每说起集报的话题,他总是兴奋无比、神采飞扬,满口称赞集报的益处,并举例说明集报既可以拓展你的思路和眼界,还可以丰富你各方面的文化和知识,提高自身的综合素质、品位,陶冶情操等。好像光说还不足以证明他的观点,因为我们俩关系处得不错,一次,他邀约我到他家去参观他集报的情况。我怀着一颗好奇心,去他家一探究竟。我的天啊!我看到,在他不大的一间房子里,确实堆积了不少各种报纸,从地面到天花板,占据了房间不小的空间。家虽然没有被搞得不像样,但堆有小半间房的各种各样的报纸,不难想象是怎样一种境况。总之,在我看来,还是有种不太适应的感觉。我轻声附和着他的兴奋,内心却并不是十分赞同,我想:照此下去,日积月累,越积越多,最终房子也会装不下的,这家也不像家的样子了,他的妻子就没有想法吗?但看得出,朋友对此兴致颇高,且乐在其中,回味无穷。

虽说在集报兴趣方面"道不同,不相为谋",但在后来的日子里,不经意间,我也养成了一个小习惯:把平时凡刊登在各类报刊上自己的各类文章、摄影图片作为资料收叠留存。毕竟是自己呕心的作品,弃之不舍,于是就敝帚自珍,用以不时之玩味,自娱自乐。时间一长,我发现自己留存的各种报纸、刊物说多不多,也不算少。尘封泛黄的报纸,前后相隔也有三四十年光景了。因为一些需要,我也会在这故纸堆中,查阅浏览、翻找有用的东西。在一次次查找报刊资料中,我无意间有了一个新的发现:时光悄悄从指尖流过,岁月更替易逝却有痕,报纸无言,却用文字、图片从一个特殊的角度见证着时代的不断发展和变迁——

翻看 20 世纪 80 年代初的报纸,单就排版、印制而言,就能清楚地印证今昔相异这一点。那个时候的图片是用锌版制作的,文章是用铅质活字一个字一个字排出来的,印出来的报纸,质量是没法讲究的。人工排版,不仅文字经常有误,图片也经常看不清,甚至模糊得近乎黑墨一团。我猜想,无论作者还是摄影者,看到这样刊有自己作品的报纸,兴奋之余,其内心多少也有些许遗憾吧。这能怪编辑吗?我想主要还是受制于当时的科技条件,编辑同志们也是心有余而力不足,是没有办法的。说到人工铅字排版，它给我的印象非常深。因为当年的工作，我对报刊印刷行业接触较多，多少也有所了解。铅字排版时代，一般报社都有自家印刷厂，在不太明亮的排字车间内，工人们蓬头垢面，为了排出一篇文章，需要捧着比较沉的铅字模盒，在木架林立放置单个字的木盒中查找铅字模块。如果文章有修改，还需要工人们重新来过，版面找字，还得一排再排。工人们的疲惫写在脸上。待到报刊付梓发行，读者或是作者一份报纸或杂志在手，案头有茶一杯，轻松惬意地品读着文章，浏览着报刊上自己心仪的相关内容时，可曾想到，其背后有报刊编辑和排字工人多少的辛劳和付出！

转眼间，许多年过去了，铅字排版被胶印排版代替了，报刊的版面看上去清爽多了，让人感觉进步不小。然而，时隔不久，报纸胶版印刷也已成为历史，取而代之的是现在的电子制版印刷，印出来的报纸，不但文字清晰，图片影像纯粹，也不会出现看上去乌七八糟的情况了。现在随着高科技的发展，报纸不仅有纸质版的，还有电子版的，不仅阅读方便，也便于收藏，不管何时何地，都能查找到你想要的东西，大大提高了报纸的时效性和功用性。

只是，随着电子科技的发展，电子阅读接受面越来越广，受众越来越多，不知道纸质报刊到底还能走多远。偶尔，我也会冒出一丝这样的疑惑。但立马回头再想，切，管它呢！能走多远是多远，这也不该是我去想的，也不是我能解决的问题。不过，我倒觉得：纸媒阅读是我们老祖先多少年流传下来的传统，好的传统应该会一直延续下去的！作为不同的阅读方式，电子阅读与纸媒阅读,可以并驾齐驱,优势互补,特别是在收藏方面,纸质报刊给那些不太熟悉电子产品的人提供了方便,只要保存妥当,一般不用担心丢失。所以,纸质报刊以及书籍,还是有一定读者群的,其中就包括我自己。一张报纸在手,让我既能怀念报纸的过去,也能品读报纸的今天;让我见证新的时代,在传统媒体与新媒体的相互交融展示中,是怎样一步一步快速地向前迈进的。

唉!好长时间我都没有和我那位集报的老朋友联系了。现在,不知道他集报的兴趣和习惯坚持下来了没有,也不知道他积攒报纸的数量有没有达到"汗牛充栋"的地步,抑或是改变了集报的方式,用电子收藏的形式来集报。

集报我不专业,但多少我也从自己留存的报刊资料中体会到了张目益智的甜头。

留住心头那片阴凉

　　人生头遭的经历总能给人留下一个较深的记忆。记不起这是谁说的了,可这话倒是说进了我的心里,吻合了在去年中国电机工程学会青少年夏令营中,我的那段短暂却又至真至纯的经历。我想不出,为什么就那么几天,自己的心头却刻下了深深的抹不去的记忆。

　　说句老实话,长这么大参加夏令营还真是头一回呢。一开始,心里还真有些犯怵:活动期间,对这些"小皇帝""小太阳"的方方面面能照顾得如组织者们设计的那样吗?会不会出现什么问题?不管怎样吧,毕竟这是一次和孩子们深入交流的机会,又是别人的盛情邀约,心里虽怵,我还是喜滋滋地答应了。

　　夏令营是属于孩子们的。早早地他们就穿戴齐营服,仨一群俩一伙,活蹦乱跳,如同过节一般。开营后第一天晚上,孩子们的住宿地更是"炸了营"。带队老师是有言在先的,就寝前又一再和他们约法三章:"活动了一天,大家伙都累了,要注意休息好,不要玩得太迟。"可"将在外,军令有所不受",老师在眼前,孩子们一个个表现得静若处子,稍一转脸,哗,又都欢如脱兔。已是凌晨两点了,我一觉醒来,耳畔立刻又响起一阵叽喳笑闹声——还有没睡着的!问他们为什么不睡,有孩子笑答:睡不着。为什么睡不着呢?我想这就不必让孩子们回答了。第一次参加夏令营,又是活动的第一天,心情能不激动吗!自己也是从这一步走过来的,知道活泼好动便是孩子们的天性和可爱之处。

能猜想得出,孩子们是不大出远门的。从他们一个个欢欣的表情中可以看出:外边的世界真精彩。那一方黑土、一块石头、一汪碧水都能引起孩子们的惊奇,那雄伟壮观的水电站大坝,远处的空蒙山色,身前的青岩绿水,还有那山谷水湾处鸥鹭低翔的宜人景致,更使孩子们癫狂得似痴如醉,裹足流连。置身于这样的景色之中,孩子们一个个匆匆拿出随身携带的相机,争相和带队老师们咔嚓几张。他们笑闹着,跑跳着,整个身心、一腔激情和大自然融为了一体,乐得已不知今夕为何夕了。

孩子们钟爱山水自然景观,对所参观的变电所、水电站也是那么情有独钟。他们参观得那么认真,听得那么仔细。暗地里我感到有些疑惑:这些孩子多是生长在变电所、水电站的,参观的一些变电、发电设备他们亦多不陌生,可在他们眼里,这些庞然大物依然有着那么大的吸引力和魅力,这是为什么呢?

夏令营结束之前,带队的老师给孩子们布置了一项任务:每个营员都要交来一份心得笔记。晚上,整个营地显得格外静谧。白炽灯下,孩子们埋下头,认真构思,笔在手中摇,纸上沙沙沙。在指定的时间内,孩子们陆续交来自己的文章。深夜,我躺在床上,摊开每个营员的笔记认真品读起来。我一边读一边不住地提醒着自己:夏令营的时间是短暂的,和孩子们各方面的交流是有限的,或许,从孩子们的心得体会中还能读到些什么,了解到孩子们尚未表露出来的心灵一隅。当然,我也知道:在仓促的时间内,要写作功底不太深的孩子们写出怎样好的文章是不现实的。可孩子们纯真的感情、直率的表露,令人读后心潮涌动,那稚拙的字迹向你透露着:他们小小的年纪,却有着较成熟的语言和心理。他们一任驰骋的思绪飞向遥远,把自己的志向和祖国的未来紧紧地联系在一起。孩子们感情是丰富的,心灵是美好的,理想是崇高的。他们赞美大自然,挚爱着电力事业,尽管这种爱是懵懂、不成熟的,但我想这种质朴的爱在孩子们的心里怕是早早就存在了的,也许这种爱是从父辈们那里沿袭而来,也许这种爱通过这次参观、学习变得更加执着。这是否就是此前在参观中,我心中之疑窦的最佳脚注呢?

　　夏令营结束了,孩子们依依不舍之情溢于言表。其实,我又何尝不眷恋呢?闭目回想那几日的营中乐事,以及建立起来的浓浓的师生情谊,就仿佛流火夏日中,心头笼覆着一片阴凉,让人舒心、惬意,我想,我会长久留住它的。

寿湖水深深几许

寿湖，初闻其名，并不知其所在何方。因为寿湖名字中有一个"寿"字，心想也许与原隶属六安的寿县有关呢。之前，多次到过寿县，也听说过寿西湖之类的，但寿湖在哪儿，我还真的不知道。

岁末冬初，市作家协会组织了一次部分作家小型采风活动，地点就在寿湖畔的安徽润瑞文旅有限公司"徽音楼"思想汇之内。跟随车载导航一路向东，路虽不远，却因城建改造外加路线不太熟，费了不小的功夫，好不容易才到达目的地。哦哟，原来寿湖就在城东风景如画的美丽的悠然蓝溪景区之中。之所以称为寿湖，一打听，缘自从空中俯瞰，寿湖的形状像中文里的"寿"字。想想自己家距离寿湖这么近，既不知其所在，又不知其名何来，我对自己的孤陋寡闻心存羞赧。

尽管之前对寿湖比较陌生，但对寿湖所在的景区我还是比较熟悉的。

悠然蓝溪景区建成、开放之后，我和家人、朋友也曾去过多次，印象深刻——这里，有湖边岸芷汀兰的曲径通幽，有石拱小桥、淙淙流水、翼然亭阁，有垂手及水、临湖而建、独具特色的亲水民宿、酒馆，还有夜晚游人熙攘往来争相观看的琉璃灯火和景观喷泉……记不清是哪年的一个夏日午后，孩子在园区一个游玩场所畅快淋漓地尽兴之后，开怀大笑的咯咯之声，音犹在耳；也记不清在哪年的季秋，为了配合妻子做好服装营销展示摄影，我们留宿徽音楼亲水民宿，清晨推开木窗看到薄雾缕缕、一抹初露晨曦的金光跳跃在碎波荡漾的湖面上的美丽画面……而此次，又逢市作协组织在寿湖之畔的徽音楼开展活动，说我与寿湖有情有缘，应该不为妄言。

我与寿湖有缘，与此次前来参加"金秋徽音楼"主题采风活动开幕式的老师、朋友们更加有缘分。参与此次活动的人不多，有新朋，更有老友。老友中，W君与我相识最早，交往的时间超过三十年了。我与W君相识于20世纪80年代中后期。我们年龄相仿、心性相似，闲暇之时，都爱舞文弄墨。一个在媒体文艺版做主编，一个在企业搞宣传。因工作和业务的关系，接触得多了，关系很自然地就紧密了起来。W君文学底子厚，兼有专业功夫加持，对我这个在文学创作方面基础差、底子薄的新手，他也从来不嫌弃，不吝多多指导。你要一，他把一给你之后，如果还有二、三，他也会毫不吝啬一起奉送。一来二往，在我的工作和文字水平的提升上，他实实在在地给了我不小的帮助。后来，因为我不再专门从事宣传文字工作，也因为W君职务晋升之后业务繁忙，无论在创作交流、工作上抑或其他方面，我们相互之间接触得稀了，见面的次数少了，但已建立起来的深厚的兄弟般的情谊依然不淡。很长时间见不上一面,却仿佛有一根隐形的连线,系在彼此的心间,还是一见如故,情深意浓。再后来,还是因为工作的关系,时空的转换,我们多了接触的时间、交流的契机和重叙旧交的场合。从我内心来说,W 君真的算是我的良师益友。

像 W 君这样与我有缘并对我的文学创作给予过许多帮助的还有此次活动的主要策划和组织者之一 X 女士。类似于 W 君,我和 X 女士也是因为工作关系相识得比较早、结交得比较久。其间,也是因为工作岗位变动等,好长一段时间各忙各的,接触得比较少,但深厚的友谊连绵不断,经受住了时间的检验,兄妹情义一直在。

回看我的文学创作之路,一路走来,离不开像 W 君、X 女士这样的老师的帮扶,也少不得后来在文学创作上结识的本地主要文学刊物的 F 老师等诸多朋友给予的指导和点拨。

大千世界,能因文学而相识,再在寿湖之畔的"徽音楼"相聚,也算是缘分吧!

在此次徽音楼采风活动结交的新友中,活动主持人李杭城给我的印象颇深——一米八几的个头,时尚的一缕长发后掠,眼神炯炯,五官端正,身材匀称、挺拔干练,再配上一身得体的西装,给人的印象非常精干。在整个活动主持过程中,他那响亮圆润的嗓音和一口纯正的普通话以及主持时对欢快气氛的拿捏、内容进程和时间长短的把控,为采风开幕现场增添了不少色彩。

李杭城是东北人,也是个文化人。相关资料介绍,李杭城还被称作"掼蛋哥"("掼蛋",一种扑克游戏)。"掼蛋哥"的来头

第二辑　烟雨人生 | 137

可不小,是"中国掼蛋文化歌手第一人"。这个称呼并非空穴来风,浪得虚名。平日里,他用心搜集、整理在掼蛋中的切身体会和成败的经验教训,经过多次的修改和提炼,写出一曲《掼蛋歌》。《掼蛋歌》歌词亲切、接地气、朗朗上口,说的都是我们平时生活中经常接触的扑克游戏场面。歌词顺口易记,曲调悠扬婉转、悦耳动听:"约上几个人,摆上小方桌;泡上几杯茶,一起来坐坐;大家来掼蛋,日子多快乐;开心的时光,神仙也难得……胆大心要细,出牌有原则;相互来照应,升级把关过。饭前不掼蛋,咱就不开饭,此中的快乐,一定要体验。饭前不掼蛋,咱就不开饭,先打胜一局,再来把酒端……"《掼蛋歌》不仅唱出了我们普通老百姓生活中的小快乐、小情调,也表达了文明社会人与人需要团结一致、和谐合作的精神。歌词中李杭城还去粗取精捋出了系列掼蛋制胜口诀:"不会打就打三带俩,四个以上就是炸,花色一样是同花,四大天王最最大。借助上家走小牌,全神贯注盯下家。对门打啥你打啥,相互配合双待抓……三次A尖没打过,那你还得从头打……"不难想象李老师睡前饭后,为完成口诀的写作、为吟安一个字捻断了多少根须。我要给李杭城老师点个大大的赞。

其实,掼蛋不就是我们日常生活中最最普通的一个生活小游戏、一个再普通不过的生活场景吗?但有没有人把玩这一普通小游戏的过程提炼出来、总结出来,写成歌、谱成曲、唱出来?李杭城做到了。联系到我们这些文学爱好者搞创作,也是人同此情、情同此理。留心在意,想人之未曾想,写人之未曾写,千锤百炼,方能成就一篇立得起、行得远、耐人寻味的文章。

喜欢《掼蛋歌》,更喜欢掼蛋哥。喜欢在徽音楼参加"金秋徽音楼"主题采风开幕式活动结缘的所有人。有道是"相聚徽音楼,就是有缘人",与会朋友相互学习、欢愉交谈的美好,让我感到一整天采风活动时光的短暂,匆匆,太匆匆了。润瑞文旅和临水酒业主人的周到、热情、体贴,可以套古人一句话来形容:寿湖水深深几许,不及朋友待我情!

人间情暖

非常喜欢清代诗人袁枚笔下"白日不到处,青春恰自来。苔花如米小,也学牡丹开"这首朴实无华的小诗。喜欢小小苔花自带的不惧生长条件不足,积极适应自然、勃发青春、彰显生机的自强精神;喜欢苔花如米粒般大小,却有着不一般的自信——不似牡丹花开富贵,夺目诱人,却也能不负岁月韶光、雨露滋润,在人迹罕至、灯火阑珊的犄角旮旯,自顾自摇曳身姿,绽开独有的芳华。

我曾遇到过这样一位姑娘,她的品性像小小苔花那般坚强,不向命运低头,不向困难服输。她,就像一朵不起眼的小小苔花,用自己的青春年华和不知疲倦的孝老爱亲行动,维护、温暖着一个残缺不全的家。她就是王倩——六安市的"安徽好人",一位二十出头的姑娘。

一

1996年7月的一天,在六安市裕安区西河口十八盘村半山腰的一户农家,一个女婴呱呱坠地,这个女婴就是王倩。和山里的寻常人家一样,小王倩的到来,给这户农家索然寡淡的贫困生活带来了一段开心的时光。

西河口十八盘村地处偏僻,大山连绵,道阻路隔,交通不便,多石岗、少良田。王倩家境贫寒,就靠父亲上山在自家的十几亩山岗竹林地里淘弄营生——冬末、春初挖些山笋,盛夏新竹长成,再砍些竹子下山去卖,换回一家人的生计——米、油、盐,勉勉强强维持一家人最低标准的生活,经常是吃了上顿愁下顿,到了饭点都吃不上饭。

王倩就是在这样艰苦的生活条件下一天一天长大。到了五六岁,原本还是依偎在父母怀里撒娇的年龄,却要面对这样一个事实——她的母亲在十三四岁的时候就被诊断出患有先天性癫痫病,当时因为医疗水平不高和家庭经济条件跟不上,母亲没能对症吃药并得到及时有效的治疗,导致失去了自理能力,智力低下,跟小孩子一样,离不开别人的照顾,只有吃饭勉强能自己吃,其他如穿衣服、洗脸、洗澡,只能由王倩爸爸服侍完成。2001年上半年,王倩的弟弟也出生了。在那个重男轻女的年代,特别是在"延续香火、多子多福"封建思想观念比较顽固、经济生活还很落后的乡村,谁家生了男娃儿是非常值得称赞道贺的大喜事。的确,儿子的到来,给王倩的爸爸带来不小的安慰。可谁承想,弟弟出生五个月后，家人偶尔发现他和正常的孩子不一样。正常的孩子五个月的光景，手都能自己抬起来，他抬不起来。医院专家诊断结果显示：王倩弟弟属于先天性脑瘫，一辈子或将瘫痪在床。医生的一番话就像一记重锤，狠狠地砸在王倩父亲的心头上：一家四口，只有两个是正常人。况且，两个孩子还小，家庭经济又这么困难，这对这个本来就生活拮据、举步维艰的家庭来说无异于雪上加霜！那时，王倩还小，在她幼小的心里，仿佛能感觉到父亲肩膀上的压力很大。但父亲非常坚强，不肯轻易向困难低头，硬是一个人撑起了一个家——弟弟出生不久，为了多挣钱贴补家用，不管天气怎么样，下雨也好，天晴也罢，王倩的爸爸都会到山里面去干活。有时候，别人都休息了，王倩的爸爸还坚持上山。爸爸为了能让王倩适龄上学，干活更为卖力，想尽办法多挣一些钱。一般人扛毛竹下山，只扛两三根，王倩的爸爸却扛四五根，从不惜护身体。王倩记得，在她六七岁的时候，有一次下雨天，爸爸为了多做点农活，多挣点收入，扛着一棵比较粗的树下山，因山路较窄，路面较湿滑，一不留神，失足掉进了路边的水沟，扛在肩膀上的树重重地砸到了胳膊上，他硬是咬牙从水沟里艰难地爬起，坚持把树扛下了山。小王倩看到父亲肿胀起来的胳膊心疼不已，泪水夺眶而出。自此，小王倩的心里对父亲上山干活又多了一份惦记——每每哄完弟弟、照顾好母亲，天已擦黑，发现上山干活的父亲还不见回转的时候，王倩就开始焦急起来，因为她知道爸爸受过伤，她担心如果爸爸一个人在山里哪一处人迹稀少的地方摔倒了，连扶都没有人扶。每次，快天黑了的时候，小王倩都要循着爸爸进山干活的方向，一边走一边对着山里面大声喊:"爸,你在哪儿?回家吃饭!"幽幽大山,一遍又一遍地回荡着小王倩对父亲的呼唤。她用一声声呼唤,等待着父亲的一声回应,以安慰她那颗焦灼不安的心——父亲平安,这个家才会平稳安定。生活虽然清苦,家却给了小王倩童年的温暖。

二

生活的艰辛不仅没有让小小年纪的王倩屈服,反倒使她磨砺出一股不惧困难的韧劲和直面现实的坚毅。

时间一天天过去,王倩逐渐长大。因为家境不好,家里人期待她早日学成出去工作,因此王倩报考了省城一所职业技术学院。校园里整洁、美丽的环境,紧张有序的学习氛围,亲切友好的同学关系,都让王倩感到耳目一新,她很快与校园、老师和同学和谐地融为一体。学校的生活是轻松愉快的,但王倩始终放不下对远在大山里那个清贫的家、对日渐年老的父亲、对身患残疾的母亲和弟弟的惦念和牵挂。在学校期间,一般情况下,王倩每个月都会利用周末回家一次。因为坐车特别不方便,从省城到家要转三四次车,即使车到了离家较近的乡镇还要步行一个多小时才能到王倩家的山脚下,从山脚下再到她家步行还得用半个多小时,因此每次到家天都黑了,虽然有点辛苦、有些累,但回家的感觉,还是让王倩非常开心。回家后,看到老爸身体不好还坚持卖力地扛毛竹,王倩暗自心疼不已。每逢周六、周日正好乡下赶集,王倩都会对爸爸说:"爸,你看家里日用品都快用完了,要不然,你上一趟街买点日用品。"其实,王倩是故意将父亲支走,她想趁父亲不在家,自己想尽办法把父亲砍下来的那些毛竹从山上弄到山脚下,好让老爸能轻松一点。如果爸爸在家,爸爸是肯定不会让她去做这样的事情的。山上放倒的毛竹,每一根都非常沉重,对于一个身体羸弱的女孩子来说,根本扛不起来,王倩只有抱着毛竹使出吃奶的力气往山下拽。遇有下坡,就借力往下一放,毛竹顺势就跑得远一点。就这样一步一步、一段一段,费尽九牛二虎之力,王倩才把这些毛竹拖到山脚下。等到下午,老爸从街上回来,很是好奇地问王倩山上砍倒的竹子放在山下是怎么回事,王倩故作轻松地道:"这还不容易?是我把它们扛下山的。"父亲将信将疑,既自责又心疼女儿。但王倩在父亲面前始终表现得乐观、坚强,自己只要能做的,一定都要自己去做,能为父亲减轻一点负担,王倩就觉着非常开心。有时,赶上周日爸爸上山砍柴,王倩也会陪爸爸一起去。每次砍完柴,她和爸爸一起把柴扛回家,把柴劈开,再一块一块地码好。柴火劈完了,地面收拾干净了,时针已经指向深夜十一点多钟了。为了防止自己返校之后妈妈和弟弟衣服不够穿,王倩还要把他们破掉的衣服缝补好。当她把衣服缝补好之后,常常已经到第二天凌晨。

　　为父亲分担压力,是女儿的一份孝心和心愿,而让王倩时刻牵挂的还是家里的母亲和弟弟。相对来说,母亲的病情稍微轻一些:她会吃,她也可以走,但走不了多远。她也能讲话,但思路混乱、絮絮叨叨,前言不对后语,别人完全听不懂。为了能让父亲省点心,腾出精力忙活一些别的事情,王倩稍稍长大懂事之后,就照着父亲的样子照顾母亲:日常照料母亲从早上开始,刷牙、洗脸、穿衣、吃饭,晚上再给母亲洗澡,把她放到床上安顿好。照料母亲的一切事务都由王倩承包,包括为母亲剪头发,她被逼着慢慢地也学会了一些剪、理、推、刮的基本功。有时,王倩还跟老爸开玩笑说:"我弟和我妈练就了我剪头发的本领。"

最让王倩心疼和放心不下的是弟弟。弟弟自小患有癫痫,小小的年纪,就承受了许多的苦。王倩记得,每次弟弟犯病的时候,脾气是很暴躁的,没有办法控制,别人怎么哄都哄不好,总是自残,能把自己的脸打得通红,直到打得口鼻流血。尤其让王倩印象深刻的是,在自己每次返校上学要走的时候,为了能送王倩上学,父亲只得把犯病的弟弟绑在床上。弟弟癫痫病症轻的时候,身上会发抖,并常在早上七八点钟的时候抽搐,身体僵硬挺直。有时喂饭喂得不好,他也会抽筋。

有两次带弟弟到医院看病,令王倩难忘:一次是父亲打电话联系到王倩,很无奈地告诉她,弟弟现在情况不是很好,不吃不喝,让王倩回去看怎么办,希望她能把弟弟带到医院去治疗。王倩二话没说,一个人费了好大的劲才把弟弟从山里带到山下,然后乘公交车带着弟弟来到市第一人民医院和第二人民医院精神卫生中心。因为当时弟弟病得很重,医院也没办法,不敢接收,王倩只好带着弟弟再去省城。先是跑了五六家医院,包括专治精神疾病的医院都不敢接收。最后又辗转去了省立医院和省立医院的附属医院,医院也不敢收治。此时,夜幕已经降临,王倩舍不得去住宾馆,因为费用太高。可眼看弟弟的病情得不到缓解,依然昏迷不醒,王倩既心疼又感到些许绝望。王倩想,总要给弟弟吃点东西,进补一点营养,硬扛是扛不过去的,办法总还是要想的。于是,情急之下,她打定主意,艰难地背着130斤左右的弟弟再次来到省立医院急诊室,详细地跟医生说明了原委,并希望给弟弟补个葡萄糖、挂个急诊。急诊医生弄清楚情况后,给王倩弟弟挂了四五天葡萄糖注射液。在几天日夜守护弟弟吊水的过程中,王倩也没有闲着,她在苦思冥想,琢磨着究竟怎样才能让弟弟的疾病得到缓解。她上网去搜寻,查找省立医院这一方面有哪些专家,然后就把弟弟背着或是用推车推着去找专家问诊。但最终,专家们给出的答案都是一致的:没有办法。后来,有位好心的阿姨了解了王倩的情况,帮助联系省立医院附院对王倩弟弟进行了收治,王倩弟弟的病情才渐渐得以稳定下来。

还有一次,王倩弟弟晚上再次犯病,王倩又是一个人带着弟弟到省立医院附院看病。因为没有人为她搭把手,她去拿个药都要把弟弟背着。要知道,已经成年的弟弟长胖了许多,身体很重,娇小的王倩背起来十分吃力,她咬牙坚持着。每天晚上,弟弟基本上睡不着。别人都睡觉了,他总是在那里闹。王倩怕影响到别的病人,就拉着弟弟的手,从医院的一楼到十楼爬上爬下,爬得她自己都要虚脱了,弟弟还不睡。实在没办法,还得继续在楼道内坚持上下攀爬。最后,弟弟自己也累了,才躺到床上,安静了下来。在医院一个礼拜,几乎天天如此。王倩自己夜夜没有睡好倒不觉得有什么,但望着疲惫可怜的弟弟,她感到好生无奈,不知如何是好了。

2019年,王倩爸爸的身体开始变得没有以前那么好了,经常感觉身体不舒服。他身上肿,到医院一检查,被诊断为肾病综合征。当时王倩很害怕,害怕延误病情,发展到最坏的地步。她想尽办法劝老爸赶紧去住院,家里面的事就不用管了。在治疗的过程中,王倩爸爸恢复得还不错。谁知,不久,爸爸的眼睛又查出有白内障,感觉模糊、疼胀,也不知道是不是因为肾病引起的并发症,王倩又陪伴爸爸到医院去做眼疾手术。爸爸的眼睛刚恢复,去年,他又感觉肩颈区域不能动弹了。爸爸不能动,无形中就增加了王倩照顾家里人的负担——爸爸住院期间,一般情况下,弟弟上午睡觉,王倩可以去上班。中午下了班,王倩要赶忙回家烧好适合爸爸口味的饭菜送到医院,再从医院赶回家照料弟弟。喂完弟弟午饭并将他安顿好睡觉,下午再去上班。就这样,王倩里外连轴转,忙得一直没有停歇过。那个时候,说句实在话,王倩自己也感觉快扛不住了。但是没有办法,当时唯一能支撑王倩不倒的信念就是,过去爸爸在家里那么困难的情况下,一个人挑起了养活一家四口的重担,不也过来了吗! 眼下,这些难处也就算不得什么了。父、母、弟弟在,家就在。只要家在,苦累过后欣慰的心灵就有了归属,就有了停泊的港湾!

王倩说过,自己不是生活中的巨人,只是一个二十出头、平常普通、到了谈婚论嫁年龄的女孩。

她羡慕少男少女花前月下的谈情说爱;她也羡慕年龄相仿的同事遇事有公婆帮忙分担;特别是看到别人家活泼可爱的小娃娃也感觉好心动、好喜欢。

可类似这样愉悦的心情、放飞的思绪,在王倩的头脑中只会停留一两分钟,然后就没有了,就断片儿了。回到现实,她还得想着今天还有哪些事要去做。父亲年龄大了,身体也不大好,只能去买买菜,干一些简单的家务,在家帮助照看病情稍好一点的母亲,但她也控制不住犯病的儿子。所以,王倩只得把很多的精力和时间都用在照顾弟弟上。

一晃,就是二十年!

曾经,有一些好心人在王倩面前关心地提起:你弟弟这样的情况,会让你的个人发展受到影响。这些王倩心里也非常清楚:自己离开这个家可能会过得更好,但是,这个家如果离开了自己,可能就很难维持了。特别是不会说话、吃饭都不会咀嚼的弟弟根本离不开自己,每天三顿饭,一顿不喂,他就要饿着肚子。

还有人对王倩为这个家无尽的付出表示费解,曾经问王倩:"怎么看待这个家对你是个负担的问题?"王倩坦然地说:"对于我来讲,从小到大这个家确实没有那么完美,也没有像别人的家庭那么圆满,但是,在我整个成长的过程中,我和我爸都在尽力让这个家完整。一家人都能在一起,就是我们最大的愿望吧。"

是的,王倩把这个家看成了自己的一切,她日复一日的负重操劳,是她一心爱家、呵护亲情最好的脚注。

三

有句俗话:"穷人的孩子早当家。"诚如其说,贫苦人家的孩子就是懂事早。王倩从小就知道父亲上山砍毛竹很危险、挣钱不容易,上小学的时候,就悄悄跟爸爸讲她不想上学了。爸爸知道女儿想的是什么,没有同意。

上大学之后,为了节约开支,省下一点钱,减轻家里的经济压力,每个周六、周日王倩都要去做兼职,靠自己的勤奋去挣一点生活费。在饮食方面,王倩在学校食堂吃饭,能省则省,经常中午一顿饭就是一块五的土豆丝、四角钱的米饭,一学期平均算下来一顿饭都不到两块钱。在用的方面,王倩刚到学校的时候,冬天特别冷,自己就带来一床农村的大花棉被,还有一床草席,就这么睡在上面,怎么裹被子都感觉很冷。后来,一些同寝室的学姐毕业走了,王倩就把她们扔掉不要的被子抱过来,放在自己的床上垫着,才将就着度过寒冷的冬天。

平日里,王倩在学校方方面面无意当中表现出来的艰苦节约行为,慢慢地被老师和同学所察觉,并引起了老师和同学们的关注。学校老师和同学们了解了具体情况后感触很大,纷纷向王倩伸出热情的双手,献上了一份份温馨的关怀和帮助。让王倩记忆犹新的是,一次,在大雪纷飞的冬天,有位姓卢的老师看到坐在第一排上课的王倩拿笔的手冻得又红又肿,就关心起王倩怕冷的原因。事后,卢老师慢慢了解到王倩的家庭情况,又看到在大冬天王倩仍衣着单薄,便心疼地拉着王倩的手上街给她买了一套保暖内衣。这可是王倩有生以来第一次穿如此舒适、柔软的保暖内衣。老师的举动,如一股暖流在王倩心中涌动!一套保暖内衣,虽然价格不算昂贵,却从里到外温暖了王倩整整一个冬天。

2015年,上大二的时候,王倩遇到了人生中最大的难题。父亲突发腰椎滑脱疾病到医院诊治,医生说保守治疗没有用,必须用钢板固定,要住院治疗,全部医药费加在一起需要两万块钱。王倩一下子就蒙了:父亲的病要治,可自己恨不能分身,几头兼顾。还有那两万块钱的医药费！两万块钱，王倩之前见都没见过。如果说要借一千块钱的话，当时费点劲马马虎虎还能借得到，借多了肯定很困难。一堆难题，一腔苦水，无处排遣，无计可施，最后，王倩还是把这件事以倾诉的方式告诉了学校里一位比较了解她家庭情况的老师："爸爸因病要去做手术，如果我要去照顾爸爸，妈妈和弟弟在山里面没有人照顾；要是不去照顾爸爸，有可能爸爸就会瘫痪。我现在也不知道该怎么办才好。"听了王倩凄婉的诉说，这位老师毫不犹豫地说："那你该给你爸爸治疗还是要去治疗。真不行的话，我和你叔叔帮你一起照顾你爸爸。"随后，老师就为王倩联系了省里医院的医生，待和医生对接好之后，又自己开车去火车站把王倩爸爸接到医院。王倩当时心里真的好感动，老师给了她多大的支持呀！后来，一些记者把王倩家的艰难处境曝光之后，社会上许多爱心人士纷纷捐款，帮助王倩爸爸凑齐了手术费，并全部打进医院账户。王倩爸爸就是在这样的情况下，才慢慢扛过来，逐渐恢复了自理能力。

　　2017年，王倩刚毕业，工作两三个月，弟弟又开始病重。王倩经常带着弟弟到各个医院去治疗。然而，家住在山里，治病来回跑，非常不方便，王倩就想着能在市区或医院附近租套房子，把爸、妈和弟弟接过来，方便治疗。在市区租房对王倩来说并不是一件容易的事。一是要考虑租金问题，刚工作不久的王倩拿到手的工资只有两千元多一点，生活费都不够。所以，租房她主要考虑的是价格、押金，只要便宜，条件好不好都无所谓。二是要考虑租房的四周环境。因为弟弟犯病的时候喜欢大喊大叫，害怕吵到四周邻居,特别是惊扰到老年人的休息。这样价格合适、环境又能满足要求的房子实在很难找到。王倩算了一下,光在租房子上,就花了不少的精力,他们经常夜里来回搬家,总共搬了六次家,也没有彻底解决租房问题,王倩的一颗心始终飘摇不定。关键时候,一位特别热心、一直以来就十分关心王倩的某电视台的老师愿意把多出来的一套房子腾出来,让王倩一家人暂住,先过渡一下,缓解了王倩一家居无定所的当务之急。但长期无偿住在老师家也不是长久之计。于是,王倩自己又上网查找相关大学生租房政策,去各个社区、办事处申请,最终申请到了一个五十平方米的廉租房。房子虽然不大,但至少有卧室、厨房、卫生间,有吃饭的地方,能让一家四口安定下来过日子,王倩感觉非常满足了。

四

　　王倩长期生活在如此艰难的家庭环境中,之所以一直能坚持、坚守,亲情是根基,更少不得社会各方面爱心人士的热情关怀、物质帮助和精神上的鼓励。王倩到现在都记得,某公共频道记者的媳妇了解到她的情况,知道她是学会计专业的,就主动联系到她说:"我也是学会计专业的,我有会计专业的从业资格证考试参考书,如果你需要,我可以给你。"随后,她就给王倩寄了一本会计从业资格学习参考书、一个文具袋、一支笔和一个精美得王倩一直都舍不得使用的笔记本。笔记本扉页粘着一张字条,字条上写着:"王倩你好!听说你是学会计的,我把自己考试用的书寄给你,这是考会计从业证的书,如果想要从事会计这方面工作,希望能在学习上帮助你。如果你还缺什么,可以告诉我。生活是美好的,你是坚强的姑娘,加油!"王倩觉得这张字条对于自己来讲就是最好的鼓励,也是一种精神上的有力支持。王倩一直把这张字条珍藏在笔记本里,没有舍得撕去。去年十月份,王倩把这位姐姐赠送的笔记本上的字条通过手机视频发给她看,并告诉她:"姐姐,你送我的笔记本我一直都好好地保存着,谢谢你对我的鼓励。每次拿起这个本子我都会想起姐姐。这个字条对于我来说很重要,这是姐姐对我的关心和鼓励。"这位姐姐在用微信给王倩的回复中,告诉王倩:"这件事我都已经淡忘了,字条上具体写的什么,也记不清了。其实,我也没有做些什么,都是你自己努力的结果。你是我见过的最棒的姑娘。看到你发过来的视频和照片,我也很感动。这么多年了,就一个字条而已,你竟然保存到现在。我的一个小小举动能帮助到你,真好。这也让我以后更加珍惜帮助别人的机会,谢谢你发这个图片给我看,今天,我的心情都是暖暖的,你就像小太阳一样。我虽然没有见过你,但是我一直默默地关注你,从媒体上关注你的消息,我知道你很好。咱们都一样,要好好地照顾自己。"

  这位姐姐暖心的一番话,也让王倩有了很多的感悟:自己一家人好不容易能够蹒跚走到现在,除了自身努力之外,很感恩这个社会。在自己一家人遇到困难的时候,很多好心人捐物、捐款都是匿名的,到现在还不知道他们叫什么名字。他们的行动,感动着自己。自己以后有能力、有力量了,也要去帮助别人,一定要把社会上那些好心人的爱心、关心和帮助传递下去。

2020年夏天,六安固镇镇遭遇特大洪水,王倩参与了当地妇联组织的抗洪志愿服务队,第一时间赶到现场,及时安置被转移出来的老人,做好后勤保障。

2021年7月,河南因暴雨受灾,她在朋友圈发起捐款,和朋友一起采购雨衣、矿泉水、面包等物资,捐赠给安徽派出的救援队。

2022年4月,王倩居家所在地再次暴发疫情,她积极响应社区号召,在住家小区组织四十多人的疫情志愿者服务队,参与防疫、抗疫各项工作。为了做好防疫工作,王倩带领志愿者们日夜坚持在单元门口值守、督促楼栋居民遵守"静态管理"要求,有效帮助楼栋居民配送物资,减少了人员流动,保证了小区居民日常生活所需。

前不久,王倩顺利注册登记成为人体器官捐献志愿者,并和相关部门签订了捐赠协议,实现了很早以前就已立下的心愿。

王倩曾在自己的朋友圈说过:"因为淋过雨,所以也想给别人撑伞。"

她在用行动践行:赠人玫瑰,手有余香!

春归桃园

老城忒小,实在憋急了,便生起外出游玩的念头。什么地方好去呢？我心茫然。

"爸爸,爸爸,星期天我们到桃园去,到桃园去!"五六岁的孩子记性总是这样好,几天前说过的话,便牢牢记挂在心。

桃园地处城西之郊的老河岸边。虽前去游玩远了点,但全家人都在兴头上,辛苦劳顿也就丝毫不放在心上了。

对于我们这些平日里忙于生计,蛰伏于老城的人来说,桃园果真是个好去处。虽然来赏玩的人很多,可桃园深深,总有那么一种诱人的静幽。远处、近处,千树万树,桃花竞开。深红、粉红,如火如荼。面对桃园花海,许多游客已是情不自禁,物我化一,把自身融入了自然之中。许多人更是不愿轻弃这大好光景,彳亍忘归,索性摊开随身带来的一块厚纸或塑料布,一边和家人、亲戚、朋友席地而坐,放开眼量纵观面前的花团锦簇,一边品尝着可口的野餐。

只一点,桃园不似往年,果农们看护得特别紧,游人不可以在桃林中拍照、随意穿行。乘兴而来的我们和不少游人一样,心中未免留下了些许失意,觉得煞了风景。

相没照到,玩未玩好,我不由得对护园人生出些气来:他们到底怎么了？是不是想乘此时机讹游人一把？

果农们倒是实在的,话说得也地道:"游人赏玩桃花的时日,也正是桃花盛开的佳期。一朵花就是一个果,多一朵花,就多一分希望,多一朵花,心里就多一分慰藉。一家人的生计全指望它了。由于去年的水灾,桃树已经伤了元气,有的游客乘一时之兴,我们却要遭一年之苦啊。去年到秋,树上空空,我们的心里也是空落落的。"

哦,是的,去年,花季过后,毛桃挂果时节,桃园遭了水淹。水大时,恰好我因公乘船路过桃园,桃园一片狼藉:桃树下,黄浊的大水急速地流淌,树上桃叶已经垂萎,由青变得黑黄;枝头丫杈,也很难再找到一二僵缩的幺桃。桃园只有满眼的荒凉和凄怆。大水冲走了树上的青桃,流走了果农们的辛劳,也带走了果农们对桃树寄予的厚望……

虽然去年桃园遭了劫难,可在果农们的及时救治下,桃园很快恢复了往日生机,显得更加美丽。果农们又把灾后对美好生活的憧憬附着在这些烂漫争妍的桃花上,桃花便成了缀在他们心尖上的希望。果农们害怕,怕得没道理吗？

论理,桃园不是游人赏玩消遣所在。然而,晴天丽日,拂拂春风之中,惹眼的桃花紧紧地牵动着城里人的心,许多人抑制不住要去一游的强烈欲望,信步前往。

老城里的游人,多能体谅果农们的心:密匝匝的桃花林内,看不到尽兴穿行的游人。一些人只是规矩地站在桃园阡陌上观赏。有的人远离桃树留下倩影一张,算作对自己远足的报偿,聊以慰藉若有所失的心绪。

"爸爸,花,花,我要带回家。"不懂事的孩子临走还要伸手攀折一枝怒放的桃花。我赶忙摇摇头,拦住孩子的小手:"花不能摘呀,孩子!老伯伯们一年到头好辛苦哟。"孩子顿住了,稚嫩的脸蛋上露出不曾有过的严肃神情。"来,站在最好看的桃树边,给你照张相,桃花会在你的身边常开不败的。"

孩子高兴得直乐。相机端起来,我的头脑中立时勾勒出一幅画面:春日中,满目怒放的粉红色桃花簇拥着身着浅黄色外衣的孩子,人面桃花相映红。

心　愿

童年,我有个七彩的梦,在那奇异的神话般的梦中,牢牢拴在我记忆链上的是那朵飘来飘去、晶莹洁白的"飞絮"……

斑驳模糊的记忆中,哪一年已分辨不清了,只依稀记得,那年时令不在阳春三月,杨花飞絮,也不是季秋时节,棉桃吐蕊,可村里的孩子们蹦蹦跳跳围着一个汉子高叫:"棉!"那汉子一只脚正不停地上下运动,踩在带动飞转轮子的脚踏板上,两三分钟后,轮子边缓缓地飘出一朵松松软软、洁白晶亮、类似棉花的东西。原来这"白棉"是用白砂糖加工而成的,尝一口,呀,绝了!棉花糖不仅看上去煞是可爱,吃到嘴里,疏松、绵甜,还散发出一股诱人的馨香。

事情过去了很久我也没能忘怀。参加工作后,在家或是外出,我有意无意总爱留心加工棉花糖的。去年春节回家,探望久别后的父母。走近村头,一大群穿戴齐整的孩子围成了个圈,欢快地嚷着:"棉花!棉花!"我急急挤近一瞧:呀,果然是加工棉花糖的!令我更为惊奇的是:加工棉花糖的师傅只要按一下铁盒上的红绿点,机子要停就停,要转就转。机身背后还拖着根长长的线。哦,那是电线——想不到咱这穷山沟也用上了电!回到家,我问起电的事,父亲说:"是地方政府为了让我们山里人早日脱贫致富,无偿给我们架了一条'扶贫线'。电这东西还真神,灌溉、排涝、磨米、打稻,省时省力。瞧见没?就连加工棉花糖现在也不劳人踩,一通电,眨眼工夫,一大团棉花糖就吐出来了。记得你小时要吃,大没钱买,这次大给你买了许多,你敞着量吃吧。"我轻轻地接过两个棉花糖,一个送给母亲,一个塞进父亲嘴里。父母亲细细地咀嚼着、品味着棉花糖,又像是在细细地品味着生活。

第三辑　夏夜灯火

心中的红山茶

在我的一本日记中夹压着一朵山茶花,虽然残红褪尽,花香全无,但我一直舍不得丢弃它。我珍爱这朵红山茶,是想在自己的心里留下生活中一段馨香的回忆,记住一段人间真情!

线路架设的生涯中,进过不少村,到过许多寨,而能在我的心头深深烙下印迹的,却只有燕子矶的山、燕子矶的水、燕子矶的人了。

地处大别山中的燕子矶自然景观很美,板墙楼阁伴山而立,云烟徐徐在半山腰飘游不散,苍松翠竹,山溪哗哗,浮光闪闪。燕子矶地处偏僻,是个并不富裕的小山寨。虽然山寨不富裕,可山里人志气不短。十几户人家硬是靠自己的辛劳和勤奋努力去求得生活水平的提升和村寨经济的发展。只是因为山路遥远,交通不便,电力不足成为发展瓶颈,改造老旧输电线路,提高电压等级,保障电力供给,成为山寨人心目中的期盼。

燕子矶的人盛情、纯朴,古风犹存。线路改造工程启动的那一天,工人们一进寨,大人吆,孩子叫,不多会儿就被山里人铁桶般地紧紧围住。寨中长者双手捧出陈年老酿,送至线路工面前。这个当口,不知寨中谁个起先吆喝了一声,紧接着众口齐应,静静的山寨一下子"嗷"了起来——这是山寨非逢年过节不用的大礼。线路工们醉了,燕子矶人醉了,沉沉矗立着的青山也仿佛沉浸在醉意中,朗然响起一串舒心的笑声……

燕子矶的五月,天气虽不算太热,但电力工程队的小伙子们一趟山爬上去跑下来,厚厚的工作服就都已被汗水浸得透湿。好在线路改造工程开始时离寨子不远,择一席地,坐一坐,凉一凉,松松筋骨,缓缓气。

每一回,在工人们歇脚的地方,总有一位身着红上衣的小山妹,为他们准备好两盆水、一壶茶。工人们能在最累最渴的时候洗一把脸,喝一口瓦壶沏就的兰花茶,别提有多么惬意了。歇好了,饮足了,洗完了,工人们走了,山妹又端水提茶忙碌起来,准备迎接下一批。别看山妹小,忙起活来却井然有序,跑东跑西丝毫不显倦意。暂时无事可做,她便静坐一隅,不声不响,注视着这帮年轻的线路工,倾听着他们追打的欢快笑语,一双灵秀的大眼睛透溢出纯朴、柔情和善意。

"是寨子里派的活吗,小妹妹?"

山妹摇摇头。

"回去吧,茶季里,在家给爹娘做个帮手,别再为我们送茶送水了。"

"不要紧,娘说你们在山里架线又苦又累,让我给你们烧壶茶,送点水。"

线路一天天架远了。山道上,你仍能常常看到频繁穿梭、身着红衣的小山妹提着一壶茶,送来两瓶水。

"歇歇吧,小妹妹!"

山妹仍是抿着红红的唇,微笑着,摇摇头,默默不语。

时间长了,工人们熟悉了山妹,她是个寡言少语的山里女孩,可山妹来了,有话没话工人们又总喜欢和这位纯情的山里女孩说上几句,是一种乐趣,也是一番交流。

"经常进城去看看吗?"

"路途远,不太方便。"

"不要紧,等寨里的线路改造好,电视机正常使用了,你就能不出山寨门便知天下事了。"

山妹的脸上漾起了喜悦。

"山妹,以后如果家里用电出了什么问题,可以随时叫我们来帮忙。"

"太好了,就怕你们一走不再来。"

"我们一准来。"

山妹开心地笑了。她提起用完了的水壶,风似的飘下山去……

架了一条线,结下一段情。

尽管燕子矶线路改造有难以想象的艰苦,但年轻的线路工们还是按期完成了山寨线路改造提升工程。线路验收试送电那天,小小的山寨又沸腾了。山里人依然拿出陈年老酿,依然是纯朴真情。他们要用山寨这唯一的最高礼仪表达出自己的深情厚谊,感谢这些不辞劳苦的线路工。临行时,山寨人和青年们一一话别。山寨长者紧紧地握着青年们的手:"你们为我们送来了一片光明。"

车子发动了,红山妹不知打山寨哪个旮旯里钻出来,抱着一大把火红的山茶花,怯怯地走到年轻的线路工们面前:"你们这就走了吗？你们还来吗？还能记住我们的小山寨吗？""忘不了,我们还会来的。"

汽车缓缓启动,青年们登上车和山寨人挥手道别。远了,燕子矶山寨;远了,山寨里的人。山妹的倩影已经模糊不清,只有她那件红上衣,在远处似火一般地燃烧,渐渐变得越来越小,最后,和山腰间的山茶花融为一体,汇成了一片红色的云……

月光、灯影下的佛子岭

已是掌灯时分,车仍在崇山峻岭的蜿蜒山道上疾驰。同行者之中忽然有人高喊:"到了!"

抬头遥望,远处一道人工屏障沉沉横卧于两山之间,在月光里、灯影下,傲然兀立,更加显得凝重、巍峨和辉煌。此刻,一股亲切、激越之情从心底油然而生,你好,佛子岭!

这是第几次来佛子岭了?每来一次都有一种新感觉。

再次踏上这片故土,佛子岭的近况如何了?我决意要到以往曾去过的地方瞧个仔细。

晚餐用罢,独步桥头,扶栏而望——月下,山影,灯光,大坝,构成一幅美妙的图景。伫立良久,与大坝、山影、灯光相视无语,心底却止不住生出无尽的思绪和几多深情:佛子岭山小无闻,全赖大坝而名扬天下。

时间如风,往事如烟。数十年间,岁月沧桑,世事巨变。但坝依旧是那座水泥大坝,夹峙着大坝的还是那两座无名的青山,不知青山可还记得起勇士们风华正茂,是谁打下的第一桩,埋进的第一块基石？七百多个日日夜夜,那些戎装未去,拼出一腔激情和热血的建设者是怎样和你一起风餐露宿,度过那令后来人向往的岁月风雨？可还记得,落成的礼炮何时响起,那是怎样欢腾喧闹的场景？电站厂房的建成、水轮机第一次发电、国家领导人的巡视、电影《上甘岭》外景拍摄等等,是不是都深深地融进了你涂抹不去的记忆里？

月光,山影,大坝,还有那坝上一明一灭的"眼睛",你在倾诉你对建设者们的深切眷念之意,留恋昔日他们的欢歌笑语,怀念工地的夯声、号声和日夜不熄响声隆隆的机器……

六十多年了,电站坝体着上了深褐色的衣装,显得更加挺拔、苍劲。六十多年了,当年参加大坝建设的建设者们有的已悄然作古,有的离开了大坝,离开了佛子岭,但是他们总是说,不论走到哪里,都有一根扯不断的线,深深地埋在心里,一头拴着大坝、电站,一头连着自己。他们把人生最美好的年华留在了这里,大坝就是他们用自己的双手浇筑成的一座昭示后人的丰碑！

如今和电站大坝相伴的,还有一些当年直接投身工程的建设者。他们在佛子岭这道山沟沟里为电站建设实心踏地地"献了青春献终身,献了终身献儿孙"。可喜的是,当年建设者们的后来人,在先人奠定的基础上,充分光大着他们的优良传统和作风,秉承父辈们的心志,立足山沟搞建设,经冬夏,历春秋,默默地释放着不知从何时起滋生的对大坝的一种朴实的激情。

曾经听人说,青山可游不可留。粗通山性的我,深谙此语个中三昧,常年安营扎寨山沟里的佛子岭人更知道这句话的深刻含义。他们为什么能安心在这山沟沟里？据我所知,整建制地划拨外调人员的机会就曾有好几次,但许多职工"执迷不悟",再三动员,不愿离去。有的因故在外地安排好工作,可不久又回到了电站,回到佛子岭,落户"老根据地"。

带着这份好奇和疑惑,我曾向一位多年安住于佛子岭电站的好友探问过,回答我的话简简单单、朴朴实实:说不清为什么,也许是习惯了吧。习惯了什么呢?我努力揣度,延伸着朋友的语意:大概是习惯和适应了当地的生活环境吧,他们的父辈六十年前就在佛子岭这片沃土上埋下几代人为理想奋斗的坚实种子,风霜雨露,而今已扎下了根,发出了芽,绽开了花,结下了累累硕果,泽被佛子岭,造福整个江淮大地。可以说,佛子岭水库本身就是一个壮举。

闪回眼前现实,走出朦胧的过去,定格远处的月色、大坝和灯影——今晚头一回领略到佛子岭这番夜景中物我相融的意趣。

夏夜灯火

今年的三伏天不同于往常,那真叫一个热!

按常规,热在三伏,不难理解,但很少遇到像今年热得这么久热得这么厉害的。尤其是近段时间,早起出门,天色光亮,白拉拉的大太阳直接照射在皮肤上,能让人立马感觉到生疼灼烫。中午时分,日照更为强烈,平时熙熙攘攘人来车往的街道和马路上,撂棍子也打不到人。我想,此刻套用杜牧《清明》诗中的前两句,将其改成"三伏天气热吞吞,路上行人断了魂",也很是合适。在这种热气的笼罩下,简直无处躲藏。哪怕待在家里不出门,你也能感觉与往年大不同——从水龙头放出来的水,热乎乎的;如果不开空调,在房里静坐一会儿,汗珠便慢慢形成一条涓涓细流,滚落而下,很快就会湿透全身,类似于蒸了个桑拿。

天热,是我们眼下"享受"的事实,谁也改变不了,生活还是要继续过下去的。在条件允许的情况下,人们可以选择少晒、少动、足不出户、开启空调,在炎炎夏季,也能享受到清凉。但是,也有一些人,在这种恶劣的天气,为了家人、为了生活,还在拼命地工作——烈日下,有外卖小哥送餐飞驰的身影,有维持道路秩序汗流浃背的交通民警,还有随叫随到应急抢修大汗淋漓的电力工人……

因为连日高温,与生产生活紧密相连的电力系统能否正常运行,格外受到社会广泛关注。而气温越高,用电负荷就会随之攀升,确保电力设备、输电线路正常、安全运行也揪着电力工人的心,检修、特巡便成了电力维护工人的家常便饭。

每每傍晚时分,太阳下山,当人们吃过晚饭,或在家中打开空调安坐品茶、收看电视,或三三两两外出遛弯的时候,肩负特别使命的电力检修人员便带上专业测试仪器,风风火火分头奔赴各个变电站、运行线路重点测温部位进行特巡检测作业。

此时,虽然太阳收起了过于热情的笑脸,可变电站周围以及高压输电线下被晒得焦干的地面、土坡经过一天火热的炙烤,仿佛要将白天吸收到的能量全部释放出来——热浪一股一股从脚底蹿向全身,那些穿戴整齐的特巡队员汗往下淌,湿衣沾身。远处,百虫唧啾,近处,蛙声呱呱,仿佛也在嘶哑地吐槽:热燥难耐。在暗弱的灯光下,特巡队员们不顾一阵阵扑面而来、挥之不去的蚊虫的叮咬,在高低不平、弯弯曲曲的田埂地头土路上,深一脚浅一脚试探、摸索着艰难地向前走。好不容易来到检测点,他们迅速到位,拿起测试仪器,瞄准测试部位,开始实地测温:

"先把环境温度、导线温度、相对湿度测试一下,按要求一项一项来。"

"明白。"

"把测试的连接器数据详细记录下来,以便进行比对,掌握情况。"

"明白。"

带电作业班长时不时提醒一下,喊上一嗓子。

"环境温度 38 摄氏度。"

"导线温度 41 摄氏度。"

"相对湿度 11.8%。"

"A 相导线接续管处 42 摄氏度。"

"C 相导线大号侧引流板 43 摄氏度,小号侧 42.5 摄氏度。"

"B 相导线大号侧引流板 42 摄氏度,小号侧 44.5 摄氏度。"

很快,在紧张完成一处导线测温后,特巡队员们又匆匆而有序地收拾好仪器,向下一站测温地进发。

此刻,时针慢慢地爬过二十一时,夜渐深,人已静,一弯月牙、北斗七星交相辉映,悬挂在铁塔之尖的夜空中。

比起第一个测试地点,到达第二处测温点的难度又大了许多。若是在白天,对于这些习惯穿梭于山路和林间小道的特巡队员来说,不论到达什么样的指定地点,都不在话下,可在星夜光线不足,有的地方甚至伸手不见五指,仅靠几束手电光线的情况下,穿越浓密低矮的树丛,特巡队员们多少也感觉到有些不便,原本轻盈快捷的脚步不得不放慢,有时也避免不了磕磕绊绊。

在影影绰绰的月光下,队员们一路上话语不多,默默向前,偶尔有一两句:"注意水沟!""注意石头!""不要踩着癞蛤蟆了!"有时,队员们眼看着快要到达铁塔下的测温地点了,可因为迷了路,又不得不在似有似无的草径中,一面挥刀砍倒齐胸深的锋芒毕露的蒿草,一面抹去粘挂到脸上的蜘蛛网,一步步向前移动。眼看时间不早了,这样的前进方式不太奏效,特巡队员们在班长的提议下,又急忙改变战术,快速迂回后退,翻过一个丘陵,跨过一道沟壑,走过深深的草丛,最终到达铁塔边的测温点。他们重新开机,瞄准,测温,记录,一项项井然有序,依次操作——线路无异常,无安全隐患存在。

  所有的检测工作完成,已是子夜时分。特巡队员们钻出树林和草丛,走在城郊车少人稀宽阔的马路旁,尽管此刻依然一身燥热,但他们一颗悬着的心放下了,感觉轻松了许多。看着眼前和远处灿若星河的灯光,一种新的感觉从心底油然而生,仿佛今夜城市里的灯光远远灿烂过遥远的星河……

你那双大眼睛

一如既往,最后一次打点好行装,我又要走了。

回望中,你那双大眼睛早已漾出了温情、眷恋和期盼。

许多次了,我想对你说,我们已非初恋新婚,可你仍和初婚的恋人一样,总是情深深意切切。每每施工外出,我们都像初次分别,你跑里奔外,忙这备那,最后又用你的那双大眼睛将我目送得老远老远。

许多次了,我想对你讲,最叫我忘不掉的,是临行你那双柔情注视着我的大眼睛,无论到哪儿总有它和我相依伴。白天,山上山下,杆塔、电线,处处印着你的笑;夜晚,看星星和灯儿闪烁,我会联想到那就是你眨动着的眼。

保重,我的妻子,我的爱人!分别只是暂时的,在你我共同酿就的情深意浓绵绵无尽的爱河中,一年半载也仅是短短的一瞬。

我很庆幸,芸芸众生中遇到了你。

稍知底细的人,谁不说我们线路工人辛苦?酷暑的夏天,有我们背膀被晒成了古铜色的线路汉子的身影;严寒的冬天,冰山雪地有我们线路汉子留下的深深浅浅的脚窝窝。

生活中,也有人对我们线路工人不甚理解,不够体谅,更有个别挑剔的姑娘对我们线路队的青工回以轻蔑的一瞥。冬天一身风雪,夏季一身臭汗。其实也是,哪个少女不愿同意中人在荫荫夏木之下款款散步?有几个结过婚的女青年不愿同自己的丈夫终日厮守,相依相伴?人之常情啊!

怨天吗?

我后悔过,我嫉妒过,我也彷徨过。悲观中,你走进了我的生活。你那双明如秋水的大眼睛,信任我,理解我,使我感受到我们供电线路汉子不仅不比别人粗卑、低下,反而非常光荣。

也许正因为如此,你那双大眼睛留给我的印象太深太深:秀美而不轻佻,满含着对一个线路青年工人的厚爱。每每完成一段线路的架设和检修,回到家,和你那双含笑会说话的大眼交流,我便能很快从疲惫懒散中重新振作,轻松了整个身心。

我也曾试过,闭上自己的眼睛,不去看也不去想你那双水灵的眼睛。可是,你那双妩媚的笑眼并未因此而消失,反而更为明亮清晰,又好似在对我千叮咛万嘱咐。

你那双清澈的大眼睛,如同一条不停地流淌着的小溪,将你的爱意汩汩地流入了我的心底。春夏秋冬时时刻刻在我生活的每个角落释放出一种强大的神力:夏季,酷热高温,它给我清凉,消却我周身的暑热;冬季,山舞银蛇,它给我温暖,驱走我身上的寒气;春天,如仲春骄阳,它给我的生命和生活注入了新的生机;金秋收获时节,它提醒我,成绩面前,万不可歇下脚来。

你那双透溢着深情的大眼睛哟,那双值得我们线路工人赞美和骄傲的大眼睛,它将长期在我们供电线路汉子的心灵深处不停地眨动,眨动!

枫桥,枫桥

孩子,醒后你要原谅爸爸,睡梦中,你圆圆的脸上尚留有甜甜的笑靥,高兴什么呢?是考试得了满分,还是你用你积攒的零花钱终于购得了你日思夜想的超强四驱车呢?……

睡吧,孩子,多睡会儿吧,爸爸怎忍拂醒你的甜寐?你养好了身体,对爸爸来说就是莫大的欣慰。这一走,还得和往常一样,悄悄地去,悄悄地回。

这次我们安营扎寨的地点是我曾经跟你叙述过的绿水青山枫桥湾。仲秋的枫桥湾,云蒸雾绕,枫叶经霜火烧半山腰,小溪潺潺穿过山脚枫桥,经山田,过人家,顺流而前。木屋炊烟,小童牧牛举鞭,好一幅山居秋暝风景画。

噢,不多说了,孩子,你又要责怪我不带你到这风景美丽的地方来,又要说我食言了。孩子,不是爸爸不带你来,其实你也懂得,线路架设的工地上,几曾见过东冲西突孩童的身影!

孩子,说句心里话,线路工的工作是非常辛苦非常累的。一趟线,翻山越岭挂上杆,浑身酸疼得让你觉得胳膊不是胳膊,腿不是腿，枫桥湾的景致哪怕再佳，也实在是无心去欣赏了。不过时间长了，爸爸也适应了线路工的这种苦和累，跃涧，过岫，练就了爸爸的一身好筋骨，坎坎坷坷，倒也觉得无所谓了。

孩子，我知道你是懂事的，你天天想和爸爸形影不离，前后相随，但爸爸有任务在身，不是想回就能回去的。孩子，你可懂得爸爸那份疼你爱你的心情？这种心情不易显见，可一旦接手工程，汽车上路，默然而坐之时，那股浓浓恋子之情会强烈地从心底钻出，不断向上翻涌，揪着爸爸的脏腑。孩子，你可知道，爸爸一天活儿干完，深夜无寐，独出乡民小屋，仰首数望着苍穹眨着明亮眼睛的星星，遥想远方，此时此刻一天的劳累已无踪影，挂念的只是，你在家还好吗？听话吗？没和别的孩子打架吧？可以说，在这个时候，爸爸才真正懂得了数年前，一位叔叔在爸爸面前流露出的那种离家思子揪心挂肚的表情。但是，孩子，想归想，工程一日不完，爸爸一日不可往回动身。有多少次，为了不影响第二天工作，安全施工，爸爸强捺下身子，在子夜的默默思念中睡去，睡梦中，还时常发出呓语，轻唤着你的名字。

你应该理解，孩子，爸爸的工作能否完成，完成得好坏，和枫桥湾的村民有着多大的关系。

枫桥湾虽然风景美，可这里地处偏僻，交通不便，许多年了未曾通电。我落户的这一家，家境贫寒，爷爷带着孙女小芳生活。山里傍晚，夜幕降得早，小芳散学归来，总是把书包一放，便趴在一方土桌上，在如豆的油灯下，眼睛几乎要触及笔头，认真地做着家庭作业。孩子，看到昏黄的灯光映衬出小芳暗淡的背影，我也有种发自内心的酸楚。若平素在家，发现了你这种姿势,我早就要批评你了。可我纠正了小芳几次,小芳总是在稍微远离了油灯后,便无奈地摇摇头:看不见。孩子,小芳比你年龄小,今后的路还长,若眼睛早早弄坏,这爷孙今后的日子还怎么过?电啊!憨厚、纯朴的小芳爷孙儿俩,虽然嘴上不说,但他们急切盼望着枫桥早日通电。

俗话说得好:知子莫若父。孩子,爸爸是知道你的,你刚中有柔,顽皮中还秉承了传统的善良美德。你会理解爸爸的,你一定会支持爸爸和叔叔们齐心协力早日把枫桥湾的电架通,给像小芳一家的山民们送去光明,让他们也看上电视,更多地了解山外精彩的世界,和你一样掌握科学知识,插上理想的翅膀,用汗水和辛勤改造、建设山乡。

噢,那时的夜晚,九天银河便会落在枫桥湾,枫桥湾的夜晚,会变得越来越好看……

不多说了,孩子,夜又深了,你睡着了吗?睡梦中,你是否跟爸爸一起来到了旖旎秀美的枫桥湾?……

钻山人

　　平地上待腻了,陡然见山,眼亮了,精神也来了。远处,山色空蒙,重峦叠嶂,一层层一道道,高低有致,浅深有别。白云深处,缀着一两座白色山屋,显得更为静谧幽远。公路旁山青青、水潺潺,九曲回环的羊肠小道上偶或走来一位村姑、少妇,冷不丁你会怀疑来到了世外桃源。任你是谁,对此秀水丽山也忍不住要睁大了眼,凝住了神,过过眼瘾,饱饱地看一看。

　　毕竟自己是从山里过来的,我爱山,了解山,更爱遥看那迷蒙天际绰绰的山影,看那青山巉岩醉心的幽深处,仿佛那里留有最甜蜜的梦幻,有说不清道不明的无尽的缠绵。

　　山景虽妙,我的内心深处还是禁不住渐渐地滋生出一丝无名的孤寂和怅惘。

　　我猜想,或许时日一久,山不厌我,我也会厌山的。我知道我爱一个东西从来就无"百日好",更何况这天天看,年年如斯的山!

　　我又想,我何苦对自己过分苛刻:有几个年轻人愿意虚掷青春于此,闷声不响消磨时光呢!大抵能飞的尽皆飞走,不愿在山里消磨的亦避之唯恐不及。是的,大山的生活啊,你太枯燥、太寂寞,大山的生活也太清苦、太贫寒,人人头顶只有一片天。

记不清哪一个枫叶吐火的秋天,一位自称"钻山人"的小伙子不恋城市,却情愿钻进这偏僻的深山。他用顽强的意志坚定着自己的生活信心:大山有我生存的养料,大山有我生长的沃土,大山有生命的根!

几度春秋,几多风雨,钻山人同山民们一起,用铁肩用双手搬来了石块,运走了土方,扛来了水泥,流血流汗,辛苦劳作,终于,巍巍苍山间筑起一道石坝,淙淙小溪汇成了深深的水库,山里人建起了自己的水电站。从此他们结束了松明点灯的历史,夜晚,一处两处,山腰山下亮起了闪闪烁烁的灯。

我问钻山人,何故百业未动先兴电?钻山人道:"'要脱贫,电先行',山里兴电条件好,水源足,花钱少,山民家家受益,生产生活也方便。"

我问钻山人,天天围着电机转,对着开关盘,开门是山,举步亦是山,厌不厌?钻山人哈哈一笑:"我们的工作为山里人,也为自己。生养我们的是山,哺育我们的也是山,时间一长,对山有了感情,自然就日日相看两不厌。"

我问钻山人,几年进山,得到了多少?失去了什么?钻山人说:"本来进山就不曾奢望得到更多,便也觉不出失去了多少。我从山里来,自当回到山里去。能把所学的知识用于山乡建设,就算是我对山里人恩德的一点报答,也是我久久隐伏于心底的一个夙愿。"

钻山人自有钻山人的理。钻山人的话像一记重锤敲响了我心中的锣,钻山人的话似一粒火种点亮了我脑海里的灯:青年人应该植正生命的根,使其深深地栽扎于人民群众的沃土中,用自己的血汗,辛勤地培育、浇灌,让它萌出希望之芽,结出累累的果。

尽管眼下山里人生活还谈不上富裕,但是,山里人在不断地觉醒,这里,青山绿水正勃发着一片生机!

媚湖秋色

秋是很美的,在这个季节,人们祈盼着收获。

媚湖的秋,我一直以为她最美。那是因为什么呢?

媚湖是我的"防区"。这里有百十根杆子,四十公里高压线都在我的管辖范围之内,每年的秋季我都要对媚湖湖区杆线进行重点巡查。沿湖的乡亲早就熟套了的,见了面,总是大刘长大刘短的,非常客气地这家请那家邀,推是推不掉的。不过,干我们巡线这一行的都有一个不成文的规矩:一般在一个地方都有定点的主家,午头打个尖,休息休息,叙一叙。主人一家大小都是老相识、老朋友了,长时间不在一起,猛然相见越发热情。

有三年了,湖边的谢家一直是我巡线打尖的主家,连谢家的邻里都知道我跟谢家人的关系厚。事实确也如此,我对谢家印象不错。一来家主老谢为人实在、豪爽、够处。二来老谢家属手脚勤快,堂前屋后拾掇得干净清爽,进得门来给人一种舒适感。三来谢家不像别处,夫妻二人和一个儿子,无闲杂人员聒噪,巡线累了归来,洗一洗,吃点饭,打个盹儿,亦十分安闲。

今年适逢中秋,巡线来到谢家,已是下午两点了。谢家的客人依然未散,气氛仍是轰轰烈烈的。听说我来了,老谢三步并作两步跨到我的面前,红扑扑的脸上漾着喜气:"啊呀呀!哪股风今天把你吹来了?你怎么不早一刻钟来?咱叔侄俩还可以好好地喝上几杯。来,来,来,现在也不迟,乘人未散、席未撤,补上几杯。真不容易,大过节的,盼都盼不来呢,真是喜上加喜了。"听了老谢的话,我有些蒙了。我知道,在乡镇,在农村,八月十五不亚于过正月初一,是个大节,当然值得庆祝,这喜上加喜,不知喜从何来。当然,老谢说出了话,我也必须当真,大过节的怎能扫了家主老谢的兴?我二话没说,倒了杯白开水佯装咕嘟了两下。老谢又端上两杯白酒,我头手并摇,坚辞不饮。并非我酒力不胜,毕竟我不是来过节,而是带着任务来的。到底是老友,老谢知道我有事,也不力劝,见好就收。寒暄中,老谢告诉我另一喜的由来:亲侄今日迎娶,自己是介绍人,又是主婚人,中午兄家来人,正在商谈如何迎娶之事。听了老谢一番话,我暗自嘀咕:今天自己没有安排好。也难怪,又不是神算子,怎能掐到老谢今天有这等大事!因此,我实在不好张口让老谢划船送我巡线。但又咋办呢?这条线路只有老谢熟,巡视起来得心应手,这大老远地来,总不能空手白来吧。老谢似乎看出了我的难处:"根宝不在家,我和根宝妈又实在不能去,你的事也是个大事,不能耽搁的。这么着吧,叫二丫送你去。二丫,来。""哎!"随着一声应答,门帘一飘,从里屋跑出个十八九岁的女孩子。"你划船送刘师傅看看线路,回来早的话,再到大伯家去。"说完,老谢又低声对二丫交代了几句,我猜大概是跟她讲路该怎么走吧。"行。"

二丫答得倒蛮干脆。可我心里却在直犯疑:"真行?"罢,罢,事已至此,行也得行,不行也得行,将就着吧,好歹把线巡完。

仲秋,媚湖如镜。

也许由于这湖面宽,也许因为渔家船只少,我们的小船划行其间,大有如入空灵神秀之境的感觉。侧坐船头,放眼遥望,视线广阔,心胸舒坦。身当此时,世间一切炎凉烦躁,皆被一桨一橹摇到了脑后。水天一色,物我合一,此刻,我似进入痴狂状,若不是二丫一声"到了"惊醒了我,我还不知要痴迷到什么时候呢。媚湖真是太美了!我努力地把分散了的注意力集中起来,投到线路的巡视上。媚湖湖中的线长,杆塔多,且多是早年投运的,巡视起来容不得半点马虎。好在这条线路上半年检修过一次,故巡查起来也挺顺利,一路划去,没看出丝毫异常。临近结束,我们围着最后一根电杆转了一圈,也未发现问题。我点着了一根烟,深深地吸了一口,宽慰地长长吁了一口气。看着二丫因出力过多,沁着汗珠的红扑扑的脸,我有些不过意。

"二丫,歇会儿吧。回去我来划,我的力气比你大。"二丫眨动着水灵的眼睛,抿嘴朝我笑笑。"刘师傅,你年年都来呀?""是啊。年年都来都没见到你,怎么今年冒出个二丫来?""啥叫冒呀,人家在外面打工都很长时间了,每次回来,我也从未碰到过你呀。你来查线是不是也捎带把人家的户口查一查呢?咯咯咯。"想不到二丫说话也很风趣,伶牙俐齿不饶人。"刘师傅,你们查线查什么呀?""查线路可有损伤,电杆有无裂纹隐患什么的。""噢——"二丫似有所悟,"刘师傅,你看这根杆子上,铁架旁那根黑线是什么?"我叫二丫把船向前靠了靠,顺着她手指的方向仔细看去,真是不看不知道,这一看我暗暗地惊出一身冷汗:这是一条裂纹!由于光线、角度问题,这条裂纹恰恰被电杆辅件挡住,如果此行未能查出,其后果不堪设想。紧张之余,我又有些庆幸,未让隐患从眼皮底下溜走,此番没有白来。当然,二丫也功不可没。"二丫,谢谢你,你的心真细,最适合干我们这行。""不是心细,是眼睛好使。你说我适合干这一行,如果真的干上了,你今天不是得浮着水过来巡线呀?咯咯咯。"二丫笑得挺开心,我也很开心:今天逮着了一条"深水大鱼"。

湖面很宽,水路很长,不知不觉已是掌灯时分。媚湖笼上了暮色,为抓紧时间上岸,二丫坚持自己划。我想,二丫是想去赶婚宴喜庆的热闹场吧。是的,二丫告诉我,她喜欢赶热闹,喜欢看新嫁娘,何况今晚的新娘还是自己相处得最好的姐妹呢。

小船不断向前,此刻,一轮又大又圆的明月从湖的边际缓缓爬上中空,月色洒在湖面上,微风吹来,波光粼粼。沐浴在月光下,我注视着二丫:朴实中溢出青春,透着柔媚,一桨一橹轻摇慢拨,一起一伏似在曼舞,在蓝天、月色、湖面相衬之下,这简直就如一幅最动人的活的画图,那咿呀的桨声,也仿佛是二丫用那双纤纤巧手弹奏出的一曲优美悦耳、动人心弦的歌……

远处,那闪烁的灯火

在山沟里待了几年,"闷"出了这么个习惯:在晚霞的余晖悄悄落尽之后,倚在我那山窝变电所的门栅上,遥看远处的灯火闪烁——那盏盏明灯,星星点点,像是在眨眼,更像是在无声地吟唱,在款款地诉说……

记得乍到山区变电所,自己并未留心过夜晚远处的灯火。私下里,一个人常闷闷不乐,嗟叹运气不济,才出了老林又落入深山。六年山沟沟里清苦的生活刚刚结束,又进了这劳什子山区变电所,猴年马月是尽头?在人面前自己虽然话说得很亮堂,可内心我却打着赶紧脱离山沟的小算盘。

后来,有一件事给我的印象很深,也真正打消了我托人找门路跳槽的念头。

那是一天夜晚,山风刮断了变电所的对外供电线路。老所长不顾年迈体弱,打着手电带头登上了崎岖不平的山路。途中,有几次老所长喘着粗气,停下稍事休息。当我紧赶慢赶撵上劝他回去时,他却执着地不肯答应:"山区茶季电可宝贵了,一夜停电导致新茶烂了,就把茶农们给坑苦了。"故障排除,回到所里后,我像瘫了一样倒在椅子上。可老所长还是撑着疲惫的身子忙个不歇:一会儿交代值班员几句,一会儿又抄起电话请求上级调度恢复送电。我默默凝视着灯光照耀下老所长那瘦弱的身影,一股崇敬之情在胸中油然而生:山区脱贫离不开电,山区用电少不了老所长这样的人。凝望中,我的两颊渐渐发起烧来,我为自己头脑中不知何时爬进了个"小我"感到羞赧。趁着没人注意,我悄悄走出值班室,站在高高的回廊上,向远处眺望——山脚下,万家灯火闪闪烁烁。这时,不知从什么地方隐约飘来一丝淡淡的茶叶清香,沁人心脾。说真的,我第一次感到做一名山区光明使者的责任重大和无上光荣。

也许真像同事们说的那样,自己和大山有着深深的缘分。渐渐地,这坐落在山窝窝里的变电所越来越使我眷恋。这集灵秀于一身、起伏绵延的大山也使我产生了越来越浓、难以割舍的情思。

水中情

屋外,雨在猛下,水在陡涨。

噼啪的雨滴像一记记响锤重重地砸在你的心尖上。凶洪如兽,水大无情,一线告急,你空着两手匆匆登程。

途经一座古城,你第一眼看到:许多被肆虐洪水吞没了家园的群众拥向城里。灾民中,有母亲抱着孩子的,有儿子背着老母的,有扶病搀弱的。虽然人们心里隐伏着苦痛,可孩子不哭,大人不叫,人们在没膝深的浊水中默默地前行,只有水声在脚下哗哗作响。看到这情景,你怎么也平静不了,一个五尺铁汉,破天荒在众人面前泪水潸潸。你暗下决心:不能再让受淹的群众蒙受更大的灾难,一定要确保大堤正常供电,大水一日不退,便一日不还!

你用你的行动实践了自己的诺言。你把整个身心投入一线。多少次你和变电所的职工们长夜难眠:你知道,按常规主变不能无保护运行,可如果停了电,影响了固堤、保圩,洪水一旦过坝,人民和国家遭受的损失就会更大。非常时期,你以一个党员对党对人民高度负责的精神,果敢地作出决断:保堤!供电!

在交通阻断,变电所被大水围成了"孤岛"的时候,你和职工们常常缺水断炊,饥一顿饱一餐,可你和大伙儿能忍则忍。你视职工如自己的亲兄弟,你把你的信任、你的深情注入一线变电所每位职工的心田:为了工人们能休息好,不影响下一步的紧张抢修,你把自己的褥子给不习惯睡地板的工人垫上。夜里,你怕劳累了一天的工人着凉,不止一次地睡下后又爬起来,轻轻地替蹬了被子的职工重新盖好……

你说你也曾心情烦躁:看着职工,看着设备,看着居高不下的洪水,看着水坝一线的大堤,一向健谈的你变得沉默了。你眉头紧锁,忘了自己,也忘了家小……

有人曾好心地劝你撤回,你摇了摇头:我是一名共产党员,一线最危难的时刻,我怎么能扔下大家临阵脱逃!

……

终于,雨住了,天晴了。洪水渐渐回落,局势缓和了。可你却黑了,瘦了,胡子长长了。你带着微笑,带着胜利者的骄傲,也带着一脸憔悴,带着身心的疲劳回来了。你太累、太乏了。回来的路上,你靠在汽车的椅背上,不一会儿便睡着了。

你睡得好香好沉,睡梦中,你是否还在为主变无保护运行担忧?你是否还在为一线的职工们水饭难继心焦?

司机同志啊,请把车子开得慢些,再慢些,稳些,再稳些,不要把他惊醒,让他多睡一会儿,让他好好地放松一下,他好长时间没有像今天这么舒心地睡一觉了。明天,他还要到灾区,到工地,为帮助抗灾自救,恢复供电,同工人们一起,顶烈日、冒酷暑,同辛苦、共操劳。

哦,这帮年轻的线路工

这是一帮平平常常的年轻人。这是一帮常常泥土一身、西奔东走的"光明使者"。这是一帮干起活来虎虎有生气,累了、苦了从不轻易呻唤一声,不吝流血、流汗的线路工。

就是这帮年轻的线路工,为皖西老区电力发展、经济腾飞,默默地做着贡献。

六安地处大别山区,在山里进行立杆、架线或是线路巡检,难度是很大的。但只要您接触这帮年轻的线路工,准会被他们苦干、实干、忘我的拼搏精神所感动——

那年,六安城区淠河变至六安开关站110KV线路工程改造,正值最热的三伏天,室内温度38摄氏度多,中午时分,室外的温度便可想而知了。为了不延误工程进度,这帮敢打敢拼的年轻的线路工硬是靠着顽强的意志,在滚烫的铁塔架前爬上爬下,架线,放线,不停地操作。天气太热了,他们就脱掉背心光着膀子干。太阳的直射,使小伙子们的背膀都已变成紫釉色。吃过饭小憩时,有的年轻的线路工因为太累了,往树荫或是房檐下随便一躺,便呼呼地睡着了……

炎炎暑季,气候无定,有时晴空万里,可忽然又大雨倾盆,小伙子们常常被太阳烤晒不说,还要常常经受大雨的浸淋……

我认识一名普通的线路工,一名才从部队复员回来不久的年轻的线路工。在一个骄阳似火、热浪蒸人的夏天,他和另一位工人师傅一道接下了全班条件最艰苦的工作。他们在人迹罕至的山坡上披荆斩棘,翻过了一座又一座山,往返十几里山路,坚持巡查完十一排杆子线。在回来的路上,他由于和另一位师傅失去了联系,摸错了路,又因天气太热,实在支持不住,两眼一黑,腿一软倒了下去……

在医院,当这位年轻的线路工刚刚苏醒过来的时候,他轻轻地吁了口气,对站在身旁照顾他的人说:"好累呀!明天是星期天,真想歇一下,星期一再去上班巡线。"

"星期一再去上班巡线。"这是一个躺在病榻上的年轻线路工的心声啊!我们该用怎样的语言去褒奖如此优秀的青年呢?就是在病时,他还念念不忘自己的工作。

不幸的是,他再也不能如愿重新投入工作,他终因病情恶化,停止了呼吸。他把自己和银线、铁塔、大山融在了一起。

"希望"从红土地上飞翔

皖西大别山曾经是革命老区。这里山清水秀,人杰地灵。金寨县的双河镇黄鹄西村就坐落在大别山的腹部。革命战争年代,在这块红色的土地上,诞生了许多优秀的革命战士和将军,曾任全国政协副主席的洪学智将军就出生在这里。

黄鹄西村地处深山老林,地理环境不利,交通不便,自然灾害频繁,这制约了山区经济的发展。这里信息闭塞,教育科技落后,全村农民人均仅有耕地0.18亩,农民每年缺8个月的粮食,每年靠蚕桑和劳务输出得来的微薄收入全部用于买粮。村民的居住条件较差,全村仍有10%的农户住的是草房。

山里人穷是穷了点,山里的生活苦是苦了些,但当地政府十分清楚,再穷不能穷教育,再苦不能苦孩子。

早年,村里就利用古寺庙及后来的余氏祠堂二十几间大小不同的房屋做校舍,供孩子们读书。前几年"三结合"建校时,由于缺资金,只进行了局部维修,校舍仍极不规范,而且墙壁多处断裂,走廊的木柱晃动不稳,加之原祠堂房子狭窄,光线暗淡,这些都对师生的学习、工作、生活造成严重影响。全村老少有一个最大的心愿,就是建一座新的校舍。

黄鹄西村的百姓们天天在渴盼!1995年底,他们终于盼来了某企业赴革命老区考察团。考察团深入细致地了解了黄鹄西村实际情况后,深深地被山里人挣脱困境兴办教育的执着精神所打动。经研究一致决定,捐赠五十万元,用于黄鹄希望小学的建设,让山里人好梦成真!

1996年8月2日,在当地政府部门的主持下,通过议标决定,由县一建公司来承建黄鹄希望小学教学楼。

1996年8月10日该教学楼正式动工。

在教学楼施工过程中,相关部门负责人和专业技术人员亲临现场,督促指导工作,积极主动地解决施工中的实际问题,并在质量上严格把关,毕竟一砖一瓦总关情啊!

1997年6月10日,一座由洪学智将军亲自题写校名,建筑面积八千五百平方米,设有多功能教室、教师办公室,可容纳一百八十名一至六年级学生上课,气派而漂亮的希望小学教学楼建成。

望着青山环抱中矗立起的新的教学楼,山里人别提有多高兴了。举行落成典礼那一天,寂静的深山响起喧闹的锣鼓声,孩子们盛装列队,热烈欢迎。小小山村沸腾了,村里的百姓们发出了舒心的欢笑。

剪彩仪式上,地区有关部门还为学校捐赠了全部课桌凳和教师办公桌椅。还有企业单位职工个人捐资八千五百余元为学校购入图书一千二百九十册,并为学校捐赠了一台彩色电视机。

地方教育部门为学校配备了教学仪器,表达了对老区人民的爱心和关怀之情。他们提出希望:新建成的学校要为当地贫困少儿就近入学和普及九年义务教育发挥应有的作用,把黄鹄希望小学办成双河镇乃至全县规范化的村级小学,为老区经济的腾飞和发展多多培养有用的人才。

俗话说:穷人的孩子早当家。受过苦的孩子最知道幸福的温暖。

而今,坐在宽敞、明亮的教室里读书的孩子们心里明白,对那些关心和爱护过自己的叔叔阿姨、爷爷奶奶最好的报答就是把书读好。

当你听到孩子们朗朗的读书声,看着这些稚嫩的脸和大大的眼睛里流露出的对读书的渴望时,你便会坚信孩子们就是祖国的未来和希望。

是的,孩子,所有帮助过你们的人并不要求你们报答些什么,希望你们早日学成,来报答伟大的母亲——祖国吧!相信你们能用双手托起祖国明天的希望,也希望在黄鹄希望小学会出现类似诺贝尔、居里夫人的科学家。

孩子们,你们不要辜负了叔叔阿姨、爷爷奶奶的深情,不要漠视园丁们的苦心,要记住教室里老师亲手为你们写的那句话:"有志者事竟成!"

相信你们一定能成功!相信"希望"能从这片红土地上起飞!

旺儿草

窗前,你栽了一丛小草,一夜细雨,草茎上滚动着晶亮的小水珠,嫩嫩的草叶葱绿、滴翠。微风中,扑棱的草翅不停地摇曳、舞动,显得格外坚劲、茁壮。

这是一丛极其寻常的小草。

有人曾问过你为啥这般厚爱这丛小草,你说自打干上了山区巡线工就染上了这种癖好,出奇地喜欢这种小草。这小草无论春夏秋冬,雨雪冰霜,都无须人精心照料,一岁枯竭之后,来年春季,又是一片葱郁。这小草太平凡、太普通了,但是它的生命力却异常强盛。

你赞美这小草耐旱、抗风,奉献得多,而索取得少,能服从人的意愿,改沙漠为绿洲。

你说你最倾心的就是这样的小草,它不屈服于顽石的重压,顽强地在岩石缝中挣扎着探出身,亭亭立于山风之中。

你说过,山里巡线离不开山,更离不开草。跟山有了感情,同草也结下了不解之缘。

于是你用你的名字给这丛小草命名为"旺儿草"。

有人也曾戏谑过你,说你没有高雅的品位,不爱花却偏爱草。你淡淡一笑:花儿娇贵,最易凋零,只有这丛小草,若你远途巡线,十天半月归来,绿意依然,显示着生命的活力,能叫你赏心悦目,消却心头的愁闷和烦恼、身上的倦意和疲劳。

也许你的生命本该属于这山,本该和这漫山碧草朝朝夕夕永相维系,和屹立于大山之巅的高压铁塔永相伴随。

你,在巡线的路上疲惫地倒下了,献出了二十三岁如诗如画的青春年华。你倒下了,微笑着,永远永远融入了你所喜爱的旺儿草中,投进了大山的怀抱……

你把身躯无私地献给了山乡土地,使得这片生生不息的绿色的"旺儿草"得到永生!

青春,在平凡中闪亮

人的一生,青春最为亮丽。

能否让青春在工作岗位上闪亮,能否用自己的一双手在青春的纪念册中写出隽永的文章,画出精美的图画,每个人又是各不相同的。

葛静,安徽送变电工程公司一位普普通通的女变电工。与其相处相伴、战斗工作在一起的同事都说葛静很平凡。是啊,平凡的葛静,就是在平凡的日子里,在平凡的工作岗位上,恪尽职守,默默耕耘,默默奉献。1983年参加工作至今,她十几年如一日,出色地完成本职工作。葛静不是擅长说豪言壮语的人,但在她弱小的躯体内张扬着一股顽强的毅力和干事情就一定要把事情干好、干出色的坚定信念。就是凭着这股毅力和坚强的信念,她在二次接线本职岗位上刻苦钻研,从生疏到娴熟,从缓慢到快速,直到现在成了被内行和专家一致赞扬的接线技术尖兵,被誉为"二次接线女状元"。

葛静出生在一个老变电工家庭,父母都曾从事过送变电工作。葛静年幼时,家境并不宽裕。作为普通工人的父母,拿回来的工资勉强可以维持生计,懂事的葛静自小便学会了帮助父母分忧解愁,承担起生活的重负。也正是这种困苦生活锻打出葛静柔中有刚的性格、吃苦耐劳的精神。

1992年8月底,变电处领导通知她到广西五百千伏平果变电所工地参加该工程第三阶段放电缆、二次接线工作。广西五百千伏平果变电所是安徽送变电工程公司走出本省、参与市场竞争而中标的第一个工程。平果变电所主要电气设备由意大利、法国、日本、比利时等国提供,无论在安装上、技术上都有一定的难度。为此,变电处领导特地选择了接线技术好、责任心强的葛静等几位女同志参加。当时葛静已有四个月的身孕,幸好她比较瘦小,尚未显怀,如若让领导发现,此行肯定"泡汤"。为了支持广西百色革命老区第一区五百千伏变电所施工,为广西百色革命老区的电力建设做一份贡献,她悄然隐瞒了怀有身孕的情况,卷起铺盖,和同志们一起直奔广西平果变电所现场。

南国广西,九月的天气,骄阳似火,热浪蒸腾。午日当头,别说干活,就是站着不动也是一身汗。姐妹们怜惜葛静,怕热坏了她的身子,但她坚持不后退,和六位姐妹一起放电缆。她们一人顶一个岗位,脸上挂满了汗水,手上磨出了血疱,身上汗流浃背,在似火的骄阳下接线,一干就是半天,一天工作十小时以上。由于孕期反应,加上天气太热,本来饭量就小的她吃饭的时候不想吃,想吃时又过了就餐的时间,有好几次在工作中饥饿袭来,搅肠刮肚弄得她直呕吐,她也顾不得抽出时间回宿舍弄点吃的,怕耽误了时间,怕比别的同事少干了活。

广西五百千伏平果变电所共有五百根室外长电缆,电缆沟特宽。葛静因有身孕不能像同事们那样飞身跨越抄近路,而要绕路来到作业点,因此,她每次都要比同事们提早走到作业点。广西五百千伏平果变电所还有一千四百多根室内电缆、两千多根载波电缆、一百一十二个开关盘、一百四十四个端子箱、两百个操作机构,若以平均八芯计算就有几万个接头。这几万个接头就是靠葛静和她的同事们灵巧的双手横平竖直绣花般精确无误地一根根连接上的。望着葛静她们"绣"出的件件精美作品,瑞典专家彼德连连跷起大拇指说:"你们的施工技术确是世界一流。"

1996年,在强手如林、竞争十分激烈的送变电市场上,安徽省送变电如愿争得了五百千伏肥西变电所这个安徽省内重中之重的工程。

肥西变电所早一天竣工,便能早日解决省会合肥市电力供应不足的现状,促进省会经济腾飞。为了抢工期,圆满完成上级领导立下的肥西五十万工程军令状,送变电的工人们不辞劳苦,连日上班。尽管工地近在合肥市郊,但大家仍吃住在工地。别看瘦弱文静的葛静闲时不显眼,干起活来浑身上下都透溢出一股虎劲,有着使不完的力气。工程前,她与男同志一起顶风冒雪抬构支架及电缆支架。当二次任务上来时,她又冲进熟悉的电缆沟里,忙于端子箱的接线。为了争速度、抓时间,白天她顶着炎炎烈日,冒着高温在端子箱前接线,晚上又在控制室内挑灯夜战。在紧张的接线中,她默默无言,用顽强的毅力不知送走了多少个落日,又用必胜的信念迎来一个又一个晨曦。

由于长期在艰苦环境下超负荷工作，甚至有时一天站十几个小时，葛静双腿浮肿，十指肿胀，腰肌劳损亦随之渐渐袭上身来。病情发作时，疼痛难忍，腰直不起来，影响工作，她就悄悄请同志帮助揉揉，按摩按摩，以应一时之急。在肥西五百千伏变电所施工，时值六七月份，天公偏不作美，有一段时间阴雨连绵，住地和作业点潮湿，工地上的同事多患流行性感冒。葛静感染上了，浑身疼痛，她没有在意，没有休息，仍和同事们一起埋头苦干。后来高烧不退，她又不愿退下"火线"，护士们只得在工地为她吊水，针头一拔她又马上回到现场继续干。有一天，她在箱前接线，一阵头晕，趴倒在接线箱前，迷蒙中，她多想就势再多躺一会儿。这时，是谁一句"我最喜欢看葛静接的线，这简直是一种享受"的话语在葛静的耳畔飘荡，像给她注入了一针兴奋剂，葛静重新打起精神，全神贯注，振作起来投入工作中。

俗话说得好，再好的机器也需保养，再壮实的身体也应惜护。葛静长期吃住在工地，生活无规律，病魔的黑手多次试探着伸向她的躯体。

1997年春节刚过，葛静就感到身体有些不适，有时莫名其妙地发烧。3月4日夜，她腹部剧痛，上吐下泻。单位医务室认为是急性肠胃炎，给她打了一针，可依然止不住。第二天一早，她又来到市医院看急诊，检查结果是胰腺炎，腹部已出水，必须立即住院，准备手术。医生详细地询问了葛静的职业后，告诉她：饮食不当、吃凉饭、受寒、疲劳都容易引发这种疾病。葛静倒挺干脆："医生，这正是我们的职业特点，请你费点心为我治好病，我还要下工地啊。"

在工地上忙惯了的葛静,陡然赋闲住院,那心里的滋味一个字便可概括——烦!在此期间,亲戚、朋友、同事也常来陪她聊天,帮她消躁释烦。公司领导也再三嘱咐葛静,静心治病,不管花多少钱,请最好的医生,也要尽快把病治好。领导、同事们的关怀,温暖了葛静的心,但短时间的情绪稳定,依然止不住那颗渴望早日重返工地的躁动不安的心。医生叮嘱:此病易犯,至少住院半年。苦熬了三个月的葛静再也耐不住了,使出浑身解数,跑到医生那里软磨硬泡。医生被磨急了,不得不根据她的病情,特地为她修改了治疗方案,决定为她保守治疗。葛静如获大赦一般,铺盖一卷,立马出院。

出院不久的一天,葛静从中央电视台《新闻联播》节目中,看到了公司经理与国家电力公司签订重庆万县变电所施工合同的镜头,顿时十分激动。她知道,这是三峡电力外送的第一个工程,世界瞩目,意义非同小可。当得知重庆万县变电所二次接线人手少的情况时,她心里十分着急,不顾身体还没有完全康复,便毅然向公司领导请战。在告知家人自己要去工地时,母亲第一句话就问:工地附近有没有医院?葛静被问得丈二金刚——摸不着头脑,转了好大一圈才拐过了弯:母爱是多么伟大呀!母亲是担心她万一发病,能否及时得到妥善治疗。母亲最疼女儿,也最知道女儿,在葛静的耐心说服下,家人同意了,她又带着母亲为她准备的药品,一路风尘,急急向四川进发了。

在地处四川盆地底部的重庆万县变电所,葛静顽强克服高山、阴雨、少光、闷热的不利环境条件,和同事们奋斗了整整两个月,完成了领导交给的二次接线任务,圆了她为三峡建设出一份力的梦。

在南北驰骋转战中,葛静越来越清楚地体会到:只有具备高超的职业技能,才能出色地完成本职工作,更好地为人民服务,为电力建设做贡献。因此,她刻苦钻研二次接线技术,不断提高自己的职业技能。多年来,她在二次接线工作中,不断地探索和思考。每次拿到图纸,总是考虑电缆的排列与走向以及如何能让它横平竖直,美观整齐,让旁人看了以后觉得不仅是电缆线,而且是精美的艺术品。她还特别喜欢接线多的盘和箱,觉得线越多接得越过瘾。她把难接的盘比喻为"硬骨头"、绣"苏绣",总是挑线多的盘、难度大的任务。由于她刻苦钻研,不断探索,她接线又快又精确。1997年,在二百二十千伏天长变电所工地,甲方把她接的盘作为样板盘让人参观。由于工作态度好,接线技术高,质量上乘,责任心强,她成为变电处的"抢险队员"。她虽是变电二队的职工,但其他三个施工队都要请她去帮忙,哪里工程任务紧,哪个工程技术、质量要求高,就点名请她去支援。只要她一去,领导就放心了。大家亲切地称赞她是"二次接线女状元"。

如此热爱本职工作、热爱着公司大家庭的葛静,对自己的小家也不乏温情。葛静和普通百姓一样,为人女,为人妻,为人母。但在大家小家两者利益龃龉时,她不得不忍痛割爱,弃小家顾大家。多少年了,了解葛静的人都知道她的心中有两个结:一个为女儿,一个为公公。

1992年,在广西五百千伏平果变电所工作的三个多月时间里,正是她怀孕胎儿成长发育需加强营养的时期,但葛静却在施工第一线长时间加班加点,生活条件艰苦,和同事们一样吃食堂饭菜,胎儿需要的营养不足。随着哇的一声,葛静在产房娩出只有四斤六两的婴儿,但她并未像其他产妇那样关心是男孩还是女孩,只问了护士一句:"孩子的四肢可健全?"她的担心不是没有道理的:长时间下蹲工作影响孩子四肢发育是很有可能的。当得知孩子虽小,但四肢健全时,她那颗揪着的心才生出一丝安慰。

女儿刚满周岁时,葛静又接到通知,让她速到二百二十千伏宿东变电所报到。当时她女儿正在生病发烧,考虑到宿东变电所工程的重要性,她在丈夫的支持下,把孩子交给了奶奶,急速奔赴宿东变电所工地投入紧张的工作。过后不久,女儿的病情加重,住院治疗。葛静父母为了让女儿安心地工作,没有把孩子住院的消息告诉葛静。后来,她还是从合肥的同事那里听说了女儿住院的消息。作为孩子母亲的葛静心里很难受,真恨不能插翅飞回平日里缺少母爱的女儿身边,多给她一点母爱,多照顾她一些时间。这件事不知怎么让队长知道了,队长安排她回去看看。可当她看到工地上那么多的电缆线要接时,留下来的思想又占了上风。她强忍着思女情结,在火热的工地上拼命地工作,以分散对女儿的思念。

寒冬腊月,北风料峭,户外接线,阴冷刺骨,葛静的双手冻得发麻,手上全是裂口,接线时稍一用力,裂口就会出血,她贴上胶布继续干。工作的顺利进展,一时间淡化了她对女儿的思念,她一直坚持到完成工程任务。当葛静兴冲冲返回家中看望她日夜思念的女儿时,女儿竟用陌生的眼光上下打量着她,怯怯地冲她喊了一声"阿姨",拒她亲吻、拥抱。葛静一下子惊呆了,暗自落下了酸楚的泪。

1992年底,葛静从广西工程回家,正是她公公肺癌晚期病危之时。到家当天,葛静立即赶往医院看望他,想给他端杯水,送点饭,给他一些安慰和照顾。但公公因她有孕在身,担心他的病影响葛静和胎儿的健康,怎么也不让葛静进病房端水送饭。不久公公去世。葛静一直为没有照顾病中的公公而愧疚。尽管在葛静的心灵深处有着千千情结,但她并未缠绵于亲情与愧疚之中,而是把这份情化作了动力。她更觉得没有理由不好好地工作,因为只有不断进取,努力成为好职工、好青年,才能真正告慰关心、爱护和全力支持自己的家人。

平凡的工作造就了葛静朴实的风格,"老老实实做人,勤勤恳恳做事",是她一贯遵奉的为人处世宗旨。平凡的岗位没有惊世之举,但也不能平庸虚度一生,让自己珍贵的青春,在平凡中熠熠闪亮。葛静,你用实际行动书写着自己如诗如画的青春!

第四辑　山川萍踪

秋若有情

时令的指针早已划过霜降、立冬和小雪,秋,却像一位羞涩的女孩,缱缱绻绻,迟迟舍不得离去。初冬的天气,亦如痴心的小伙儿,欣欣然与秋姑娘和谐相伴着,把它寒冷凛冽的一面深深藏进了橙色的温和的暖阳之中。时间都已到十一月底了,依然天朗气清,晴空一碧,光照满满,冷热宜人,让每一个身感舒爽的人,情不自禁地走出家门,约上三五亲朋好友,开心地到户外徒步、游玩,感受秋末的余韵,体会冬初的温柔。

午后,我漫步在市区中央公园,阳光清柔而明媚,花草沁出淡淡芬芳。公园内的主要景点和主干道,已被园丁们栽种下银杏、红枫、乌桕、法国梧桐,还有一些叫不出名字的树,在太阳的照射下,把整个公园装扮得色彩斑斓,让人感觉仿佛走进了一幅三维立体的人与自然的浓墨重彩的油画之中。路上,不时有骑车玩闹的孩童,有卿卿我我的情侣,有一身细汗的慢跑者,还有搀老携幼的游园人,更有道路清洁工双肩背着专业清扫工具,在轰响的机器声中负重前行,用手中的金属吹筒,一边聚拢着落在地面的零散的树叶，一边不停地吹扫，吹得落叶纷纷扬扬，五彩缤纷。

今年的秋末冬初之韵，与往年相比，似曾相识，又感觉有所不同。现在，人们更加重视与自然和谐共存，青山绿水的意识也越来越深入人心，城市的规划布局越来越人性化。我们不光能在公园领略大自然如画卷般的旖旎风光，你只要稍稍留意，就会发现，在我们的宜居小区，或在市区里其他大小道路两旁，也是银杏成排、法梧成行，大伙儿已见多不怪、习以为常了。"满城尽是黄橙叶，一阵风起七色飞"的场面，随时会出现在你的面前，美得不可方物，让人犹疑驻足，生怕破坏了这一稍纵即逝的美好瞬间。

前不久，赶着季秋末尾阳光可人的天气，去了一趟皖南的储家滩和青龙湾。此前，记不清已经去过皖南多少次，也到过皖南一些著名的景点。听说过皖南川藏线与318国道相仿，山路弯弯，处处美景，但一直没能成行。我非常憧憬能穿梭于青山叠翠、红枫如火、高低起伏、蜿蜒曲折的山道上，驾驶自己的座驾，潇洒走一回，与山色河流真情拥抱，融为一体；憧憬能在阳光照耀下，乘一叶竹筏，行走游弋在青龙湾成片针叶红透的杉木林水面，尽情地欣赏在温润的阳光和白云之下，一棵一棵红彤彤的杉树昂首挺拔、岿然兀立、直冲蓝天的英姿，以及天际水湾红杉如云醉人的画面。

当走近储家滩谜一样的水上景色时，我顿时被深深吸引——山里早晚清凉，一轮红日从山尖冉冉露出笑脸，大地渐渐回暖复苏，行人逐渐拂去身上的寒意。而被青山环抱、平静而宽阔的储家滩水面上,升腾弥漫着丝丝缕缕折射着七彩光环的雾霭。不远处,从水滩的对面划出一叶扁舟,一位身着蓑笠的老翁立于舟中,正在舟边忙于收揽几只鱼鹰擒住的鱼。另一边,又见一两条满载游客的竹排从山阴逆水而行,时隐时现,缓缓穿行于水面的雾气之中:水面上的竹筏在走,烟雾在走,远处的山在走,岸上观景的人仿佛也在走,让人恍若置身仙境。我在想,若吴承恩到得此境,或许《西游记》中对景致的描摹会再添上灵动的一笔。

在宁国,在青龙湾,青山黛霭,碧水白船,阳光蓝天。水湾边,大片茂密的水杉树,红的枝叶、白的树干,在阳光下,如火如荼,景色宜人,生机盎然。虽然此次受时间安排所限,我最期待的乘着竹筏缓缓穿行于红色杉林之间没有实现,难免心中隐隐有些小小的遗憾,但在同行人"到底亲眼看到了传说中皖南水中的红杉林,算是不虚此行了。人生哪能尽如意?有遗憾才算完整的人生"的劝慰之下,心中的些许遗憾和块垒顷刻释然——天下的美景,有的是一两眼看不够的。皖南青龙湾红杉林,我还会再来的。

秋若有情,秋亦会老,秋是有生命的。它吸纳天下万物春之芳华、夏之精髓,包罗万象,结成万千果实,默默孕育着来年春暖花开各色生命的新生……

江南雨

季秋,江南的雨很特别,细细的、纷纷绵绵的。

汽车过了江,雨就一直淅沥地下,在车窗外恣意飘洒着。

本来事先跟人约好,在吴地会合,再同往要去的地方公干。不巧的是,待我们赶到会合地点,人已走,车已去。这绝不能怪人爽约,因为会合时间是定好了的,我们超时了。可恼的是这江南的雨,车只能开这么快,安全当然是第一。到 C 地早一天晚一天并无多大问题,但谁愿意旅途困顿,置身于异地他乡呢?抱着一丝希望,在会合地小镇的主干道上,我和同道的殷来回转悠了几趟,大小车站都去看了看,但到我们要去的地方的车都已发出。走是肯定没指望的了,只好收收心,找个旅店落脚,放松一下自己。

"师傅,要住店吗?师傅,要住店吗?"正在我急急地左顾右盼之际,身后传来两声细细柔柔的女子声音。回头一看,站在我们面前的是一位秀气的江南姑娘,中等个儿,身材苗条,水灵灵的眸子、圆圆的脸。"师傅住不住店?干净卫生、价钱便宜。"姑娘补充道。"哦,住店,住店。"我嘴上敷衍着,脚仍旧前行,眼依然四下张望,想找一处更令我满意的地点。毕竟耳听为虚、眼见为实呀,谁敢保证这位秀气的姑娘说的话句句属实呢?行前,好友们就再三告诫过我,出差在外要防着点。防什么呢?当然是被欺被诈啰。所以,得多长个心眼。朋友中,就有人吃过这个亏。

遗憾的是小地方路边有几家像样的旅店,"客满"的牌子早已高挂门头,有几家空有一两张床位的旅店自己又实在看不上眼。总不能这么老在街头晃荡吧,我不免心生愁怨:"这小城!"再低头瞧瞧,身上已被细雨打湿,"这小雨!""师傅,师傅!"闻声回头,那姑娘还跟在我们的身后。"你怎么……"我老脸作色,责怪起姑娘盯着我们不放。姑娘平和地笑着说:"师傅,您去看看,不住也无妨呀,再过一会儿,过了这个村,也许就没这个店了。"情急之中,实在也管不了许多了,我稍稍平息了一下自己的心绪,一是觉得姑娘的话不无道理,二是也有点迫于无奈,那就看看吧。

随着姑娘七拐八转来到一个不大的庭院,我猜这大概就是叫我们来看一看的旅店。姑娘打开一个单元的门,我们伸头望了望,室内陈设简陋,但还算得上干净。殷和我小声商议了一下:就住这儿吧。因为他不想跑,我也不想动了。不一会儿,年轻的老板进来了,他一面给我们打洗脸水、泡茶,一面问我们有什么要求。看着房里桌子上简陋的电器设备,他憨笑道:"我们这里只有电视,晚上凑合着看看《新闻联播》。""无所谓,无所谓。"一晚不看电视倒是没什么,只害怕老板变着法儿出节目,结账时再跟我们加价。"师傅们来过此地吗？有没有亲戚朋友在此？""有,有。"我不假思索地连连答道,心里却在窃笑:有个鬼,不过是给自己虚张声势,提醒老板不要对我们使诈,我们在这儿也有人。"噢,有朋友就好,可以走走。没有去处的话,我们店后可有个有名的地方呢——桃花潭,听过吗？""是唐代李白笔下的那个桃花潭吗？""对。"哦,我国唐代著名的大诗人李白谁个不知？他那传诵千古的妙句"桃花潭水深千尺,不及汪伦送我情"哪个不晓？而今,不经意间,自己亲临其境,这确实给我一个小小的惊喜,旅途劳顿须臾之间烟消云散。"桃花潭远不远？""不太远,师傅们不认识的话,我叫红子带你们去,也好消遣消遣,把晚饭前这几个时辰打发掉。""太好了!"我高兴得手舞足蹈起来,殷却急得直对我挤眉弄眼,搞不清他是什么意图。那个带我们到桃花潭去的红子,就是先前邀我们来住店的姑娘。我们随着她穿过一条江南独有的青瓦白墙的民居小街,不久即到了桃花潭。雨后,登临东岸,默默地,我们把"踏歌岸阁"栏杆拍遍。继而,又拾级而下,回望西岸,神思飞扬,遥想当年文人骚客依依惜别的场面。诗《赠汪伦》有那么深远的意蕴,流传到今,是不是也因桃花潭这里山美水美人也美呢？

　　回到旅店,殷提醒我:红子可能不会白给我们导游一次的。接着他口中念念有词,算了一下,一晚上我们可能要付出原来应付的钱的两三倍。多付也只得认了,人为刀俎嘛。晚饭后,老板来结账,他拿出发票,我接过一看,价钱并不像殷想的那么高,可以说,完全符合旅店的档次。我左看看右看看,一副将信将疑的样子,被精明的老板看了出来:"放心吧,不是所有的店都是黑店,账早结了,你们明早到车站很方便,我们就不打搅了,欢迎下次再来。"

小城晚上的电视节目不是很丰富,殷实在疲倦极了,倒在床上,小鼾就扬了起来。大概是择床的缘故吧,我躺在床上好长时间没有睡着,眼前在过着一天的"电影",脑子里还在咀嚼桃花潭展览馆那句后人写的我比较喜欢的句子:"此行无李白,主人胜汪伦。"

窗外雨还在下,滴答、滴滴答……

回望庐山

我与庐山有缘。

记忆中的那一年,满城大街小巷的电影院在循环放映《庐山恋》,影片永恒的爱情主题、时尚的人物、动听悦耳的歌曲,再加上庐山水木青葱、云蒸雾绕、山势奇险唯美的自然风光,让许多人心向往之。

后来,从一些名人诗文的描写中,我逐步对庐山有了一点模糊认识——盛唐时期浪漫诗人李白的《望庐山瀑布》:"日照香炉生紫烟,遥看瀑布挂前川。飞流直下三千尺,疑是银河落九天。"宋朝大文豪苏轼的《题西林壁》:"横看成岭侧成峰,远近高低各不同。不识庐山真面目,只缘身在此山中。"还有伟人毛泽东的《七律·登庐山》:"一山飞峙大江边,跃上葱茏四百旋。冷眼向洋看世界,热风吹雨洒江天……"

庐山,在伟人、墨客笔下,神秘、秀美、活灵活现。

第一次亲至庐山,已是十二三年前的事了。庐山的自然景观很多,我们跟随当地"一日游"团队风风火火、走马观花,在大半天时间内,游遍香炉峰、人字瀑、含鄱亭、仙人洞等,大有"一日看尽长安花"的势头。不要说累,累一点其实倒没有什么,关键是天公不作美,自上山开始,直到下山,老天始终阴沉着脸,还不时一阵风来一阵雨去的。印象中只有"热风吹雨""乱云飞渡",到了一些景点,基本都是人在云里,景在雾中,除了朦胧还是朦胧,让人真真切切感受到了什么叫"不识庐山真面目"。回家后,翻翻在山上拍的照片,既谈不上清晰度,也没有画面感,竟没有一张让自己满意的,煞是遗憾!

好在"皇天不负有心人",之前与庐山结缘留下的小小遗憾,终于在今年五月再上庐山的时候烟消云散。

此次小住庐山,不再像第一次匆匆来、急急走,时间充足,准备充分。最关键的是,一同上山的朋友中还不乏高人为我们指点:看天气变化,先到什么地方比较适宜。在朋友的建议下,我们到达庐山后,便趁天气好、能见度高,第一时间造访了含鄱口。

循着第一次来时走过的路,站在第一次来含鄱口曾经站立过的地方,我居高临下,极目远眺——大地辽阔,唯余苍茫,山色空蒙,层峦叠嶂,鄱阳湖影,水天一色。再环顾近处,更是无限风光——奇石险峰、葱茏叠翠、沟壑纵横、群峰屏障。我们在伟人题照的"劲松"处留影,又在"仙人洞"旁小憩。在这半天阳光明媚的时间里,我一路欣赏着大自然的美景,大饱眼福的同时,又一路不停地用相机把眼前的美景一帧帧留下。我要让这里的每一处美景留在硬盘上,更要让它刻进我的心里。

含鄱口的美,让人心驰神往。三叠泉的险,去过一次,会让你终生难忘。

庐山当地有一句话:"不到'三叠泉',不是庐山客。"我很纳闷这"三叠泉"的神秘:不来这里怎么就不算庐山客了?

此前,在第一次来庐山的时候,我们曾慕名到过"香炉峰"的人字瀑,也就是李白笔下"疑是银河落九天"的那道瀑布。只是因为相隔时间太长,我把"泉"和"瀑"两处景致模糊地叠加到一起,分不清了,以为"三叠泉"曾经去过,而在向"三叠泉"一步步走近的时候,新的景象证明:此处,一山一石、一草一木对我来说都是陌生的,我极力从记忆库中搜索曾经与现实重叠的影像,却怎么也找不到。我确认:三叠泉,我是没来过。

有好心的同伴相劝:三叠泉来回有两千八百多级台阶,上下落差较大,下去腿软,上来人累,心脏不好、身体素质欠佳的人,最好不要自我挑战。好在三叠泉有人性化服务,上下山道每间隔一段路都有滑竿师傅,随时准备从低层阶梯处,将上台阶困难的游客抬上山。我没有想过坐轿子,也知道自己左腿膝盖曾经受过伤,天阴时还有些疼痛,但是,来都来了,到了庐山就应该做真正的庐山客,无论怎么说,三叠泉我还是要亲自走一趟的。

三叠泉险就险在不光人行台阶多,而且许多步行台阶的倾斜度都超过四十五度,给来到此处想一览三叠泉胜景的游人平添了不小的难度。因为连续下台阶时常腿软,心慌气促,在下了一段台阶后,就得驻足停歇,并不时伸头往山下看一看还有多远,再问一问从三叠泉游玩折返的游客:目的地还有多远?眼见三叠泉就要到了,我暗暗给自己打气:不能功亏一篑,再留下遗憾。于是,又抖擞起精神,继续在山道连续下行。途中,遇到一两位因身体不支半道而返的同伴,他们的后撤,并没有影响我要坚持到底的决心。最终,我带着疲惫、兴奋和惊喜,来到三叠泉脚下。

美丽的三叠泉——一条宽而长的白练,高高地挂在断崖之上,一水三折,从一叠,经二叠,再飞流直下至泉脚水面,景象蔚为大观。

我感叹三叠泉的水疑是从九天而来,更喟叹如果当年大诗人李白涉足三叠泉,看到比香炉峰人字瀑更为奇异的景象,又不知会写出什么样的惊世之作。

我在三叠泉边不停地拍照、流连。若不是淅沥雨点的提醒,我真的痴醉忘返了。

返程,即是上山。一千四百多级台阶,就是登天的云梯。有的地方高且陡,距离还很长。身体强弱经此一试,立见分晓。那些身体弱、年龄大的人三五步就要歇息片刻,实在坚持不下来的,也见有付钱让人抬上山的。

尽管下山已经感觉够累的了,但我始终坚持:下得来,必须上得去。和许多上山的人相同的是:攀登一段台阶,我就心跳加速,浑身乏力,累得大气直喘,必须停下来歇个三五分钟,减轻心脏负担,缓和一阵再继续上攀。和其他人不一样的是:在向上爬台阶时,我受过伤的左腿膝关节会不时地隐隐作痛,使不上力,给我的返程增加了一定的难度。尽管有难度,但我仍未萌生让人抬上山的想法,尽管这也不算是什么丑事。望望回程过半,再无停滞不前的理由,唯一的王道就是:坚持,行动,走!在路漫漫其修远的上山过程中,我无意间发现了一个减轻膝盖疼痛的小窍门——侧身拾级而上,能缓解正面抬腿膝盖疼痛用不上劲的尴尬。然后,丹田运气,一鼓作气,小跑着连上一二十个台阶,再休息片刻,屡试不爽。

在最后一个歇息点小憩的时候,望着依然络绎上下的游人,一些小小的感悟在我的脑海油然生发:真是不下山不知其累,不上山不知其难。成功亦不例外,诚如负重上山,每上一个台阶,都必须用心用力;一些走过的路,许多是不能回头、不带后悔的。但当你艰难弯腰拾获上山路上每一个石阶上的成果时,原先还遥不可及的山顶,便会近在咫尺,胜利在向你招手了。

生活无处不哲理。三叠泉,给我好好地上了一课。

庐山的自然景观美,让庐山之名蜚声海内外。这里的人文景致也十分著名——在登香炉峰的路上,我们仿佛看到了刚刚挥就名篇《望庐山瀑布》匆匆下山的李白的背影;在庐山"一号公馆"内,我们似乎感受到领袖完成国事筹谋,笑意盈盈,亲切和蔼;在庐山大会堂门口,我们仿佛听到了一阵稳健的脚步声起,革命前辈们正由远而近,款款向我们走来;在抗战纪念馆内,我们仿佛听到了血气方刚的抗日将士正慷慨陈词,壮怀激烈……

红色的印迹、红色的元素,让绿色的庐山在秀丽中又多了一份肃穆和庄严。

樱花四月上春山

都说人间最美四月天,这话我是信了。

惊蛰过后的四月,又逢清明时节,春雨纷纷,大地回暖,风和日丽。城里城外青色萌动、绿意盎然。各色鲜花也悄悄抖落枝叶上的尘灰,露出娇羞、灿烂的笑脸,点缀和美化着城市里的角角落落,渲染着城外山野自然的七彩斑斓。

尽管身边有不少引人入胜、风景如画的美丽的景观,也去过一些山水胜地游玩打卡,但人的览胜之心是鲜有止境的,更何况年年岁岁花相似,岁岁年年情不同,景也不同。但凡附近又有了什么新的美景出现,我便会按捺不住那颗躁动的心,必欲前往,一睹为快。

四月初,从手机小视频中看到一则文旅动态宣传:距家几十公里之处,新增一个旅游好去处——"樱花溪畔"。这名字便有很大诱人之魔力,而本来人们对樱花就有一种亲近感——樱花的柔美、樱花的温馨、樱花的妩媚;在淙淙流淌的溪水之畔,风拂花动,缭绕芬芳,好一派诗情画意。想着都十分美丽的地方,我当然更愿意眼见为实。

趁着清明小长假,我与家人一道驱车前往。几十公里路程并不太远,路也不堵,很快便到达目的地"樱花溪畔"。一下车,但见游园大门口人头攒动、游客纷纷,兴致勃勃的人群簇拥着进入景区。进得园区,红粉樱花扑面而来;春风习习,花船荡漾。游园小道两旁草色如茵,泉声不断。穿过樱花长廊,踱步彩幡过道,上得"溪畔"制高点,眼前豁然开朗——原来,这"溪畔"建立于两山夹峙宽阔的山谷之间,极目谷底"溪畔",樱花"如云如雪复如霞"。放眼远处,更是"波影红,花影融。数也数不尽,密朵繁丛。恼煞吟魂,颠倒粉围中"。景区的游人在没有情节脚本、没有导演策划的情况下,上演了一出现实版《上春山》剧目,欣然出入于"樱花红陌上,柳叶绿池边"的画卷之中……

不知不觉,时间已过正午。景区内赏花,大伙儿过足了眼瘾、饱了眼福。一大圈游走运动下来,大家都饥肠辘辘了,也正到了吃饭的时候。正当大家犹豫中午吃什么、在哪儿吃的时候,我提议:平时各自忙,难得聚齐,出来游玩放松放松,不如就到朋友介绍的一处山里的"农家乐"吃吃土菜。

走过一段山路,我们在"九公特色饭店"门口下车。彼时,饭店门口已经停了好几辆车。饭店内,有两三桌客人正在快意用餐;饭店外,还有一众游人正悠闲地坐等包间"翻桌"。我们被饭店老板告知:今日客多,还需要等一会儿。等就等一会儿呗,反正也没有其他事。

我走到室外的一张小茶桌旁坐下,一边看手机,一边留意顾盼着饭店周边的环境——这家坐北朝南的饭店面积不算小,西头大客厅带主人住家,东边有四五间餐饮包间,包间背后有一处很大的带顶棚的大宅院,厨房操作间以及物什盥洗处设在其中,工作人员来回走动,宽敞且方便。整个饭店看上去干净整洁,但房屋的装修好像有些年头了。饭店整体依山建在半山腰的一处大平台上,周边也都是青葱大山。我想起来了:这附近就有一处开发不久的知名景区,几年前,我还来游玩过,曾听说这里的土菜有特色,特别好吃,不知道是不是我们今天来的这一家。有道是酒香不怕巷子深,食客们不约而同地到来,应该就能证明这家土菜馆的老板功夫了得。

又过去了很长时间,只见老板、服务员前前后后地忙,却没有一丁点轮到我们这一拨客人的苗头。我实在有些坐不住了,便起身径自跑到后院厨房,看到老板在灶前专注地炒、烧、颠勺,忙得不亦乐乎,催促老板上菜的话语到了嘴边,我又把它咽了回去。老板也看出了我的心思,没等我开口,笑着表示歉意:"实在不好意思!节假日期间,天天都是这样,人特别多,忙得团团转,还赶不上客人的需求。""我来帮你搭把手。""不用了,不用了,不好意思!""闲着也是闲着,你去配菜、洗菜忙别的,我来帮你照看灶头上的红烧鸡。"我一边帮老板打下手,一边为了打发时间,无话找话和老板闲聊起来。老板微笑着告诉我:自己开饭店其实没几年,疫情前和其他村里人一样在外地打工,由于文化水平不高,挣的钱不多,几年前把老屋子翻新了一下,手头剩的钱就不多了。偏偏又赶上三年疫情,外出打工受到了限制。家人在一起一合计:赶上近年旅游市场比较火爆,这么好的机会,家门口又有一处小有名气的景点,干脆不出去打工了,就留在村里,利用自家的几间房屋,开个农家乐。谁知开业后生意就不错,节假日更忙。客人们都知道他们的食材地道,家禽、蔬菜土生土长,远近的客人都愿意来。我问老板:"忙不过来,为什么不请别人来帮忙?"老板说:"请了。近些天,赶上了清明、谷雨时节,来帮忙的亲友们都赶着回家摘茶、卖茶去了,才弄得眼前人手有些紧张。不管怎么说,现在在家比过去在外面干活收入强多了。家门口旅游业的发展,对我们来说真是一个大好机遇。希望能再多挣点钱,准备忙过这一阵子,再把房前屋后重新装修一下……"

不知道是因为老板谈到自家饭店发展蓝图兴奋起来,还是我给老板帮厨减少了一定工作量,只见老板干起活来顺手多了,效率也大大提高。

接近下午两点,一桌热气腾腾、散发着诱人香味的土鸡、土猪肉和清朗爽口的绿色素炒端到大伙儿面前,家人们一个个打起了十二分精神。在众人一顿风卷残云、一片啧啧夸奖声中,我瞄到了老板嘴角挂着一丝惬意的微笑。

七月西行

七月,刚刚入伏,天气已异于往常。老天只顾自嗨,一个劲热情地释放着能量,流火一般毒热的太阳炙烤着大地。地表之上,热浪蒸腾,让人心躁意烦喘不过气来。

西行,是我一直以来的一个久远的梦想——去西藏,去布达拉宫——一个很早以前就矗立在我心中的高大、神秘的艺术殿堂!早年听过的那首"回到拉萨,回到了布达拉宫"常常在我的耳畔悠悠回荡……

西藏,在我痴痴的想象中,就是一个遥远、美丽、梦幻的地方。

那里的天出奇地蓝,云也非常地白。雪山平湖、青草绿地、烟雾缭绕、牛羊成群。淳朴的康巴汉子穿着缀有彩色条纹的民族服装,脸上堆满开心的笑意,热情而奔放。那里有洁白的哈达、七彩的经幡,还有笑意可人、青春美丽的卓玛拉……

西藏,对我来说,除了神秘还是神秘。神秘,就是一种原动力!

我要去西藏。

一

七月的酷暑再热也热不过坚持探险318川藏线，自驾进藏的一群人内心的昂扬激情！

在身边朋友的邀请下，我们草草打点必备行装便急急上路了。

走之前，我们对进藏的诸多路线也进行了反复研判。到底经不住"此生必驾318"和朋友们"318线路不太好走，但景点多、风景美"的鼓动，带着一股咱当兵人"越是艰险越向前"的不服输的豪气和要亲身体验一把318川藏线的惊险刺激、无限风光的心愿，最终，从318线进藏，成了我们的不二选择。

318线是从上海人民广场经四川成都到西藏日喀则聂拉木县的国道。成都到拉萨这一段路俗称"川藏线"。川藏线自成都经雅安，过泸定，来到康定，高速路就走完了。进入山路，道路变窄，开车就更费眼、费神、费精力了。

都说318川藏线不太好走。到底有多险、多不好走？我们没来过，心里也没有数。所谓"无知者无畏"，别人能走的，我们也可以走。尽管我们很自信，也不缺山路驾驶的经验，但毕竟川藏线有着两千多公里的山路，走在路况惊险的路段时，大伙儿都情不自禁噤声了，你能隐隐感觉到车内空气仿佛在慢慢凝固，人人憋着一口气，心里暗暗隐藏着个"怵"字，只是嘴上没说出来罢了。

大伙儿怵是有道理的。318川藏线道路窄、海拔高,拐连拐、弯连弯的情况经常遇到。在开车经过十八盘山谷、翻越七十二拐山道时,不仅需要相当高的驾驶技术,还要有一定的胆量和稳定操控的心理素质,否则,你很可能被绕得晕头转向。而在一些坑洼、破损、急弯的道路上与一些超长满载的大货车遭遇,需顺向超车或逆向避车,也能让人把心提到嗓子眼儿。尤其是一路上要经过的一处处落差万丈、左右盘旋的悬崖山道和绝壁千仞、巨石狰狞的"老虎嘴",其惊险景象,令人不禁怀疑唐代诗仙李白笔下的《蜀道难》就是写318川藏线的。其诗歌中许多描述蜀道的句子都能在318川藏线某处的绝境中找到印证——我们极目远眺,能够看到"上有六龙回日之高标"的皑皑雪峰,山崖"下有冲波逆折之回川",以及"飞湍瀑流争喧豗,砯崖转石万壑雷"的山涧河流。途中有几处,悬石当头"峥嵘而崔嵬",道路紧窄险要,堪称"一夫当关,万夫莫开"!在这种情形之下,每每行驶在山石摇摇欲坠紧靠山坡的道路时,我都会暗暗深吸一口气,铆足了劲儿,当作在炮火纷飞的战场上,驾车一鼓作气穿行而过。在驶离危险地段之后,我也会"噫吁嚱"轻松地出口长气,感叹一下"危乎高哉"的318川藏线之难了。

　　虽说318线险是险了点,难是难了点,但如今的交通条件也绝非诗仙生活的那个年代可比,不像"蜀道之难,难于上青天"那么步步惊心了。如果你有幸再被上苍眷顾,赶上天气晴朗,滴雨未下,就不致遭遇"青泥何盘盘"的困境,也可避免"地崩山摧壮士死"的险情,少有堵车,一路畅达,你就会一身轻松,油然产生一种经历惊险刺激后的刻骨铭心、否极泰来的快感。

还别说,这样的情况真被我们赶上了,行宿在318川藏线上七八天,还真没碰到过影响我们驱车赶路的阴雨天,也很少遭遇堵车。朋友们都说我们的运气好。我想,运气虽好,我们也是有备而来的,我们心里已经做好了用自己的坚韧迎接一切未知困难和险情的准备!

是的,318川藏线险,来过的人多半这样说。

318川藏线确实险,不险,还来这干什么!

二

318川藏线不好走,不假。一路走过,景点多、景色美,朋友们说的也是实话。

进藏之前,头脑中对那里的山水景色和人情风俗的概念终觉浅显而模糊。从一些媒体上和已去过西藏的朋友带回来的照片上看到的景色,让我怀疑照片色彩的真实度,西藏的天有那么蓝吗?

的确,318川藏线上无处不在的景色美得让人仿佛进入了梦境。

这里,晴空万里,天真的出奇地蓝,且非常纯净,养心养眼。蓝天之下,团团朵朵的白云舒卷于远处的山顶和山腰间。近处,矗立着专供祭祀用的白色灵塔,还有在山风的劲吹下呼啦作响、高挂飘扬的七彩经幡。绿油油的青草从脚下向远处延伸,形成一眼望不到边、深邃而广袤的草甸、草原。草原之上,你还能看到藏民们的白色毡房,以及悠然自得地吃着草、漫不经心的牦牛和成群结队的羊群。草原的尽头,皑皑白雪覆盖着的绵延矗立的高山,壮美而雄伟!面对这从没有见过的美丽画面,我立在原地足足定了好一阵子,只觉得此刻空气仿佛凝固了,时间静止了,身心空灵了,头脑也空白了。在默默静观长望中,我除了无语痴迷,竟陡然产生一丝淡淡的幻觉。

其实,蓝天、白云、雪山、草原只能算是318川藏线上美景的标配。而"姊妹湖"一眼千年的亮丽,更是让人暗叹痴绝。

沿318国道从四川甘孜藏族自治州理塘县至巴塘县中段海子山垭口,就可以看到"姊妹湖"了。一位行前曾研究过线路并对关键景点有所了解的朋友一再提醒我:这一处风景不能错过。我便好奇这里的美景了。于是,我们停车步行,不顾身体出现了高原反应,轻喘慢步,来到湖边——"姊妹湖"静静地躺在她身后海子山的怀抱里。两汪碧蓝澄澈的湖水紧紧相依相偎,在巍峨雪山的衬托之下,尽显纯净无瑕、圣洁神秘,散发着让人沉醉的恬美。明镜般的水面上,倒映着蓝天、白云和高耸的雪山,那独具魅力的静谧、神奇,让人醉不忍归。

不得不承认,对川藏线上的美景我们比较"贪婪",都想"收割"。特别是关键景点的观景台,大伙儿忍不住都要下车驻足流连。在观赏独一无二的景色时,我们还无意间发现这么一条"规律":美丽景点的海拔几乎都在四五千米。伟人的那句"无限风光在险峰",在这里得到了印证。我们车行山巅,与雪峰并肩,当然,每每有好景可看,也须与高原反应头晕、心悸难受抗争。在临近拉萨的一处海拔五千米左右的"网红"观景台上,我们拖着轻飘飘的脚步,拿着氧气瓶,坚持在头晕目眩的状况下静等数小时,直至晚上八九点,才看到并拍下了南迦巴瓦峰上的云开峰出"日照金顶"的最佳画面。

当地人说,此处一年中,只有四十多天能够看到这样的景象。朋友们很是羡慕我们有这样的好运气。

西藏归来,我们没有沿 318 川藏线原路返回,而是选择了 109 青藏线向东出藏。返回的途中,虽然说也有很长一段高原冻土路不太好走,但还算一路顺畅——我们陶醉于美丽的高原平湖纳木错,穿行于神秘的可可西里无人区,翻越高耸入云的喀喇昆仑山,探秘茶卡盐湖,夜宿格尔木盆地,绕行青海湖并沉迷在湖畔一片片无边无垠、清香扑鼻、金黄色的油菜花海之中……

此行,过去许多只能在学校课本里读到和没有听说过的地方,都亲身游历了,不仅饱看了秀美的风景,还感受到了七月的西藏,天气也是这般宜人、凉爽。

我,知足了。

三

拉萨,是我们此行的目的地。

白天肃穆、夜晚辉煌的布达拉宫是许多人心中的一方圣土、一块宝地,是人们不远千万里也要顶礼膜拜的地方。

到拉萨之前,我只是听说过在 318 川藏线的路途中,有一些骑行、徒步前往拉萨的人。果然,在路上,我多次看到有三两结队骑摩托或一人单骑飞驰入藏的,还有三五成群装备齐全骑自行车在 318 川藏线上向拉萨方向前进的。只见这些自行车骑行侠（其中还有女性骑行者）为了挡光防辐射，一个个把自己裹扎得严严实实，再戴上太阳镜，男女你都分不清。可即使裹扎得再严实，偶尔，在他们下车行走或小憩的时候，透过护身行装的缝隙，也能看到有的人脖颈和胳膊、手背处油亮黝黑的皮肤和渗透出来的汗渍尘垢。遇到上坡时，有的骑行者疲惫吃力地大口喘着粗气，蹬着自行车的脚踏板缓慢前行。有的实在骑不动了，干脆下车，推着重载行装的自行车吃力地一步一步向山顶移行。下坡时，遇有坡长坡陡的路段，虽然知道此刻上车不用费力，但为了安全，他们也不敢轻易上车，还是步行，毕竟路边就是悬崖，必须小心。

在318川藏线上，我还曾多次看到背负行囊、一身尘土、穿着简朴的苦行僧和普通的修行者在踽踽独行，甚至还有肢体残疾拄着拐杖的修行者，他们三步一叩首，致敬天地神，用一己身长丈量前方。我不知道他们从哪里来，不知道他们走了多久、走了多少路，也不知道夜幕降临后，走到318川藏线某段前不挨村后不着店的地形险要、环境恶劣的深山沟里，他们是怎么能安然入睡的。不用问，有一点我是可以肯定的，他们心中只有一个方向：西藏拉萨的布达拉宫！

这些不畏前途艰难的苦行者为什么这么能坚持？我猜想，他们心中一定有着一个信仰——超脱苦难、祈福求安、修为来世。他们要用苦行磨炼意志、空乏其身、洗净心灵、践行信仰。在他们眼里，信仰就是能量。或许，信仰之外，这些人还有着自己独特的思量。是不是在他们每个人的身后，还有着一个天知地知却不为人知的让人非去拉萨不可的动心故事？

他们像歌手郑钧在歌曲《回到拉萨》中所唱的那样：回到拉萨，回到了布达拉宫。他们坚毅不回头，是要在雅鲁藏布江把自己的心洗清，在雪山之巅把自己的灵魂唤醒。

　　人的一生，应该有一个信仰，须坚持，更要毅行！

烟雨万佛山

今年的"五一"小长假,我原本是不准备出门的。架不住身边朋友的盛情邀约,小长假最后一天,我们一行几人结伴,还是到万佛山游览了一圈。

听说万佛山,那已经是许多年前的事儿了,实际上,还真没去过万佛山。近几天,一些琐事扰得心烦不爽,索性出门上山,正好调节一下心情。

临行时,看了一下天气:多云、无雨。接近山区,老天始终阴沉着脸,时不时还来上一阵风吹细雨飞。好歹我在山区也生活过几年,对山林的气候多少还是了解一点的。别看山脚下细雨纷纷渐少渐止,山头上云蒸雾罩,说不定那里正在下雨,雨还不小。虽然此行我不太确定在这种天气下爬万佛山会不会有满意的收获和体验,但我还是乐意跟随朋友们一道,向万佛山上前行。

走在小雨初霁后植被丰饶的万佛山林间小道上,大伙儿悠悠拾级而上。看着岿然如磐屹立的巨型岩石,眼前大片带雨、清亮、透着柔光的树叶,朋友打着一顶红伞,漫步在树影婆娑的山涧拱桥上,呼吸着山林中细雨初歇湿润、清新、富含负离子的空气,让人一下子把藏于脑海、心底的一切亏颓和焦虑彻底清空。我也不由得悄悄提振精神,变得兴奋起来,专注于观赏、搜集身边的美景,全身心融入万佛山神工造化的大自然中。

  在山道上的行走和对景物的观赏并未影响我思想的"放逐",我无意间忖出:仿佛一切哲理都来源于生活,生活无时无处不在演绎着哲理——雨后登山,按说是不可能比阳光明媚上山时,看到的景物更鲜亮、美丽、富有质感,但自然界得与失的转化,让我们在登山过程中实实在在地领教到了。彼时,我也不向朋友抱怨老天不给力,反而欣喜:雨后上山恰逢其时,更是机缘巧合——如果没有先前的雨,哪有这会儿葱郁山林、纵横沟壑中溪流水量的急湍与丰沛?

  进山不久,山溪哗哗的响声由远及近,果然,没走几步,在山道转弯处,在一蓬不起眼的枝杈翠叶下,隐藏着一汪五米见方、形状独特的小水潭。走近水潭,袭来一阵清凉。清澈碧绿的潭水,深不见底。潭沿之上一股清泉顺势而下,悬挂在赭褐色的潭岩壁上,现出一道小小的雪白的飞流瀑布。瀑布的洁白的水珠击打在池潭的水面发出的声响,在山林青郁、环境略显静寂的大背景下,形成了一曲独有的欢唱。流泉的欢唱,不仅唤醒了山林万物,也最大化地激起了上山游人的开怀兴致。为了不遗漏每一处的美丽新发现,能观赏到别致的小景点,朋友们放弃了乘坐观光索道缆车的便捷上山方式,一路与山道旁欢唱的溪泉相伴,一路嬉笑,一路拍照,一路轻松上山。

经过一段时间的行走登攀,我们在老佛顶景区的香果瀑景点停下小憩。这个香果瀑应该算是万佛山景区最大的瀑布了,比我们自下而上一路看过来的"飞龙潭""天河瀑""龙尾瀑""二迭瀑"更为奇险壮观。香果树瀑布海拔约六百米。瀑顶山泉沿花岗岩中的节理从宽六十米、高一百米的峭壁上直流而下跌落崖底,水石相浸,"窾坎"音起,"镗鞳"声飞,珍珠溅玉,水雾蒸腾。在朋友只顾在瀑底水边戏耍、留影而走不动路的当口,我与另外一位朋友又一鼓作气,连上一两百个台阶,到达位于香果瀑与天佛寺之间的佛光亭小坐喘息。据介绍,此处白天能听到佛寺梵呗清钟,夜晚可以看到清朗月色,雨过风动嗅得到瑞华吐香,晨起的时候,如果有缘,还可以遇见佛光普照,助人修成功德圆满。稍歇片刻,我还想继续上山,了却登"顶"造极之心愿。毕竟我们上山只走了一半路,再往上,还有许多松峰岩石、碑亭寺观美景,举"脚"之劳的事儿,就在眼前了,不去不遗憾吗?!朋友耐心地提醒我:不是不愿上,实在是时间不早了,现在返程,算算到家天也黑了,再迟走山路就不安全了。想想朋友说得也对,安全事大。几处景点没看,也为下次再来留下了伏笔。

　　大家欢快地下山,走了一段下山的路之后,忽然有朋友发现随身携带的挎包在香果瀑拍照时挂在护栏上忘记拿了。大伙儿随即回去寻找。包已经不在了。唉,真可谓乐极麻烦生。本来开开心心的事儿,不想节外生枝,来这么一出,让人感到十分败兴。朋友的包里虽然现金不多,但有手机和相关证件,如果找不回来,还真麻烦。有朋友提醒:快联系游客服务中心查调监控,再联系当地派出所报警。因为自己过去曾遇到过此类经历,感觉包包找回来的希望渺茫。就在我好心安慰丢包的朋友时，客服中心打来电话：调出了清晰可辨的监控图像，包包被人拿走了。紧接着，另外一个报警的朋友也接到了当地派出所的电话，有人已经把朋友丢失的包包送到了派出所，值班警员让我们立即去认领。在相对短暂的时间内，包包失而复得，让我们此番出行的心情像坐了一趟过山车。对万佛山客服中心工作人员的认真和热情，对当地派出所的工作效率，我们都心存佩服和感激。

上车前，不知道什么时候天气已由阴转晴。我默默回头望了一眼高高的万佛山峰——原来覆盖着的厚厚的奶白色的云雾随着午后的艳阳渐渐散向森林岫谷，瓦蓝色的天空、青翠色的崇山峻岭，在晴朗、柔和的金黄色阳光的映衬之下，像一幅刚刚定稿的山水画，实在美得不可方物。

我，神迷了，心醉了！

武夷飘雨

一直憧憬着诗和远方。待到与友人相约远足闽南,恰好赶上六月南国火一般的天气。

然而,"吉人自有天相"。待我们一行到达武夷山下时,天竟淅淅沥沥地下起了阵阵小雨,气温也稍有下降,不致烈日曝晒,但雨后高温湿热、闷燥,让我们着实觉得不爽,浑身都不自在。尽管如此,既然来了,大伙儿也没说什么,赶紧置办防水鞋套、雨披,跟随人流向武夷山主峰——天游峰前行。

之前,听人介绍过武夷山,有种朦胧美的印象。在随行的人员中,有到过武夷山的人引经据典赞叹武夷山之美,而此刻,我的心里却在犯嘀咕:真是运气不佳,来得不是时候,出行就碰上雨,此行恐怕只能和武夷山的美丽景致失之交臂了。心里嘀咕归嘀咕,脚下却没有止步,自己也在不停地给自己打气:山里的天气就是这样,或雨,或风,忽然雨停放晴,也未可知。且行且看,碰碰运气。

在雨中行进一段路程后,到达天游峰山下,雨不仅未停,还有下大的趋势。抵近山前,雨雾交杂,回望远处的山峰、岫谷,均被一块块、一团团棉被似的云雾遮挡,除了朦胧还是朦胧。虽然说距离产生美,朦胧也会给人带来美感,但此刻雨中的武夷太朦胧了,我只有遗憾!但总还是心有不甘,极力想抓住瞬间,透过朦胧的间隙,捕捉、留存不太看得清的丽色山景。

武夷山的天游峰海拔仅有四百多米,相对高度也就在两百米左右,若是春和景明,走走看看,攀行极顶,当不在话下。可是眼下,雨还在下,主峰也在云里雾里,登山小道看上去像是天梯,很是险峻。人在上面走,从山下看上去,一如行云驾雾,胆子小的人会觉得小腿发软,步步惊心!

不知是不解风情的天气还是这奇险的山路,打消了人们登峰造极的兴致,一部分人实在受不了雨淋、闷燥,在喘息声中打起退堂鼓,止步于山腰,折返下山。受此影响,一开始就有失落感的我,也有了原路返回下山的意思,只是没有立马移步下撤,内心还在不停地纠结着、犹疑着:这么大老远来的,还没看到武夷山的真面目,且离登顶仅几步之遥,难道就这么半途而废?!

好在天亦有情!老天仿佛感受到了我的纠结和犹疑,淅淅沥沥的雨在慢慢变小,间或有短暂的停歇。"走吧,来都来了,不到山顶非好汉,不上去会后悔的,谁知什么时候会再来。"同行人的鼓励,像一针兴奋剂,一下把我的劲头提了起来。我索性扯下遮不住雨水又挡视线的雨披,紧随队友移步上攀。

上山的山道奇险,有几处只能手脚并用向上攀缘。此刻,我也顾不上汗雨交流,没有退路,只有向前。

在登峰的过程中,老天被我们最终的坚持感动了,不时露出笑脸,让我们这些远道而来又坚持上山的人开了眼:雨后初霁,远处,云蒸青山,近处,水墨重彩,薄雾当帘,忽隐忽现。河水回环,婉转盘山。清风云雾,飘飘袅袅,显现出令人窒息的清丽、透彻!原来雾里看花的近处山峰,也渐渐撩开面纱,露出娇羞的真容——我简直有点不敢相信自己的眼睛,眼前的景色美得就像一幅画,应该说比画还美,让人不禁驻足流连。我们继续拾级而上,上山的路途可谓一步一景,待到有可平稳站立的地方,我固定好身姿,拿起手机和相机,咔嚓、咔嚓一阵狂拍,生怕眼前的美景倏忽即逝,空留遗憾。我走走拍拍,只感觉小雨初停、山清水秀、云卷云舒的景致,好像之前在什么地方曾遇到过,但又不同于眼前。武夷山仿佛有股灵气,山不在高,可这云和雾、这山和水、这情和景的自然协调,成就了这绝佳的画面!

海拔两百米左右的山峰,再险,也不需几个时辰便在脚下。

在知情人"山下的风景更好"的鼓励下,尽管感觉有些疲,有些累,但是同行人还是手脚麻利地来到了山下,来到了秀女峰前。置身此地,我一下蒙了,仿佛步入一个亦真亦幻的仙境——眼前,一支水流波澜潺湲,一道长长的梦一般的白雾似绸如练,轻轻地、柔柔地、静静地飘浮在山脚下,氤氲在水面上。不远处,一位纤纤玉女足踏祥云,身姿绰约,楚楚含情,款款站立在河边,默默与你相望,又仿佛在对你无声地问候,和你温婉地交谈!此景此情让人深深痴迷,为之神荡情游。

当地人说,秀女峰是武夷山的名片,眼前的景象应该说明了一切。

一睹芳容归来,只能怪自己肚子里墨水太少,难以描摹其丽质美妙,只能感喟:玉女神峰,虽千年万载,留在人间,身名芬芳,受人景仰,实至名归。坚持上山,收获秀色可餐的景色,我也大饱眼福,来得值了。

来武夷山前,看过一些介绍,有当代文豪观览武夷,赞不绝口:"桂林山水甲天下,不如武夷一小丘。"还有一位伟人在国内革命战争时期,来到武夷山,用一首《如梦令·元旦》点赞武夷山美景,其中有一句"山下山下,风展红旗如画"给人留下深刻的印象和绚丽多彩的想象空间。

山晓晴川伴晚秋

秋,已渐行渐远。怎么又想起了秋呢?

因为,今年的秋不同于往年,在我的脑海中留下深刻印象,久久挥之不去。

秋,到底算不算一个永恒的主题呢?没有认真探究过。但喜欢秋的,应该不止我一个人。秋声、秋色、秋情、秋景,秋的绚烂、秋的美丽,在古往今来文人墨客笔下有红藕香残、梧桐细雨的万千风情,也有岸芷汀兰、霜叶红于二月花的秀色可餐。

还记得欧阳修的《秋声赋》,非常喜欢他叙情写秋的神来之笔。特别是在他的笔下,那秋声"初淅沥以萧飒,忽奔腾而砰湃,如波涛夜惊,风雨骤至。其触于物也,鏦鏦铮铮,金铁皆鸣;又如赴敌之兵,衔枚疾走,不闻号令,但闻人马之行声",绘声绘色,秋声被他描摹得出神入化。喜欢李清照写秋的《醉花阴》:"莫道不销魂,帘卷西风,人比黄花瘦。"也拜读过当代作家峻青的《秋色赋》,在他的眼中,秋色多姿多彩是很可爱的:"你瞧,西面山洼里那一片柿树,红得是多么好看,简直像一片火似的,红得耀眼……还有苹果,那驰名中外的红香蕉苹果,也是那么红,那么鲜艳,那么逗人喜爱……山楂树上缀满了一颗颗红玛瑙似的红果;葡萄呢,就更加绚丽多彩,那种叫'水晶'的,长得长长的,绿绿的,晶莹透明……而那种叫作红玫瑰的,则紫中带亮,圆润可爱……我喜欢这绚丽灿烂的秋色,因为它表示着成熟,也意味着愉快和欢乐。"

也许是因为时代不同,性格差异,加上心情和境遇各异,文人墨客也好,普通百姓也罢,对秋景秋色的感受不一样,也是在情在理的。咏秋、悲秋、颂秋也都是由心而发,是一份情感,更是一份寄托。

有道是,年年岁岁花相似,岁岁年年秋不同。不管怎么说,春夏秋冬四季更替,春种、夏耘、秋收、冬藏,大自然的运作是有它的规律的,不因人的喜好,影响它的春苗秋果。

在秋收的季节里,丰硕的成果,给一年忙到头有所付出的人带来了欢乐,美丽的秋色的到来,也让摄影爱好者喜不自胜。现如今,条件允许了,摄影不再神秘,也不算什么高难度活动了。它普及率高,爱好者众。专业的也好,业余的也罢,拿出相机和手机都能拍那么两下子。特别是在这个季节,秋高气爽,你常能看到背着个摄影包,拿着、挎着或扛着"长枪短炮"行色匆匆搞摄影的人钻树林、跨沟壑,专注于"寻花问柳",捕风云、捉光影;也有三五摄影好友结队外出定点一处,集中在一起聚焦拍花、静候"打鸟"或者盲目"扫街"的。有时,为了能抓拍到秋天一张日出风景美照,要约上几位摄友提前一两天出发。摄友们住在山下民宿中兴奋难眠,有的甚至半夜就打点起床了。他们摸黑爬山蹚水,急急赶到拍照的地点,完成拍摄准备工作。要是能拍到一张令人满意的图片,摄影人的心情用"美了、醉了"这四个字来形容,再恰当不过了。

我对今年秋色不同于往年的认知,就是通过影友圈的照片感受到的。我真佩服我的这些影友,佩服他们对美丽秋景孜孜以求的执着和远道鞍马劳顿、跋山涉水、风餐露宿、饥一顿饱一顿,不达目的不罢休的追求精神!在欣赏他们的摄影作品时,我真的被惊艳到了——有深秋的晨曦初露,海水一样的白色瀑布云若隐若现流淌在山峰之间,天际,有一轮金色的初升暖阳,阳光四射在青黛色的山尖上;有夕阳下老溔河落霞与孤鹜齐飞、天水一色,一桥飞架两岸;有朦胧背影衬托下,公园里如火如荼红于二月花的枫叶;有知名学府瓦蓝的天空下银杏成行成林、落叶缤纷,满地尽带黄金甲;更有摄友用无人机高空俯拍五色山林的秀美壮丽……

秋色的诱惑力是极大的。特别是面对今年灿烂的秋景,我被"刺激"到了,不能走远,那就在近处走走。好在家门口不远处就有一个开放式的公园,这里有人工修建的一川碧水,有植被茂密的袖珍园林,有水闸,有堤坝。堤坝上,银杏树在太阳光的照射下,秀出通体金黄;堤坝的斜坡上,人工栽植的草皮绿色茵茵,为深秋季节平添了一抹鲜活的气息;有一蓬一蓬宛在水中央的苍苍蒹葭,在深褐色的背景下,向你点头挥手;有远处一簇簇红叶、一片片叫不出名的花朵,粉色、黛色、紫色、绿色、黄色融为一体,绘就一幅色彩斑斓的风景画!徜徉在这样的环境中,让人感觉心旷神怡——此刻,面对这满目艳丽无限风光的秋色,在尽情欣赏之余,不拿出相机拍照留影,肯定会心生遗憾的！于是,我快速端起相机咔嚓起来。我也要像摄友们那样,把这眼前的美好,通过自己的眼睛、通过手中的相机、通过不同的媒体渠道向外界传播,与大伙儿同乐、共享。

　　意犹未尽之中,我幡然明白摄友们忘我取景拍照的另一番用意了——他们不仅要用手中的相机记录和留下这霜重色愈浓的秋季里的美景,也想用相机留下一份流年岁月中的美好,寄托对平淡、快乐生活深厚的情愫！

幸福时光

自驾旅行不能说是我唯一的爱好,但我对开车出行确实有"瘾"。究其原因,早年,还在读小学、生活在小县城的我,每逢寒暑假总会随父母到省城二姨娘家玩。二姨夫是汽车站客车驾驶员,浙江人,为人大气、豪爽、干脆,声如洪钟,是个粗中有细的人。我是个比较调皮的孩子,有时喜欢搞事,把他气得头直摇,可到最后他还是"嘿嘿"一笑了之。二姨夫是个很有耐心的人,也喜欢小孩。父母回县城,我便留宿在二姨家。我就像二姨夫的小跟班一样,只要二姨夫出车,我就乐得屁颠屁颠地挤坐在他驾驶的大客车的引擎盖上,晃晃悠悠、一路颠簸,走东到西,不觉得累,也不晕车,还觉得汽油味儿好闻,坐车很过瘾。这些也都成了我向身边小伙伴们炫耀的资本。这也无形地培养起我对汽车、对驾驶的兴趣。

而今,生活条件好了,家里有一辆车,甚至几辆车,节假日全家出去旅行什么的,也是很寻常的一件事了。一有时间,我们一家也成了南来北往高速公路上,行色匆匆、飞驰而过、自由行走的一族。

　　身边也有人曾不解地问喜欢自驾出行的人原因,我的结论是,没有什么具体的原因,人们喜欢什么,钟爱什么,就会觉得其中有趣,苦累都不在话下,反而乐此不疲。

　　我喜欢自驾旅行。一家人确定要到某地旅行后,除了对旅途中、目的地一些著名景点怀着美好的期许外,还会放下生活中的一些小抵牾、琐碎杂念和一些不开心的事,放松自己,一门心思沉浸在操持与旅程有关的事情之中。尤其是作为主驾的我,方向盘在手,更觉责任重大,遇到复杂的路况,必须全神贯注,无暇他顾。曾经,有两次在路途中遭遇特大暴雨,给我的印象很深——一次是在去桂林阳朔的路上,一次是从云南大理归来。虽然两次地点不同,但时间上都是在七八月份的丰水季节。当时,车开着开着就看到道路前方风雨欲来,一大片黑压压的积雨云向我们沉沉压来。先是第一波稀疏大滴的雨点啪啪地砸在车身上,紧接着仿佛天幕陡然撕裂了,哗啦一下,第二波雨水就倒了下来。前挡玻璃雨刮器调至最快速,也不管多大用,雨水的浸淋使车的前方只能模糊地看到三五米远的距离。我一下绷紧了神经,坐直了身体,瞪大了眼睛,伸长了脖子,盯着车前,握紧方向,防止车轮打滑,驱车缓慢向前。虽然我们也看到了路边停有紧急避险的车,但凭我的经验,此刻还是不宜路边停车避雨,只要穿过了雨云,一切都会好起来的。果不其然,紧张地跑了一段雨路,紧急状况化解之后,我们便享受到了沉着应对后化险为夷的身心轻松。当车子又行驶在敞亮宽阔、车辆稀少的高速公路上时,整个身心真叫一个舒爽、惬意:长途开车、坐车的劳累和有惊无险的压抑,便会随着风一股脑地向车后、向远方挥洒飘去……

自驾出行的乐趣还在于:一路奔波的目的地,是我们心仪已久、风景醉人的地方。岁月一刻不停地销蚀着人们的记忆,但是有些你所经历过的情与景,无须你刻意记住,也能在你的脑海深处留下,还时不时蹿将出来,让你重新吹一吹你吹过的风,投入曾经领略过的大自然的温情怀抱,再走一走你走过的路,与山色空蒙、水光潋滟的美景相逢……

记得那年仲夏,在舟山朱家尖的那个晚上,在莹弱灰白的月光里,一群兴奋的大人和孩子在通向海边的小道上一路叽喳小跑着,一丝海的凉风仿佛从远方吹来,撩动着大伙儿的衣角和乱发,涛声依旧的海岸边,孩子们毫无掩饰的癫狂快乐的"魔影"还在我眼前舞动,脚下潮湿、绵软的细沙,沁爽犹在。虽然夜色中未能尽观海的辽阔壮观,但在暮色降临、微风悠悠的夜晚,听涛、闻风、踏海,在我们同行人的印象中留下了美好回味和深深浅浅的一串串脚印……

还记得那年季秋,已是晚上八九点钟的光景,带着旅途的一身疲惫,在古城凤凰放下行李刚刚入住,便被眼前华丽耀眼的霓虹灯和喧闹的笙箫歌乐牵拽着走向临水而建、小而逼仄的街巷。水边小屋几乎一个紧挨着一个,每个小屋都被主人精心装修得风格各异,但都有一定的艺术特质。不难猜出,这些小屋应该就是音乐酒吧。从一个个灯色微亮的音乐小酒吧里传出来的,有低吟软唱,也有烟嗓铿锵。毕竟是第一次来凤凰古城,又是晚间走在喧嚣的古城街道上,走着走着,恍恍惚惚的感觉油然而至。

很喜欢文学大师沈从文的小说《边城》,喜欢小说中情真意笃、为人淳朴善良的男女主人公,也喜欢大师在小说中所叙述的自然、宁静、秀丽的古城山水、田园风光——而眼前的实情与小说里描写的境况很难对得上。倒是在第二天一大早,拜谒沈大师的故居,驻足在每一间斑驳的屋室,流连着每一件陈旧的物什,在清空静寂的一方四合院落中,短暂的沉思,让我真真切切感受到了古城夜晚与白天、今天与过去的时代变迁和人们的境界追求各有不同。沈从文大师不过是通过《边城》释放出对美好、对自然、对淳朴、对真情、对社会生活的一种寄托、遐想。而今,古城人的生活不也是大师早年所思所求的吗?这个秋末,我记住了凤凰古城夜晚灯火通明、欢乐声声的美好,也留下了对沈从文大师故居清幽、寂静的沉思……

还有那年,在皖南宏村,看几亩方塘,一池莲荷;那年夏末,在彩云之南,临苍山洱海,慕阿诗玛绰约风姿;登湘西武陵源、穿越人间仙境张家界,观雨幕流云;在内蒙古草原,一骑绝尘,体验大地的广袤、空旷;在山水甲天下的桂林、在风景甲桂林的阳朔,夕阳西下,乘一叶竹筏,看"九马画山";在老树新枝交错的大榕树下,又隐约听到美丽的刘三姐那亲切悦耳、一如春江水的山歌……

其实,自驾游的乐趣又岂止在多多体验所到之处的风土人情、了解各地的风俗习惯、乐山乐水的尽兴游玩上?能东西南北遍尝各地特色风味、美食佳肴,大快朵颐,最能慰藉和消弭远道而来的苦旅人的身心疲惫。

一般而言,一道乘车外出者,多半是家人、朋友或熟悉的人。

走的次数多了,很自然地能形成大体一致的想法和习惯,特别是在饮食方面。有的地方远,要急着赶路,正常情况下,大多同意中午草草打个尖儿,来碗方便面什么的垫垫充充饥,主餐自然就放在了晚上——

待目的地一到,车子一停,有时甚至等不得放下行李,安顿小憩,便按图索骥、循味而走,急急地寻觅当地的特色风味小吃去了。大伙儿揣着惬意、尽兴撮一顿小酒,舒缓一下筋骨,祛除身心疲惫,那是必须的。至今,一想起长沙坡子街的臭豆腐,仍余味在口;想起青岛的鲅鱼水饺,犹垂涎欲滴;想起乌兰察布的烤羊排,那诱人的焦黄嫩香,让人回味悠长。特别是在前年深秋的一个晚上,来到成都,我们漫步在遐迩闻名的春熙路街头,坐在一家小有名气的酒馆门口,观望着熙攘往来行色匆匆的各色路人,点一份麻辣鲜香够味儿的火锅,与亲人、朋友举杯小酌、交谈,细品至微醺,那样惬意和舒心,全然没有一丝秋愁的悲凉,却有一种莫名的幸福、满足油然从内心深处缓释而出——

于是,我晕晕乎,仿佛有些醉了,不知不觉沉醉在夜色辉煌的蓉城那凉爽宜人的秋风里……

泺水明湖纪萍踪

孩子在济南上学,不觉已有两三年了。大一入学的时候我们没有送他,之后也没有到学校去看过他。一般情况,寒暑假都由着他自己往返于家和学校。

说实话,对孩子在外地的学习、生活我是不太记挂的——孩子已长大成人了,就应该放手让他在步入社会初级阶段的经历中,逐渐成长、成熟。但经不住妻子再三提议——她想趁着周六、周日到学校去看看孩子,于是,前不久,我们开启了济南之旅。

济南是一座泉城,也是一座名城。虽然有几回经过,却没有真正到过这座城市。只是早年从电影《侦察兵》里一个济南街头卖艺小女孩的唱词中,依稀了解并记住了大明湖、千佛山,还有唱不完的七十二泉。

六安到济南不近,但高铁的特快速度,缩短了旅程时间,三个多小时就到地儿了。儿子坐公交,再转地铁到济南西站接我们,见到我们非常开心。跟在他们母子身后出站,望着一米八几、高出母亲一个头的儿子,我暗暗感慨,身边朋友曾经说过的那句话颇有道理:时间过得快不快看自家小孩——小学六年读完,三年初中就快了,高中三年也就在一晃之间,还没有感觉到,孩子考大学离开父母走了,就变成大人了。真的如此,自己的孩子现在也已一个人在外地读书、生活了。

出地铁站口,我们随意找了家小餐馆匆匆吃过午饭,安顿好住宿后,儿子介绍并领着我们先行到黑虎泉游玩。

时值双休日,慕名前来休闲、游玩的外地人或本地人也不在少数。黑虎泉是七十二泉之一,其泉水源自石崖下洞穴之中,泉水经三石虎头喷出,汹涌急湍,水声喧哗。午后斜阳,缕缕光照投射到水渠边万条垂下绿丝绦的柳叶儿梢头,明亮而金黄。毗邻黑虎泉的北端,有一亩方塘,正是珍珠泉池所在。珍珠泉水平如镜,池面蓝天白云、树竹柳叶儿的倒影七彩斑斓,似有神来之笔;池中不时有泉从地底上涌,冒出一连串细小的水泡,状如珍珠。池水清凛见底,有小鱼儿闪电疾翔,又悠游潜底,如入无物之境。

由于黑虎泉与趵突泉相距不远,我们一边顺渠顺泉游玩,一边拍照,很自然地顺道走进了趵突泉公园。

趵突泉享誉甚广,是七十二泉泉首,鲜少有人不知道它的。相关历史资料记载:趵突泉古时称"泺",是泺水之源,迄今已有两三千年的历史了。所谓"趵突",即跳跃奔突之意,久而久之,坊间约定俗成,习惯于把泺水叫作"趵突泉"。相传在乾隆下江南之时,便把趵突泉封为"天下第一泉"。站在泉池旁边,但见一池澄碧,游鱼追逐。三大泉眼汩汩喷涌,宽阔的水面,清泉激荡、翻腾不息。泉北有源堂,西有观澜亭,中立"趵突泉观澜第一泉"等明清时期石碑。在泉水不远处,有绿色荷池、祭祀享堂,有仙祠园门、曲折回廊,有竹匾木窗、拱桥画舫。如此佳景,证实了我在《老残游记》中看到的济南"四面荷花三面柳,一城山色半城湖"的奇绝画境。

　　从趵突泉公园北门出来,夜色已降临,大街小巷华灯初上。我们合计晚餐过后,再去看一看大明湖的夜景。儿子轻车熟路带着我们走街串巷,最后,我们选择了大明湖边一条不知名的小巷内的一家小酒馆坐下。

　　酒过三巡,一家三口渐渐进入兴奋状态——为此行、为见面、为饱览美丽风景而开心。你一句,我一句,小酒就菜,谈今天,谈过去,谈思想,谈感受,言无不及,杂而无题。让我和妻感到欣慰的是,过去外出游玩都是我们领着儿子从东到西,而今,儿子也能熟练老到地在济南带着我们到这到那,介绍当地的风土人情。也在兴头上的儿子,侃侃笑谈几年中一路走来的见闻和感受,还真诚地表示,在一些关键时刻,头脑应该冷静,要听得进身边亲友和父母的忠告。儿子还说最近课余时间喜欢读有关哲学和介绍国家领导人的书籍和文章,感觉开卷有益。儿子的话,轻轻触动了我的思绪和心灵——孩子正在一步步地走向成熟。这种成熟不是指外在的身高、穿着的变化,而是体现在他对待问题的态度上,他学会了用哲学的思维去分析和思考。以前那个执拗自负,什么都以为自己正确,别人说一句能回撑四五句、不解深浅、难辨对错的混沌少年,正一页一页地把过去翻篇。因为哲学也是我比较喜欢涉猎的一个知识领域,打开话匣子的我,也结合哲学的理论,把如何在有了问题之后,具体问题具体分析,有效解决难题的体会竹筒倒豆子般讲了许多,与儿子相谈共勉。直到用完餐,我们走在灯火辉煌、一步一景、美丽吸睛的大明湖畔,仍在一边观景一边继续交流、探讨着眼下和今后的话题……

两天的时间过得很快。第二天的临别晚餐,我们建议儿子邀约同寝室同学一起吃"老淄博店"烧烤。看到儿子与同样阳光帅气的同学和睦、欢愉相处,我们的心已释然。在我们与儿子挥手道别之前,我还是老生常谈,简单地再提示、叮嘱:君子慎独,要正常饮食、作息,注意身心安康。做好当下自己的事,莫等闲,辜负学习时光,徒留遗憾,空悲切。

预约的出租车到了,儿子跟我们拥抱告别。在拥抱中,我隐约感觉到儿子似有一丝不舍,也感觉到了父子、母子亲情的交流、融合。我轻轻地在他的后背拍了两下,不想再重复讲些什么了,此时,有力的拥抱,无声胜有声。相信孩子能感悟出父母的一片玉壶冰心。

"堆谷"寻芳

最是四月春光好,胜日寻芳恰当时。

偶然一次机会,听得一位老朋友称:离我们住家不远的霍山县磨子潭镇堆谷山村境内,有一处名叫"堆谷山庄"的地方,风景、环境俱佳。这里可以春赏烂漫山花,夏避炎热酷暑,秋赏缤纷彩叶,冬观皑皑白雪。于是,我揣着一颗探幽猎奇之心,应朋友诚意相约,结队出行。

山庄的风景自然在山里。去堆谷山庄,先得走上一段高速,之后进山走省道。省道就有些盘桓崎岖了,一下子就让我的驾驶动作幅度收敛了许多,注意力也更为集中了。好在自己已习惯了走山路,积累了一些走山路险道的经验,不多一会儿就适应了,还美美地过了一把山地驾驶的车瘾。

大约一个小时,我们便到达了目的地——堆谷山庄。山庄有朦胧的远山,有杜鹃盛开的近山。接待游客食宿的主楼建在一处山腰的平台上,背靠大山,山上不远处有一块两三亩的野生杜鹃花丛,花姿各异,迎风盛开,花色紫少而红多,红得像燃烧的火,代表着主人的好客热情,迎接着四方来宾。游客们也被这如画般的鲜花美景所吸引,纷纷在花前摆着各种造型,留下美丽的倩影。山庄两侧,特别是进出山庄道路旁的山腰、山脚处,更是花团锦簇,一地一景,花红如云,在山风轻抚、晨光初照之下,让人眉目流盼,赞其姿态万千。山庄的正面,两山夹峙,形成了一条宽且深长、向下走势的山冲。一眼望去,冲谷对面的大山云里雾里,只能看见一溜浅浅的参差着的黛褐色山影,默默地与游客的目光遥相对接。我在想,如果说这里还不能称作天堂,也可以算得上城市之外的一处仙境了吧。

就在我们只顾流连眼前美景的当口,好客的主人已把我们的食宿安排妥帖,并详细地给我们介绍了当地几处观看美景的好去处。午餐罢,众人各自小憩,待体内能量充满,有了精神头之后,我们便按照山庄主人的指引,向山庄主楼附近一座不算高但可以拍摄日出景观的山头攀缘而上。

有道是,山不在高,有景则名。沿路而上,小道两边,一丛一簇杜鹃绯红,山花烂漫。有的杜鹃红在午后的阳光映衬之下,娇艳而亮丽;有的杜鹃紫在山间高大的杉松掩映之下,摇曳婆娑,更显出清婉而妩媚。我独自游走在登山队伍的最后,每当发现了自己满意的好景致,便会情不自禁地停下来,拿出长变焦单反相机,屏住呼吸不停地咔嚓连拍。大家伙儿一路走一路看一路拍照,在没有感觉太累的情况下,顺利登顶一处可供游客摄影的平台。站在平台四下而望,大有"极目楚天舒"的空旷、通达的快感——山色空蒙而遥远,一桥飞架南北两山之间,白色的高架桥镶嵌在绿色的山腰间,高架桥之下不远处,有一片黛瓦白墙的民房，静静地被包围在绿树红花之中，似一幅绝美的中国画，凸显出大自然的神来之笔和造化之功。平台两侧，亦有许多红的、紫的杜鹃花含情绽放，频频招手，邀约游人合影存照。大家伙儿一通咔咔拍摄尽兴过后，方拾级而下，乘兴而归。

　　一趟山爬下来，朋友们普遍有一些腿疼腰酸疲劳之感。少量的酒精也没有起到多少解乏的功效，但多少有促进睡眠的作用。晚餐之后，大伙儿各自安歇。

　　应该还是因为累，加之酒精的催发，倒床之后，很快我便迷蒙进入浅睡状态。一顿似梦似醒辗转反侧，不知道已是深夜的几时几分，山风悄然不约而至。初始断续感觉有微风摇荡，玻璃窗柔和轻响，继而又不知过了多长时间，山风的力度持续加强，玻璃窗缝隙呼哨声越吹越响、越拉越长，噪音也越来越大。由于太困太乏，迷瞪之中，自己也曾想着起身把窗户关严实一点，可哪里抵抗得住身乏体软脑袋蒙，在山风呼啸、玻璃窗震天响的夜色里，自己又翻身昏沉睡去。又过了一段时间，窗外风声更劲，如宋人大文豪欧阳修笔下描写的秋声那般："忽奔腾而砰湃，如波涛夜惊，风雨骤至。其融于物也，铩铩铮铮，金铁皆鸣。"被强响惊醒之后，躺在床上，硬撑着睁开惺忪的双眼，你会怀疑有人在长时间地用力拼命撞击、摇晃着卧室的玻璃窗扇，让人听之悚然。好在最终还是睡意战胜了午夜心惊，断断续续，又一觉无梦到天明。

　　第二天清晨，风止树静，仿佛夜里山风不曾光临，什么都没有发生似的。问住在山庄同一栋楼、面朝山谷风道口房间的同行人昨夜狂风来袭的感觉，多是感同身受，彻夜难眠。而在我们背面住宿的朋友,却不曾受到山风的惊扰,一夜安枕,香甜入睡。

有朋友好奇,问山庄老板:"像昨夜狂风袭扰的情况是不是经常发生呢?"老板憨厚一笑:"哪里会呢?好长时间都没有遇到这样的情况了。这是山里的头道春风,按我们本地人讲,这叫财风,也叫金风。希望今年能风调雨顺,惠风兆丰年。还要感谢你们这些贵人呢,来到我们山庄,给我们带来了好收成的福音。"

我相信了老板一席话的真诚,他无须有意逢迎游客。老板一家等堆谷山村民,他们以自己积极热情、努力勤奋的实际行动,靠山吃山,践行旅游扶贫和"两山"精神,自身不断发展,生活水平不断改善和提升,这也是我们此次来堆谷山庄能够亲身感受到的。而在短短的两天时间里,给我们印象最深的还是堆谷山庄景观美、晚风疾、人真诚。

"鬼斧"裂谷印象

家乡的城市不大,小也有小的好处。在我们居家不远处,还真有一些特色景点。这些景点不仅常常吸引着本地人前往踏青,不少省外的游客也不辞辛劳纷至沓来游历赏玩。

所谓近水楼台,再加上现在交通便捷,到住家周边景点去"打卡",已成为家人们双休日很家常的一件事了,有的地方去了还不止一趟,感觉每次都不一样。

不久前,有朋友称老家六安张店附近的"皖西大裂谷"景点经过一番修缮,又有了新的看点。我揣着一颗好奇心,约上一群朋友驱车前往一探究竟。

因为距离近,尽管省道窄且弯道多,但也比较好走,不多会儿我们就到了目的地——皖西大裂谷景区。

此前,我曾来过大裂谷,时间长了,印象模糊了,但其山势奇绝险峻,特别是十二分艰难地过"地缝"、登"天梯"的记忆还是很深刻的。

从景区大门进入不久,沿路进谷,须经过万丈悬崖之下名叫

"藏粮洞"的石窟,石窟外口大而内部缓缓向下渐入渐低,有好几百平方米,蔚为大观。再沿路向前便进入景区摄人心魄的第一道"鬼门关"——"地缝"。"地缝",顾名思义,是一条长两三百米呈"V"形狭小而深险的山涧裂谷。裂谷的形成应该是造化神工,大山被一分为二,整个"地缝"从头到尾几乎都是间不容二,只能一个人一个人向前攀行。"地缝"两边如刀削斧劈的巨岩几近九十度地斜歪着垂直向下,给人沉重的压迫感。缝底黑暗深不可测,有溪水潺潺之声;昂首翘望万仞之上,但见雨雾蒙蒙,长天一线。

记得第一次来,就有因为不曾见过如此险境的同行人瞠目结舌止步而返的。走不走"地缝",我也犹豫过、暗自畏惧过,但碍于面子,最终还是说服了自己,跟着同伴一起,一步一步走进"地缝"。

从"地缝"前行最难处就在于:它原本是没有路的,不知什么时候,有人在左右两边湿滑的岩石缝里钉上了人行步道钢钉,钉不了钢钉的地方,再随山就势在岩壁两边凿出人行脚窝和可以给手支撑扶握的手把窝。在相对更为陡峭、两面湿漉漉的青苔密布的双手无处安放的岩壁上,再固定一段较长的铁锁链,方便游客把持牵引。在这种状况下,进入"地缝"之后你就无路可退了,再胆小腿抖的人也必须坚持向前。情急之中,你也顾不得巨大岩石顶上的珍珠瀑连线般地淋湿了头发和外套,必须手脚并用、屏住气,稳定好心情,看清扶手脚钉,一步步奋力走出"地缝"。

出了"地缝",沿路而上,走在一条去往"回音壁"景点、悬挂在半山腰、只容得下一人侧身而过的人工凿出来的山石小道上，我微微弯背侧行，小心翼翼，收起摄影器材，探头下望。我虽不恐高，但心还是一下子悬了起来——毕竟脚下与地面的落差很大，深谷下的游客如蚁行般在谷底游走，让人动魄惊心且夹杂着刺激酸爽。这是我此前来过但不曾有过的一种陌生的感觉。我疑惑地再度探头向下，仔细辨识，终于认出：以前来时，出了"地缝"是沿着裂谷谷底小道步行上山的，今天走的可是一条新开发的景观小路，怪不得对刚刚一路走来的"藏宝阁""石窟王宫""回音壁"没有一点印象呢，还是新开发出来的小路景观多，让人获得游玩的乐趣也多。最终，新路、老路交叉汇合，殊途归一，再经过"一线天"，攀缘堪称"鬼见愁"的"天梯"，方能到达一亭翼然的"好汉亭"。这"好汉亭"的名字叫得也是非常恰当的。因为这"一线天"境况和前面"地缝"境况相差无几，逼仄而难行，特别是攀登"天梯"，更要通过一个上下落差大、近乎垂直的木制扶梯，踩头顶脚地向上爬。因为"天梯"内环境潮湿，其间小路与木梯都很湿滑，游人丝毫不敢大意，心情也是十分紧张的。游人通过亲历险境，克服心惊、难行，坚持到底，一路攀登，到得亭前，不也算得上是一条好汉吗？

"好汉亭"只是供游客小憩和短暂休整的地方。再沿山路向上不远便到了裂谷山顶。站在山顶四下而望——远处，山势逶迤腾细浪，薄雾缥缈仍从容。在一片树竹、蓼叶掩映之下，红柱黛瓦的"八王亭"悄然伫立在三月仲春青葱迷人的绿色之中。回望我们刚刚走过的来的大裂谷，好似沙画复原一般，神奇地消失在人们的面前，仿佛大裂谷从来就不曾存在过。难怪当年号称"八大王"的张献忠为躲避清军围堵,发现了这一易守难攻的天然屏障,率领残部,藏兵于此。能容千军万马的"避王岩",其中最大的名为"石窟王宫",便是张献忠的避难之所。当地人还流传:当年,刘邓大军挺进大别山时,最重要的一次战役曾在此发生。回想一下我们走过的大裂谷景区里的"地缝""一线天""天梯",在当年那样的战争条件下,真可谓"一夫当关,万夫莫开"。进可攻,退可守,是兵家决胜的一方宝地。只是当年的先人和革命前辈们为了生存和抗倭斗敌,流血牺牲,他们不曾享受和欣赏过眼前如诗如画的美景。

而今,我们能在闲暇之余,呼朋唤友,携亲带眷,兴致高昂,优哉游哉,呼吸着清新的空气,游走在美丽的 AAAA 级大别山国家地质公园皖西大裂谷园区,那种与友人和亲朋同游同乐的幸福、畅快的心情,一两句话是不足以言表的。

缘结朱家尖

有闲了,生活条件好了,出去游玩的雅兴便会时常在内心深处撩人。世界那么大,谁不想出去走一走看一看,游历美丽山河,饱览奇绝景观?只是走的地方多了,随着时间的逝去,一些去过的地方的风景在头脑中的印象模糊不清,所剩无几。但有些去过的地方因一些特殊缘由,不仅让人难以忘怀,还经常在心中反复回味。和朋友相聚,情不自禁仍要津津乐道,往事重提。

去年国庆期间,原打算"宅在家里成一统,不问拥堵不烦忧"的,但到底架不住妻子的软磨和朋友们的引诱,最终,在国庆长假第二天还是惴惴上路,驱车追赶早已启程的几家驴友,长途自驾,踏上奔赴舟山朱家尖的征程,满足远足逍遥之快。

说起来还算幸运,一路顺畅,并未遭遇堵车。经过几个小时远途跋涉,晚上八九点才赶到落脚地安顿下来。因为累,大家都多少喝了点酒以消除疲乏。"夜宴"毕,已是夤夜时分,因为就落脚在海边,有人意犹未尽地乘着酒兴吼了一嗓子:"看海去!"是海的诱惑力太大了吧,没有一声异议,大伙儿有说有笑,跑着、跳着朝海的方向奔去。其时,夜色阑珊,好在还有一丝月的光影。

疾疾走了一段曲折的夜路,离海近了,大家已经感觉到脚下细沙的湿润、柔软。月色朦胧中,一见到海,大小驴友们一下子沸腾了起来:"噢——大海,我来了,噢——"女人们向着大海大声地拖着细细的长音叫喊着,孩子们也如痴如狂地扭动起谁也看不懂的摇摆舞,伴着海的涛声,"我来了,噢——"的回音一声一声从眼前沙滩、从夜幕中的海角传向远方……

同道而来的所有驴友并没有因为天黑不能尽观大海的真容发出一丝抱怨,女人们抓紧时间背对大海摆着不同的姿势,管他看得见看不见,也不论发型是否零乱、形象是否满意,不停地让别人咔嚓、咔嚓,帮着留下美丽的倩影。向往并第一次与大海亲密接触的孩子们在黑黢黢的夜幕下摸索和挖掘着海的神秘,一面相互呼喊着一面捡摸着脚下的海石、贝壳。一时间,空旷、黑蒙蒙的海滩上来回奔跑、舞动着的是一个个亢奋的身影。

看着驴友们的狂欢和喜悦,我信步徜徉在夜色中的海滩上,沐浴着海风的清凉,面对着涛声依旧的大海,我惬意地仰起头闭上双眼,呼吸着带有淡淡咸味的海的气息——我也被朱家尖夜晚这景这情陶醉了!几家大小驴友在痴狂中更是"嗨"得忘了情,没有人喊乏,也没有人叫累。

在一阵嬉闹之中,大伙儿转到一处有着许多高大造型的"建筑"旁,就在愣神之际,不知是谁说了一句:"这是沙雕!""啊?沙雕?"朦胧中,虽然看得不是那么清楚、逼真,但大伙还是在兴奋中嚷着、跳着,用脸贴近沙雕边缘,用不怎么亮堂的手机灯光对沙雕来回晃动、照射,欣赏着、感叹着、震撼着。之前,也曾耳闻,朱家尖的沙雕比较有名,是国内沙雕艺术的发源地。我们此次来,有幸在淡淡夜幕下一睹芳容,可谓眼福不浅,也算长了见识,开了眼界。

第二天一早,天气晴好。几家驴友匆匆梳洗,再次来到昨晚嬉闹的海滩——朱家尖南沙海滨浴场,这里果然风光秀丽,空气宜人,滩平宽广,海水清凉,同道驴友很快便融入各路游人之中,有的在海边继续戏水踏浪,有的驾着摩托艇在海面劈波斩浪,有的闲坐怡情观赏沙滩景致……

只是,景致再好,梁园难留。按照出行计划,一行驴友不得不与朱家尖挥手惜别。

在告别朱家尖返程途中,汽车盘桓在曲曲弯弯的山路间,碧浪般的山色、峻拔奇石、绵亘金沙、青葱林木尽收眼底,呼吸着天然氧吧的新鲜空气,一丝清爽的惬意油然而生,透彻人的心扉。可面对渐行渐远、绮丽如画的海岛风光,又让人感到一丝浅浅的意未尽、情未了,依依难舍,心目流连。

几天的游程,路途的遥远,不免舟车劳顿,但几家驴友兴致不减,又乐不择路,一起登普陀参谒、赴萧山观潮、赏湖州古镇、游南浔水乡……

一路走来,尽管几家大人、孩子有的尚属首次见面,但大人们却能理解包容,相互关照,亲和友善,孩子们也是相见如故,嬉笑玩闹,逗趣甚欢。大伙儿放下了日常之案牍工作,远离了生活中一切乱耳之郁闷和烦恼,累并快乐着。在公推的驴友团团长的悉心安排、照顾下,驴友们的生活、游玩井井有条。同时,在旅途的交流互动中,更增进了了解,建立了信任,结下了一份胜似兄弟姊妹之情缘,也在彼此的心目中镌刻下了深深的友谊和一段亲切美好的回忆……

雪霁白马尖

去过白马尖两次。一次是几年前的六月初夏,和朋友们一时兴起,相约自驾去白马尖。可能是因为正值季节交替,一趟山爬下来,我们既没有看到仲春时节的山色碧绿,也没有领略到当地山中特色杜鹃花盛开时的火红。还有一次,更是在此之前,好像是四月暮春,适逢短期休假,约好几家朋友一起游距家不远的白马尖,大伙儿兴致满满。说起来,我是一个容易忘事的人,唯独这次上白马尖,给我留下的印象虽然风轻云淡,却时常断续地在脑海里重现,让人生发出一丝浅浅的、朦胧的留恋……

四月天,说是人间最美,正印证在了山里大自然风物景色的秀美之中。

从家出发,走不多远,便进入去白马尖方向的逶迤山道。山道不宽却不难走,并不妨碍我们一路笑谈,一路畅行。

四月间的天气,山里的气候还是有点阴冷潮湿的,虽然没有三月里的小雨那么淅沥沥,但穿梭于山林村道也会不时地遇到霏霏细雨和缭绕的薄雾,让人耳目滋润,别有一番情趣在心头。

偶尔,透过车窗,还能看到道路边、山脚下稀疏长出的一丛一丛先期绽开、含苞待放的映山红,在轻轻微风里、蒙蒙雨雾中,摇曳抖弄着纤纤细腰,开心地向我们招手。

不知不觉,白马尖山脚下的旅游度假村便出现在我们的眼前。一路上的赏心悦目,让大伙儿并不觉得旅途劳顿,但还是一致同意:安顿一晚,把酒"加油",厉兵秣马,来日上山。在一番大快朵颐、共嗨夜宴之后,大伙儿还是有意识地收敛了许多,为了节省体力和精力,不久便各自回屋歇息了。

第二天一早,天气真的很给力,昨天还阴沉的脸,一下便笑着放出了光明。遥望高耸挺拔的白马尖,大伙儿登山的兴奋情绪一下子高涨起来。"看,山顶上好像有雪!"顺着队友所指的方向,大伙儿依稀看到白马山尖灰中带白,似雪非雪,难以判断。让人有些疑惑的是,三月桃花雪按常理讲都不多见,眼下都四月天了,还会有雪吗?为了一验真假,大伙儿都有些迫不及待,匆匆带上必需的装备,鱼贯登山。

白马尖山不算高,也不能算险。平时注意锻炼的人登顶白马尖应该不算难事,而对于不注意或没时间坚持锻炼的人来说,走一段较长的山路或是攀爬到一定高度,问题就来了——心跳加速、呼吸不畅、大气直喘、头晕目眩、手脚发麻。在半山腰的一处岔路口,队伍中有个别队员上山的信心产生了动摇,意见也和队友们出现了分歧:衣服单薄,山腰间空气阴湿,越往山上感觉越是寒冷,加上身感不适,执意下山,打道回府。面对"是坚持继续攀爬登顶,还是顺势轻松下山"的纠结,最终,在短暂的协商、交流之后,多数人还是义无反顾地选择了坚持,不愿半途而废,不想在心里留下一个小小的遗憾。

在继续上山不久,"山上有雪"渐渐得到了印证。

一开始,山道上仅有一层浅浅的薄雪覆盖,湿滑难行,不易落脚,给队员们上山增加了一定的难度。再往上,地上的雪越来越厚,登山小路上的雪与山坡上的雪浑然一体,浅浅凹陷,微露山道线痕,若不留意便难以分辨山坡在哪儿、小路在哪儿。在这样的山路上行走,队员们丝毫不敢大意,个个小心翼翼,试探性地蹚着路,吃力前行。七拐八折的登山小路,看似离山顶很近,实际在这样冰天雪地的条件下每挪一步都很不容易,需要付出比平时多好几倍的力气。好在朋友们的一番努力和付出没有白费,在接近山巅一片相对开阔、平缓的山坡上,一幅绮丽的四月天雪景映入登山人的眼帘——大雪初霁,太阳从云朵的罅隙中洒漏下一束束柔和的光芒,眼前,一片白雪,唯余茫茫。目之所及,银装素裹。一抔抔厚雪覆盖在挺直高洁的青松的枝干和树顶上。道路两旁的小树,被冰雪包裹成琼枝玉干,在太阳光的照射下,晶莹剔透,妖娆地盛开着黄色的小花,飘散出似有似无的一缕缕清香。回首远望,群峰座座,白雪皑皑,似山舞银蛇,如原驰蜡象。此景此情,不禁让人从心底感叹:大别山的景色竟也如此多娇!

……

大概是因为看到了从未见过的美景太兴奋,在折返途中,行至陡峭湿滑最危险最难走的一段山道时,我一边鼓励行走在身边的孩子们,一边又不自觉地结合队员们上山下山情状"借题发挥"起来:"凡事都要坚持,半途而废就不可能看到人间最美四月天白马尖的风景了。""人生的路就像我们上山下山一样,有多种选择,选择很重要。有的路既然选择了,只要方向没错,就应该坚持走下去,坚持就是胜利!""不要怕苦怕难,人生一定要有信心和必胜的信念!"

不知道我的话孩子们听没听进去,有没有入脑入心。也不知道会不会对孩子们今后的生活有一点帮助,但孩子们是十分开心的。他们排除万难,坚持爬到了山顶,亲手触摸到了山顶矗立着的用石头垒砌而成的海拔1777米的雕塑,收获了登临的快乐。

我为孩子们高兴,也为自己第一次到白马尖,在山含雪雾之境,能如此贴近地观赏到大别山令人折腰的秀丽山色、能尽兴感受到雪雾白马峰的美丽而开心!

之前,爬过不少大山,也登临过许多名峰,雪地上山我还是第一次。

白马尖,你怎一个"美"字了得!

龙井沟三顾

老城向西南百十里地,经独山、金寨响洪甸水库,再向前行车十多里路,便可到龙井沟了。

龙井沟景区不大,山也不算大,可小山有着小山的灵气:山石壁立、鬼斧神工、四季更替、风物不同,景色斑斓的春、夏、秋、冬招徕着远近游客们前往光顾、游玩。

第一次到龙井沟,是和一帮朋友去的。初春时节,龙井沟的一些植物渐次苏醒。暖阳初照,透过五彩的阳光,竹林里的一片片竹叶在深褐、墨绿色的背景下,呈现着嫩绿和金黄;一块一块茶园地里,绿茶茵茵,茶叶们经过一个冬天的蓄养,一枝枝芽绽叶翠、精神满满,以自己独有的形式,宣示着对远道而来的客人们的热情!山路旁,溪流潺潺、水清见底。岸边有一二细小蜻蜓飞来舞去,在一个枝杈上暂离暂落,惬意地嬉戏着。朋友们一路赏着景,一边逗闹、戏水、说笑,一边不忘选景自拍或是让别人给自己留下倩影一张。

可以说,龙井沟是个减压、游玩的好去处。它沟景交错,影韵叠加。可看山、触石、戏水、过桥,也可在山间的亭台里小憩,品味前人赞美景物的勒石诗句。一趟来回,不紧不慢,也是不需要多长时间的,让人在轻松中满足运动身体的愿望,在愉悦中满足剔除心中块垒、疏精畅气的心理需求。

二到龙井沟,应该是在去年的五月小长假,几天的休息时间,喜欢出游的家人们盘算着出去走一走。到较远的地方去玩,恐怕时间不够,太近的地方去得多了,又让人感觉腻而无味。不远不近的龙井沟便成为适合远足的不二选择。

五月,正是山里春暖花开、草长莺飞的季节。山里面的气温逐渐回暖,阳光照在游人的身上,让人感觉格外舒爽。远处,茅竹林里的竹笋,长得慢的,有的刚露尖尖角,长得快的,有的已拔节蹿出去一丈有余;近处,路边山坡上,草色青青,一些小小的野花竞相开放,吐露着芬芳,一只只花色各异的蝴蝶和嗡嗡飞舞的蜜蜂不停地从一个花蕊振翅飞入另一个花蕊中,欢乐辛勤地操弄着自己的营生;山脚下,潺潺溪水中,鱼翔浅底,一簇簇长长的绿色水草随着水流慢慢地左右游动、摇摆。此情此景,置身其中,呼吸着山林间湿润、清新的空气,目睹着自然造化之秀丽景色,会让人放空头脑中的一切杂念,抛却烦心乱耳的焦躁,甩开一切不爽,敞亮清澈的心灵,享受物我合一的当下。

最近一次到龙井沟,是在今年季秋时节。有朋自远方来,一声召唤,大伙儿又朝着龙井沟出发。

一路上,朋友们看到水面宽阔、浩荡的响洪甸水库,看到燕雀、鹭鸟翔集的滩涂,看到路边一片片低垂了腰杆金黄灿灿等待收割的稻田,闻着熟悉与陌生交织的山野、田园气息,情绪高涨,兴奋溢于言表。到了龙井沟,龙井沟的秀色又赢得了大伙儿一番称赞:秋季,虽然阳光不似春日的明媚、夏日的娇艳,但在秋日柔和的阳光照射之下,放眼望去,龙井沟远处近处的山坡上、沟壑中一块一块银杏树的浅黄、一团团一簇簇霜后枫叶的火红,镶嵌在云雾缭绕、苍茫葱茏的大山怀抱中,五色锦绣,简直就是一幅绝佳的风景画,美不胜收,引人驻足。

此次来之前,我也做了点功课,粗浅了解了一下龙井沟的人文历史、坊间传说、景观景点名称的由来,这些都在游玩中派上了用场。我带领着朋友们行走在曲径通幽的"青云路"上,观"龙井瀑布",过一步三晃的"摇影桥",抚神奇灵气的"龙脊石",戏清浅晶莹的"龙吟潭",登挥兵封爵的"点将台",憩莺声燕语的"抱云亭"。虽然走了不少山路,可在我不太专业的解说之下,大伙儿兴致颇高,玩兴正浓,看不出一丝丝倦意。

虽然景美留人,但西下的夕阳和渐渐暗淡下来的光景告诉大家,傍晚临近,吃饭的钟点到了。我提议去吃响洪甸烤鱼。

在响洪甸吃烤鱼,是游玩龙井沟最后一个保留节目。自己三次不远百十里路驱车到龙井沟游玩的一个很大原因,就是到龙井沟附近响洪甸水电站大门口去吃烤鱼。也不知哪位馋嘴食神第一个发现响洪甸水电站烤鱼好吃,这一信息借助现代化通信媒体不胫而走。朋友远道而来,自然也要带他们尝尝鲜,免得遗憾。

下了龙井沟,再出响洪甸水电站大门,道路两边就是一家紧挨一家的烤鱼店。别看店面不大,家家装潢得也不是特别讲究,可若在中午或是晚上吃饭的钟点来晚一步,还真不一定能坐上位子,还得等,要排队。没办法,想满足口腹之欲,再等,那也愿意。响洪甸烤鱼的口味有些独特。通过老板的介绍我了解到:为了鱼刺少,烤鱼用的都是产自水库非人工饲养的黑鱼。头天进货、宰杀、清洗、腌制,时隔一夜,鱼肉进味了,用木炭烧烤至六七分熟,再添加特制调料烹饪烩烧。因为来吃饭的基本都是奔着烤鱼来的,所以,家家饭店基本也就一个主打菜——明炉烤鱼锅,外加一些烫菜,像羊肉卷、火腿肠、豆腐皮、粉丝、青菜等等,边吃边烫。有的店家就一种红烧口味,也有的店家心细,兼顾不同口味的食客需要,研制出鸳鸯烤鱼火锅,清汤、红汤双味俱下。其实,在吃响洪甸烤鱼之前,在家附近我也不止一次吃过烤鱼,实话实说,我都不太喜欢。一是因为店家用的鱼杂,刺多,我怕吃刺多的鱼。我曾经吃过鱼刺的亏,印象很深。二是香爽不足,味道一般,不能吸引我的味蕾。而响洪甸的烤鱼,采用的食材不仅是刺少的黑鱼,而且新鲜,再加上各家自制的调料和独特的加工方法,烤出来的鱼不光鲜美,还有一种嫩滑独特的口感,耐人回味。

吃罢烤鱼,朋友们意犹未尽,连连称道:来龙井沟,记忆美好,没有遗憾,不虚此行!

我想,龙井沟,我还会再来的!

神游天堂寨

天堂寨风景美早有所闻。虽然吾家距彼不远,但一直未能前去赏玩。

六月得空,路经此地,上山念头油然而生。

车至山下,谁知天公偏不作美,正欲以一饱眼福时,很快天空布满了铅灰色的云,继而飘来淅淅沥沥的雨。

山不能上,屋内的沉寂更难叫人忍耐,索性出去走走,或可补救一下上不得山的缺憾。乘着霏霏细雨,冥冥薄雾,我步出屋门。仰首高望,哇!眼前景致使我一颗纠结不解的心为之释然:云雾中的天堂寨仿佛变成一位婷婷袅袅的妙龄处子,时而戴着顶入时的白色小帽,现出紧裹翠绿的整个腰身,时而漫披一肩轻纱,只微微露出一张不胜娇羞的脸。远处岫谷轻烟袅袅,十步开外却是雾浪蒸腾,每每走近,却又"青霭入看无"。云雾笼罩之下的密匝匝的树林,灰褐色的山石,淙淙流淌着的小溪,平静的清水潭,朦朦胧胧,抹上了一层神秘的色彩。在这美妙的天堂仙境之中,我默吟着清人王阶炬"山到多云弯复弯,最多云处众山环"及刘星炜"不识山名试问樵,樵夫笑指白云高"的诗句,真是别有一番情趣。天堂寨之所以在唐朝即被称作多云山,我想毋庸多加脚注,来此游玩的人自可弄清因由。

览胜之心是不知足的。观雾的愉快,还是救不了不能看天堂寨全景的懊恼,毕竟雾景只是全景的一个部分。不过,懊恼中我不断地安慰着自己:也许天气明天会变好呢。哈,真是天遂人愿,下半夜浓云退尽,天空现出了繁星点点。清晨,晴空朗朗,东边山背渐渐露出了曙色。我匆匆整顿装束完毕,便和人结伴启步登山。

天堂寨景色有它的特点:瀑布成群。一路上山,相隔不远就有一条瀑布,其中大的长近七十米,宽有十米,远远望去好似一幅素练从云天直挂而下,走至近旁,耳畔水声轰轰如雷,眼前但见碎玉晶莹、雪花翻飞。瀑布附近多有小溪汇集而成的山潭。山潭有大有小,有深有浅。清澈见底的水中几条黑色小娃娃鱼摇头摆尾,嬉戏游弋,煞是可爱。天堂寨系大别山主峰,海拔1729.13米。由于景点稠,佳境多,我们在尽兴地游玩中不知不觉便爬到了山顶。小憩中,我极目远眺——天空寥廓,山色空蒙,残阳之下,远峰连肩而立。面对此景,一种扼制不住的思绪飞向了远方——儿时父辈们讲的故事,革命根据地,大别山,为国捐躯的先烈……

在山巅伫立许久,远处洒满群山的夕阳越来越红,越来越红,倏忽之间变成了汩汩流动的殷红的血,八方群山也一下变为万世不倒、铭刻着先烈们伟绩殊功的丰碑。

诗画天山自风情

"我们新疆好地方啊,天山南北好牧场……"我对新疆的认知就是从当年这首流行歌曲开始的。上中学时,又听到有同学用不太熟练的曲调哼唱:"当年我赶着马群寻找草地,到这里勒住了马我瞭望着你……"之后,从一些古文学、古诗词书中看到对新疆、西域"伏波惟愿裹尸还,定远何须生入关。莫遣只轮归海窟,仍留一箭定天山""大漠孤烟直,长河落日圆"等情境的描写,在头脑中又留下了遥远、凄婉、苍凉、悲怆的模糊印象。新疆到底啥模样,在我的心底,一直没有形成具体形象。想一览新疆绰约风姿,揭开古西域边关神秘面纱,亲身感受一把祖国秀丽山川的想法由来已久。

六月初,在反复考虑了多种出行方式、做了充分的思想准备之后,我们还是决然选择了以自驾的方式向远隔千万里、横跨五六个省、遥远的心目中的圣地——新疆进发。

一

新疆是个好地方。它吸引人的,第一是美景,第二还是醉人的美景!

临行时,为了不打无把握之仗,我还专门买了一张新疆行政和高速交通地图,认真研究了一番——新疆面积很大,有国土总面积六分之一那么大。天山山脉以北,称为北疆;天山山脉以南,称为南疆。都说北疆重点看风景,南疆重点体验人文风情。到北疆看风景成了我们的首选。

经过多日"G30连霍"高速公路的奔波和从甘肃入疆高速上孤寂的绝尘疾驰,我们走近天山脚下,来到天池湖边,除了惊羡和痴叹,只能默默地、贪婪地把眼前的美景尽收眼底。我兀自独步湖边浅滩,深深呼吸着湿润、清凉的空气,感受微风和畅,尽情体验大自然的垂赐。之前,高峡平湖的景色也见过不少,却没有眼前的美景让人心驰神往——天池,在柔和、舒卷缓慢的白云之下,一池银波微漾、广阔清亮的蓝天碧水静静地、温柔地横卧在群山环抱之中。近处,湖边林木葱茏;抬眼向远,更是薄雾氤氲、层峦叠嶂、冰山高耸,活脱脱一幅水墨山水展现在游人面前。偶尔,从水边驶出一只亮眼的橙红色画舫,无声划向宁静的湖心和远方,一尾白色水波,又为本来就让人惊叹的美景增色许多。不知是一阵清风袭来的撩动,还是目睹了天池的美景抑制不住为之激动,身边的一位女游客竟不由自主载歌载舞唱起了《新疆是个好地方》。我想,这首歌此刻应该最能表达这位游客的心中情怀,也何尝不是我们此时兴奋的一种内心表达呢!

　　走近天池,也让我对天池有了更多的了解:天池古称"瑶池",《西游记》里就有"瑶池"一说。书中瑶池被描绘为一个神秘的仙境,是一个纯净而美丽的世界,是众多神仙居住的地方。瑶池又称"神池""龙潭""冰池",被誉为仙境中的仙境,是典型的高山冰碛湖。天山天池镶嵌在东部天山最高峰——博格达峰的半山腰,四季景色各异且冬暖夏凉,也是中国神话传说中东方第一女神——西王母的仙居圣地。

　　可以说,天山天池的美,只是大美北疆的一个缩影。北疆植被丰饶,满山滴翠。绿色,成了美丽北疆的主打基调,让人养眼养心、神清气爽。

　　由于新疆的广大辽阔,北疆的每个景点相距都有两三百公里,甚至更远。我们从新疆东(哈密)到新疆北(喀纳斯),再到新疆西(塔里木),再到"一日看四季,十里不同天"的独库公路的"百里画廊",目之所及——绿色广阔的草场、成群结队散放的牛羊;雨后初霁,从云层罅隙中照射出来明媚柔和的阳光,映衬在一道道绿色的山梁上,显得天更蓝、云更白、山更青。高山脚下,哗哗流淌的冰山溪水,还有密集、高大、挺拔于山腰上的各种针叶云松,与远处皑皑雪峰遥相衬映,自然形成了一幅立体美景。一路上,那种摄人心魄、一眼万年、见所未见的美丽景色的召唤,也实在让人心动。我们多次半道下车,痴迷在叫不出名字的路边美景中,迟迟不愿意离开。

　　而让我们印象最深的,还是人称"大西洋最后一滴眼泪"的赛里木湖。我不明白人们为什么要把赛里木湖称为"大西洋最后一滴眼泪"。映入我们眼帘的分明是一位风姿楚楚女子清澈的明眸——目似秋水横,山为群峰聚,柔情脉脉,衔云含黛。微风吹拂,欢快的湖水裙裾轻飘,瓦蓝深绿中泛着浅黄色的湖面波光粼粼。湖边,一阵阵细浪轻唤,像是这位清秀女子在倾诉有缘人匆匆邂逅又匆匆别离的忧伤。

天蓝蓝,水汤汤,赛里木湖丽质天成,她把清澈的爱留在了伊犁……

二

旖旎的北疆风景,并没有冲淡我们对神秘的南疆喀什古城的憧憬。一句"不到喀什,就不算来新疆"的提醒,像一句咒语,牢牢地刻在我的心里。远道而来,我们谁都不愿留下遗憾。于是,我们在观赏北疆几个各具特色的主要景点之后,又临时修改计划,顺利穿越盘桓于天山峻岭之中的独库公路,在火焰般雅丹风貌的天山神秘大峡谷,领略了神工造化形成的精怪奇绝、险象悬生的裂隙峭壁,在帕米尔高原留心走访花儿为什么这样红,在小心走完环环相扣、弯拐相迭的盘龙古道,也学着别人口中念念有词:今日走过了所有的弯路,从此人生尽是坦途……

喀什,我们来了。

喀什,是我们此行南北新疆大环线逗留的最后一个比较大的城市。在这里,我们感受到了新疆人民洞开城门、载歌载舞、笑迎四方宾朋的热情洋溢。

喀什古城里的建筑极具民族特色,有的门楣户扇色彩鲜艳,有的墙面被房屋主人用绿植、彩灯等进行了艺术装扮。古城内，道路不宽，两边皆是古城特色商品经营户和大小不一的旅拍门店。适逢新疆一年一度的"古尔邦节"，节日中的喀什古城格外热闹，南来北往的人非常多，有外地游客，也有不少古城之外的新疆本地人。有的路边商家二楼露台坐满了人，弹着冬不拉，和着乐曲，深情地唱着维吾尔族的歌谣；有的饭店在用餐之前，即兴响起富有民族风情、节奏激越热烈的舞曲，美丽的"古丽们"摇晃抖肩、盛装转圈、翩翩起舞，尽情表达对客人们的欢迎。

　　在古城，难忘的不仅是美丽"古丽们"秋水般的眼眸，这里的哈密瓜，也让我真正体会到了什么叫天花板级别的美妙口感——独有的香、甜、软、糯，我还是第一次品尝到。这里的主打面食——馕，蘸满芝麻，酥脆可口，烤肉包、烤羊肉串美味纯正。饭店菜品花样繁多，经济实惠，分量充足，性价比高。在这里，我们不仅切实感受到当地生意人的诚实，一个小小的意外，也让我亲身感受了一把民族和谐、古城人助人为乐的深情厚谊——进疆之前，我脚趾间的痛风痼疾有再犯的苗头，在车上，我也备了不少急效药。第一天到喀什，吃过晚饭打算乘兴逛一下古城夜市，领略一下异域不夜城的风光，谁知痛风从轻微到严重，进展得非常快。在古城街头，我一歪一拐坚持走三五步就要寻找个能坐的地方坐下来休息一会儿。钻心的痛，也让赏景的心情低落，不仅煞了自己的风景，也影响了别人游玩的雅兴。眼见一时好不了，路也不能走，我面露痛苦表情。正好这时不远处停有一辆值勤的公安四轮电瓶车，有人提出向公安值勤人员求助。因为以前从未遇到过需要求助公安的事，人生地不熟的，也不知道人家愿不愿意,更怕给别人带来麻烦。在我阻止无效的情况下,同行人还是坚持向值勤的民警说明了情况。只见民警用对讲机简要地向队友交代了几句,随即招呼我们一行人上车,缓慢地驱车穿过古城老街,一直把我们送到古城大门口出租车停靠点,让我心生感激,连声感谢。还有件事,也一直让我铭刻在心:一次,我们在某服务区停车休息。这时,从一辆商务车上陆续下来几位身材魁梧的维吾尔族游客,坐在我们隔壁。看到他们面前的桌子上切开的一个红沙瓤子大西瓜,我们不禁随口小声赞扬了一句:这瓜不错,肯定甜。原以为维吾尔族人听不懂我们讲的汉语,哪知道我们小声赞扬西瓜的声音传到了他们的耳朵里,其中一位维吾尔族的帅哥立马起身笑嘻嘻拿着几块切好的西瓜走到我们面前,热情地要我们收下尝一尝。害怕拂了维吾尔族兄弟们的好意,几番推辞后收下了他们的西瓜,之后我们也礼尚往来,回赠了他们几个软糯好吃的大玉米。这些事虽不大,却能见微知著,看出新疆人民的热情和素质。如果不是我们一路走来亲眼所见新疆人民生活安宁、社会稳定,我们怎么也料想不到,在新疆一些大小城市的晚上,夜深了,繁华的街市依然人影憧憧、灯火通明,小吃摊前三朋四友,觥筹交错,像我们平时在家一样;若不是从喀什出门上高速摸错了路,我们也上不了省道再经过阿克陶县城,目睹生活在乡镇的少数民族村民们一家一户一小院良好的居住环境和杏树、麦田套种收摘的情景。开车悠然走在阿克陶乡镇公路上,有时会感觉就像走在内地自家门口的城郊路上一样……

　　来之前,那些由于对新疆的陌生而生出的不安,随着对南疆人文风情的接触和进一步了解，皆烟消云散。

三

在喀城，我们结束了新疆之旅，选择沿塔克拉玛干沙漠南沿"土和""若民"高速启动归程。

这是一条修建在号称"死亡之海"的塔克拉玛干沙漠的、骆驼看了都要为之绝望的、全世界最牛且最长（全长五百六十多公里）的沙漠公路。

茫茫的戈壁沙漠，深阔无垠，渺无人烟。时间久了，一路一车，砾石滚草，让人感觉仿佛置身于陌生宇宙的空寂中。偶尔，笔直的高速对面有车疾驰而过，便不由得生出一丝久违的兴奋感。偶尔，也能看到道路两边造型各异的胡杨树，但看到更多的还是一眼望不到头深灰色的高速路面。

车窗外，烈阳高照，车窗玻璃摸上去都有种热烫感。不远处，还有沙漠风起，吹得沙尘在高速路面上丝丝缕缕蛇形游动，而后又飞扬升空形成沙尘雾伴随着风吼，笼罩在车的四周。天气的恶劣，考验着人的毅力、体能和驾驶技巧。在克服一次次风沙劲吹、方向不稳、车轮漂移的惊心动魄的险情后，我们再继续与一个个风卷沙起野蛮的龙卷风急速赛跑……

经过玉都和田，我们在和田博物馆小憩、逗留。博物馆内，我被暗褐色墙面悬挂的"汉代绿洲丝绸之路示意图""唐代丝绸之路线路示意图"深深地吸引住了。对比一下我们这次走过的"G30连霍"高速和正在经过的南疆返程路线，竟然大部分与两张示意图走向吻合。张骞两次出使西域,拓展丝绸之路,促进东西方文化、经济的交流和发展,为汉代昌盛奠定基础的历史,以及苏武在匈奴痴心放羊、一意归宗,廿年守汉节的故事,还有那位"松风水月未足比其清华,仙露明珠讵能方其朗润,形超六尘、千古无对"的大唐玄奘法师西天取经的传说感人至深,我就在想:一两千年前的交通状况、生存条件跟现在无法相比,张骞他们是怎样熬过长时间车马劳顿、行走的疲惫、飞沙走石的惊险的?苏武是怎样艰难度日、抚尽汉节穗毛,回望长安,忍受无尽的孤寂的?唐僧玄奘是怎样动了冒险往游西域,杖策孤征,寻求正教的念想,又是怎样乘危远迈,在积雪晨飞、惊沙夕起、空外迷天的情况下,万里山川,拨烟霞而进影,百重寒暑,蹑霜雨而前踪,餐风淋雨,十有七年,最终取得真经的?

有些事,古人能做到的,今天的我们未必能做得到。历史见证了:那些能人所不能的人,在他们内心深处,一定有一种家国情怀和万难不能移的信念以及超乎寻常人的毅力!

四

二十三天南北疆大环游紧张而紧凑。时间说长不长,说短不短。除了因为痛风在喀什休整一天,几乎天天都在路上。每天一走就是好几百公里,有时为了赶路一天甚至还跑过一千两百多公里;有时到了晚上十点,天还大亮着,我们仍然在高速上从一个景点向另一个景点匆匆赶路。这个时候,我们坐在车厢内,可以尽情地欣赏在空旷、浩瀚的苍穹之下,在遥远、浅褐色的地平线尽头,一粒深红色的西沉落日,披着一抹温情的彩霞,和我们遥遥相对、深情相望,久久不愿意落下去……

新疆,你只有来过一趟,才能真正感受到她诗画般的美丽!

挚友絮语

曲曲清醇的光明颂歌

读过刘东升发表于一些报刊上的散文,总感到其中有一条跳动不息的主脉——曲曲都是深情的光明颂歌。作为一名电力职工,他主要把笔触伸向生活最为艰苦也最有诗情画意的架线工。他插过队,也曾在崇山峻岭间度过数年的军营生活。他熟悉农村,熟悉深山,熟悉大自然。他把这一切统汇于对架线工的讴歌里,状物言情。独特的创作视角,使他的文章富有生活气息和绚烂色泽,也深具力度和厚度。他的作品曾多次获奖。

刘东升人如其文,清秀儒雅。他的家书香扑鼻,一幅幅别致的摄影作品、一幅幅淡雅的书画、一枚枚古朴的篆章,都出自他的手。这些爱好加上他对文学的孜孜追求,便成就了他的散文创作。他似乎从各艺术门类中领悟了相通相习的东西,识出艺术的某些"三昧"来。他的散文时而浓烈如酒,时而清淡如泉,其情融融,其景泄泄,生机盎然。

他临摹古帖,学着学着,忽然中邪般地爱上了"旁门"文学。父亲看看他的习作,真还像模像样的,也就听之任之了。20世纪80年代初,他进入电力系统参加工作,陆续地发表一些文学作品,劲头越来越大。他写架线工这些"钻山人",写"钻山人"的艰苦生活和其家庭的甜蜜温馨,写"钻山人"这些光明使者的苦与乐,顶风冒雪、翻越险峰的豪情壮志。读其文,观其人,觉得这曲曲颂歌中有作者的影子,有其身边工人们的音容笑貌,有山妹子的率真大胆的炽情流露,有体味艰辛得到的隽永哲言。

除了讴歌光明的篇什外,他还写出了诸如《故乡的河》《父爱殷殷》《大大》《神游天堂寨》等怀念故里、怀念亲人,描写山川之美的文章,其风格同样淳气盈怀。

与刘东升交谈,其言语之中,时时流露着对文学前辈、友人所给予的提携、帮助和领导、同志们给予的关心、鼓励的感激之情。他说,他乐于在平时去捕捉身边职工们工作、生活中的闪光点,利用业余时间,进行深层次的发掘和创作,把我们电力职工兢兢业业、默默奉献的精神,更广泛地介绍给社会、介绍给大家,把光明的篇什写得更加尽兴感人。

吴　炜

后记

在电力系统生活了许多年,随着时光的推移,便对勤恳于各自工作岗位淳朴的电力职工的喜、怒、哀、乐有了进一步的了解。而触及自己心灵的,还是广大电力职工那种任劳任怨、一丝不苟、努力做好本职工作的精神。

在我脑海里抹不去的是,三伏天,酷暑烈日之下,急用户所急,为生产着想,在城区线路改造工程中,职工们挥汗如雨的场景。他们为了争速度、抢时间,硬是顶着正午室外热浪蒸腾的高温架线、放线,连续作战。其中有年近半百的老师傅,更多的则是我们的青年职工。天气太热了,他们就光着膀子干。太阳的直射,使小伙子们的背膀都已变成紫釉色。那身上的汗已不是在滴,而是汇成了道道小溪在不停地流淌。工间小憩,实在太累了,他们往树荫或是房檐下一躺,倒头便呼呼地睡着了。

我曾目睹并亲身参与,线路队的小伙子们为用户架线,从东跑到西,从早忙到晚,日晒雨淋。为保质保量,为抢时间减少用户的损失,有时吃饭的时间早已过去,工人们都已饥肠辘辘还坚持着把要做的工作认真负责地干完。我还记得,我们的一些山区变电所的老值班员,当年,他们少年壮志,雄姿英发,响应号召,服从分配,建设山区,将美好的青春奉献给了山区,奉献给了那里的人民。守机值班,蜗居山间一辈子,他们用自己的实际行动谱写出一曲光明使者无私奉献的壮歌。有的年轻结过婚的山区变电值班员,夫妻两地分居,生活极不方便,来回地跑,两头照顾,可值起班来还是不含糊。

我曾耳闻一位有志青年,身在贫穷的山区,有心改变家乡贫穷落后的面貌,带领家乡人民集资,克服来自各方面的阻挠和干扰,因地制宜,建起了三座小型水电站,结束了家乡人民多少年延续下来松明点灯的历史,给家乡人民送去了一片光明,为山乡增添了腾飞的动力……

正是电网职工这些平凡而感人的事迹,让我心潮波动,很难平息。这就是我挥笔成篇称颂电力职工奉献精神的驱动力吧。

在讴歌电力人无私奉献的精神之外,自己偶尔对工作之外的生活小欣喜、新发现有感而发,以及对过往生活的情感回忆,特别是自己的业余爱好,喜欢自驾出游,出游归来,欣然码字成章。岁月流逝,光阴荏苒,不知不觉,手边零乱积攒了一些长短不一的文章,恐其长久散逸,于是就有了集文成册的想法,算是对自己之前写作历程进行一次小结。

《春雨如酥》散文集共分四辑:"故园情浓""烟雨人生""夏夜灯火""山川萍踪"。"故园情浓"主要是写对家乡故土的思恋;"烟雨人生"表现对生活过往的所思和感叹;"夏夜灯火"是从大量电力题材作品中精选出来的散文作品,赞颂电力工人的情感和奉献精神;"山川萍踪"是作者游历祖国大好河山,发自肺腑的赞叹。

《春雨如酥》散文集中文章的发表跨越时间相对较长,文章难掩字、词、句、段存在的稚嫩和瑕疵,万请学界老师、文友和读者指点、指正。

本集在结集和出版过程中,得到很多读者和朋友的热忱关心、鼓励和帮助,在此,一并表示衷心的感谢!

2024 年 8 月于六安